Melissa de la Cru

THE IMMORTALS

Hüter des Unheils

Zweiter Band

Aus dem Amerikanischen
von Miriam Margraf

Ravensburger Buchverlag

Bibliografische Information der Deutschen Nationalbibliothek:

Die Deutsche Nationalbibliothek verzeichnet diese Publikation in der Deutschen Nationalbibliografie. Detaillierte bibliografische Daten sind im Internet über **http://dnb.d-nb.de** abrufbar.

2 3 11 10 09

Originally published 2007 in the United States
and Canada by Hyperion Books for Children as »Masquerade«.
This translated edition was published by arrangement
with Hyperion Books for Children,
a division of Disney Book Group, LLC.

Umschlaggestaltung: Eva Bender unter Verwendung eines
Fotos von Elisa Lazo de Valdez, corbis

Redaktion: Lisa Pertagnol
Printed in Germany
ISBN 978-3-473-58286-0

www.ravensburger.de

Für meinen Bruder Francis de la Cruz,
der mir Seelenverwandter und treuer Verbündeter war,
und für meinen Ehemann Mike Johnston, ohne den
dieser Roman niemals entstanden wäre.

Wir gewöhnen uns so sehr daran, uns vor den anderen zu verstecken, dass wir uns schließlich vor uns selbst verbergen.

François Duc de la Rochefoucauld

... das Ding, das ich bin, wird etwas anderes ...
Der Schatten ist Gestalt.

Bauhaus, *Mask*

1

Die Tauben hatten den Markusplatz eingenommen. Es waren Hunderte. Fett, grau und träge hockten sie da oder pickten Brot- und Kuchenkrümel auf, die Touristen achtlos hatten fallen lassen. Es war Nachmittag, doch dunkle Wolken hatten sich vor die Sonne geschoben und der Stadt den Glanz geraubt. Leere Gondeln waren an den Kais vertäut und die Gondolieri in ihren quer gestreiften Hemden warteten auf Gäste, die nicht kamen. Der Wasserpegel war niedrig. An den feuchten Fassaden der Häuser konnte man sehen, wie hoch er bei Flut anstieg.

Skyler van Alen stützte die Ellbogen auf den wackeligen Cafétisch und legte den Kopf in die Hände, sodass ihr Kinn in ihrem übergroßen Halstuch verschwand. Sie war ein Vampir, eine Blue Blood, die Letzte der van Alens. Geld und Einfluss dieser ehemals berühmten

New Yorker Familie hatten maßgeblich zur Gründung des modernen Manhattans beigetragen. Früher einmal hatte der Name van Alen für Macht, Privilegien und Sicherheit gestanden. Doch das war lange her, der Stern der Familie war seit vielen Jahren im Sinken begriffen. Skyler waren Geldsorgen vertrauter als Einkaufsorgien. Ihr schwarzes Halstuch, die abgeschnittenen Jeans, die Armeejacke und die ausgetretenen Motorradstiefel waren Ramschartikel aus Billigläden.

Jedes andere Mädchen hätte in dem Outfit wie eine Pennerin ausgesehen, doch an Skyler wirkte selbst diese Kleidung hochmodern und sie betonte sogar ihr markantes, leicht herzförmiges Gesicht. Ihre Haut war blass, sie hatte tiefblaue Augen und eine schwarze Mähne. Skyler war ein beeindruckendes, unglaublich anziehendes Mädchen. Ihr ernster Gesichtsausdruck wurde sanfter, wenn sie lächelte. Doch die Chancen dafür standen an diesem Morgen schlecht.

»Kopf hoch!«, sagte Oliver Hazard-Perry und hob eine Espressotasse an die Lippen. »Was auch immer geschehen oder nicht geschehen ist, wenigstens hatten wir einen kleinen Urlaub. Venedig ist doch eine tolle Stadt! Komm schon, du musst zugeben, dass es besser ist, hier zu sein, als in der Schule zu hocken und zu pauken.«

Oliver war seit der zweiten Klasse Skylers bester Freund – ein schlaksiger, hübscher Junge mit zerzaustem Haarschopf, einem frechen Grinsen auf den Lippen und freundlichen haselnussbraunen Augen. Er war ihr engster Vertrauter und sie hielten immer zusammen. Erst vor Kurzem hatte sie erfahren, dass er auch ihr Conduit war. Wie seine Vorfahren diente er einem Vampir und folgte somit einer langen Tradition. Olivers Überredungskunst war es zu verdanken, dass sein Vater sie beide auf seine Geschäftsreise nach Europa mitgenommen hatte.

Trotz Olivers tröstender Worte war Skyler niedergeschlagen. Es war ihr letzter Tag in Venedig und sie hatten nichts erreicht. Morgen würden sie mit leeren Händen nach New York zurückfliegen. Der ganze Trip war ein Reinfall gewesen.

Sie kratzte unzufrieden am Etikett ihrer Mineralwasserflasche herum. So schnell wollte sie noch nicht aufgeben.

Vor zwei Monaten war Cordelia van Alen, ihre Großmutter, Opfer eines Silver-Blood-Angriffs geworden. Einer der Todfeinde der Blue Bloods hatte sie umgebracht. Zu Lebzeiten hatte Cordelia ihrer Enkeltochter beigebracht, dass die Silver Bloods, ebenso wie die Blue Bloods, gefallene Engel und dazu verdammt waren, ihr ewiges Leben auf der Erde zu fristen. Doch anders als die Blue Bloods hatten die Silver Bloods dem gestürzten Luzifer die Treue geschworen. Sie lehnten den Vampirkodex ab, das strenge ethische Regelwerk, von dessen

Einhaltung sich die Blue Bloods erhofften, eines Tages in das Paradies zurückkehren zu dürfen.

Cordelia war Skylers Vormund gewesen. Ihre Eltern hatte sie niemals kennengelernt: Ihr Vater war schon gestorben, bevor sie geboren wurde, und ihre Mutter war kurz nach Skylers Geburt ins Koma gefallen. Cordelia hatte sich ihr gegenüber stets reserviert und distanziert verhalten, aber sie war nun einmal alles an Familie, was Skyler auf dieser Welt noch besaß. Deshalb hatte sie ihre Großmutter so geliebt, wie sie war.

»Sie war überzeugt davon, dass er hier sein würde.« Skyler warf frustriert Brotkrumen nach den Tauben, die sich unter ihrem Tisch versammelt hatten. Sie sagte diesen Satz nicht zum ersten Mal, seit sie in Venedig angekommen waren. Der Angriff des Silver Bloods hatte Cordelia geschwächt und ihrem Leben in diesem Jahrhundert ein Ende bereitet. Doch die Blue Bloods waren unsterblich und wurden in aufeinanderfolgenden Zyklen wiedergeboren. Dies war aber nur möglich, wenn ihr Blut aufbewahrt wurde, denn in ihm waren alle Erinnerungen an frühere Leben, ihre gesamte Identität enthalten.

Bevor Cordelia ihren Verletzungen erlegen war, hatte sie Skyler beschworen, ihren verschollenen Großvater Lawrence van Alen zu suchen. Denn nur er könnte ihr sagen, wie die Silver Bloods zu besiegen wären. Mit ihrem letzten Atemzug wies Cordelia ihre Enkeltochter an, nach Venedig zu fliegen und dort jeden Winkel nach ihm zu durchkämmen.

»Wir haben jetzt überall gesucht. Niemand hat jemals etwas von einem Lawrence van Alen oder einem Dr. John Carver gehört.« Oliver seufzte. Sie hatten an der Universität, in allen Bars, sämtlichen Hotels, jeder Villa und Pension nach ihm gefragt. Damals, als die Blue Bloods aus Europa nach Amerika aufbrachen, weil sie verfolgt wurden, hatte Skylers Großvater unter dem Namen John Carver in der Plymouth-Kolonie gelebt.

»Ich weiß. Langsam glaube ich, dass es ihn nie gegeben hat«, antwortete Skyler.

»Vielleicht hat sich deine Großmutter vertan. Wahrscheinlich war sie schon zu geschwächt und verwirrt und wusste nicht, wohin sie dich eigentlich schicken sollte«, meinte Oliver. »Die ganze Reise war viel Lärm um nichts.«

Skyler dachte darüber nach. Möglicherweise hatte Cordelia doch falsch gelegen, und stattdessen behielt Charles Force, der Regis, der Anführer der Blue Bloods, Recht. Er glaubte nicht, dass die Silver Bloods zurückgekehrt waren. Doch der Verlust ihrer Großmutter hatte Skyler tief erschüttert und daher war sie wild entschlossen, den letzten Willen der alten Frau zu erfüllen.

»Ich darf so nicht denken, Olli. Wenn ich das tue, dann habe ich schon aufgegeben. Ich muss ihn finden.

Ich muss meinen Großvater finden. Die Worte von Charles Force waren einfach zu verletzend ...«

»Was hat er denn gesagt?«, fragte Oliver. Skyler hatte vor ihrer Abreise beiläufig ein Gespräch mit Charles Force erwähnt, über die Details aber bislang beharrlich geschwiegen.

»Er hat gesagt ...«, begann Skyler, schloss die Augen und rief sich die Auseinandersetzung ins Gedächtnis zurück.

Sie hatte ihre Mutter im Krankenhaus besucht. Allegra van Alen war so schön und reglos wie immer gewesen, ein Wesen zwischen Leben und Tod. Kurz nach Skylers Geburt war sie in diesen komatösen Zustand gefallen.

Skyler war nicht überrascht gewesen, einen männlichen Besucher bei ihrer Mutter vorzufinden.

Charles Force kniete am Bett, stand bei Skylers Eintreten aber rasch auf und rieb sich die Augen.

Skyler tat der Mann leid. Noch vor einem Monat hatte sie ihn für das personifizierte Böse gehalten, hatte ihn sogar beschuldigt, ein Silver Blood zu sein. Wie falsch sie damit gelegen hatte!

Charles Force war Michael, der Großmütige, einer der beiden Erzengel, der aus freiem Willen mit den Blue Bloods ins irdische Exil gegangen war. Er wollte seinem Volk beistehen, das wegen Luzifers Aufbegehren aus dem Paradies verstoßen worden und dazu verdammt war, sein Leben auf der Erde zu fristen. Und Skylers Mutter Allegra van Alen teilte dieses Schicksal. Denn Allegra war ebenfalls ein Erzengel, Gabrielle, die Unbestechliche, die Tugendhafte. Michael und Gabrielle verband eine lange Geschichte. Sie waren blutsverbunden und es war üblich, dass seelenverwandte Blue Bloods als Zwillinge in eine Familie hineingeboren wurden.

Dieser Bund galt als unauflösbares Gelübde und wurde in jedem Zyklus erneuert. Aber Gabrielle brach mit der Tradition, indem sie einen Red Blood, ihren menschlichen Vertrauten, zum Ehemann nahm: Skylers Vater.

»Weißt du, weshalb deine Mutter im Koma liegt? Oder weshalb sie sich dafür entschieden hat?«, fragte Charles.

Skyler nickte. »Nachdem mein Vater gestorben war, hat sie geschworen, sich niemals mit einem anderen Mann zu verbinden. Sie wollte sterben, so wie er.«

»Aber das kann sie nicht. Sie ist ein Vampir. Also muss sie weiterleben«, sagte Charles bitter. »Wenn du *das* Leben nennen willst.«

»Es ist ihre Entscheidung«, verteidigte Skyler ihre Mutter.

»Entscheidung!«, fluchte Charles. »Eine romantische Idee, nichts weiter.« Dann sah er Skyler direkt in die Augen. »Ich hörte, du fährst nach Venedig.«

»Ich reise morgen ab«, antwortete Skyler. »Um meinen Großvater zu suchen.«

Die Tochter von Gabrielle wird uns die Erlösung bringen, nach der wir streben, hatte ihre Großmutter immer gesagt. *Allein dein Großvater weiß, wie die Silver Bloods zu besiegen sind. Er wird dir helfen.*

Cordelia hatte ihr erzählt, dass Silver Bloods seit Anbeginn der Zeit Jagd auf Blue Bloods machten, um ihr Blut zu trinken und so ihre Erinnerungen zu verschlingen. Die letzten bekannten Überfälle waren in Plymouth geschehen, nachdem die Vampire in die Neue Welt ausgewandert waren. Vierhundert Jahre später, in New York City, begannen die Angriffe erneut. Skyler war in ihrem letzten Jahr auf der Duchesne Highschool und das erste Opfer war ausgerechnet Angie Carondolet gewesen, eine Schulkameradin. Und nach Angies Tod ging das Morden weiter. Was Skyler am meisten verstörte, war die Tatsache, dass es sich bei allen getöteten Blue Bloods um Teenager gehandelt hatte. Sie waren in der Lebensperiode umgebracht worden, in der sie am verletzlichsten waren, bevor sie ihre Vampirkräfte vollkommen entfaltet hatten.

»Lawrence van Alen ist ein Verstoßener, er lebt im Exil«, sagte Charles Force. »Du wirst nichts als Kummer und Verwirrung finden, wenn du nach Venedig reist.«

»Ist mir egal«, murmelte Skyler und senkte den

Blick. »Sie leugnen, dass die Silver Bloods zurückgekehrt sind. Aber inzwischen sind schon zu viele von uns umgekommen.«

Der letzte Mord war kurz nach dem Begräbnis ihrer Großmutter verübt worden. Summer Amory, eine der Schulabgängerinnen vom letzten Jahr, war komplett leer gesogen in ihrem Apartment aufgefunden worden. Das Schlimmste an den Silver Bloods war nicht, dass sie den Tod brachten – nein, sie bereiteten einem ein viel schrecklicheres Schicksal. Die Silver Bloods nahmen alles Blut und sämtliche Erinnerungen eines Vampirs in sich auf und machten den Blue Blood damit zum Sklaven ihres wahnsinnigen Bewusstseins. Auf diese Weise vereinten Silver Bloods viele Existenzen in sich, die für immer in einem Körper, in einer irrsinnigen Seele gefangen waren. Das Grauen selbst. Der Kodex der Vampire verbot ausdrücklich, den *Osculum Sanctum*, den Heiligen Kuss, an der eigenen Art zu vollziehen. Für das Ritual gab es strenge Regeln. Menschen, die Red Bloods, wurden durch den Heiligen Kuss zu Vertrauten gemacht und durften auf keinen Fall missbraucht oder vollkommen leer getrunken werden.

Doch Luzifer und seine Anhänger hatten herausgefunden, dass ihnen das Ritual des *Osculum Sanctum* ein Übermaß an Kräften verlieh, wenn sie es an Vampiren vollzogen statt an Menschen. Ein Red Blood barg in sich nur den Lebenssaft eines einzelnen Wesens. Doch ein

Blue Blood war weitaus mächtiger, denn er trug einen riesigen Fundus an Wissen in sich.

Aber Charles Force wollte nicht glauben, dass die Silver Bloods wieder da waren, und zog verärgert die Stirn kraus. »Die Silver Bloods wurden verbannt. Dass sie zurückgekehrt sind, ist unmöglich. Es muss eine andere Erklärung geben für das, was geschehen ist. Das *Komitee* hat die Ermittlungen aufgenommen ...«

»Das *Komitee* tut nichts! Das *Komitee* wird auch in Zukunft nichts tun!«, ereiferte sich Skyler. Sie kannte die Geschichte, an der Charles Force festhielt: Es hieß, dass die Blue Bloods die entscheidende Schlacht im alten Rom gewonnen hatten. Er selbst, Michael, sollte Luzifer, den mächtigsten Silver Blood, der die Gestalt des wahnsinnigen Imperators Caligula angenommen hatte, mit einem Hieb seines goldenen Schwertes tief ins ewige Feuer der Hölle geschleudert haben.

»Wie du willst«, seufzte Charles. »Ich kann dich nicht davon abhalten, nach Venedig zu gehen. Aber sei gewarnt: Lawrence ist nicht einmal annähernd der Mann, für den ihn Cordelia gehalten hat.«

Er fasste Skyler unter das Kinn und sie starrte ihn herausfordernd an. »Du solltest vorsichtig sein, Tochter der Allegra«, sagte er etwas freundlicher.

Skyler schauderte bei der Erinnerung an seine Berührung. Allerdings schienen die letzten Wochen zu beweisen, dass Charles Force offenbar wusste, wovon er sprach. Vielleicht sollte Skyler einfach keine Fragen mehr stellen, nach New York zurückfliegen und ein braves Mädchen sein. Ein braver Vampir, der die Schritte und Aktionen des *Komitees* nicht anzweifelte. Ein ganz normales Mädchen, dessen einziges Problem die Frage war, was es beim Jubiläumsball im St. Regis Hotel anziehen sollte.

Sie blies sich eine Haarsträhne aus dem Gesicht und sah ihren besten Freund Hilfe suchend an. Oliver hatte ihr immer vertraut und sie unterstützt. Er war ihr in diesen schweren Wochen nicht von der Seite gewichen, auch nicht während der chaotischen Tage nach dem Begräbnis ihrer Großmutter.

»Ich weiß, dass er hier ist, ich *fühle* es«, sagte Skyler. »Ich wünschte, wir müssten noch nicht abreisen!«

Der Kellner brachte die Rechnung und noch bevor Skyler protestieren konnte, hatte Oliver seine Kreditkarte in die Ledermappe geschoben.

Sie beschlossen, für ihre letzte Tour durch Venedig eine Gondel anzuheuern. Oliver half Skyler ins Boot und beide lehnten sich gleichzeitig in die Polster zurück. Dabei berührten sich ihre Unterarme versehentlich. Skyler zuckte verlegen zurück. Das war neu. Bisher hatte sie sich in Olivers Gegenwart immer wohlgefühlt. Sie waren zusammen aufgewachsen wie Bruder und Schwester. Aber seit Kurzem machte Olivers Nähe sie befangen. Es war, als wäre sie eines Tages mit der Erkenntnis aufgewacht, dass er ein *Junge* war – und zwar ein recht gut aussehender.

Der Gondoliere stieß das Boot vom Ufer ab und sie traten ihre langsame Reise an. Oliver fotografierte und Skyler versuchte, die Fahrt zu genießen. Doch so schön Venedig trotz der dunklen Wolken auch war, sie wurde ihre Trauer und das Gefühl der Hilflosigkeit einfach nicht los. Was sollte sie tun, wenn sie ihren Großvater nicht fand? Abgesehen von Oliver hatte sie niemanden auf der Welt. Sie war schutzlos. Was würde mit ihr geschehen? Der Silver Blood – wenn es wirklich ein Silver Blood gewesen sein sollte – hätte sie schon zweimal fast getötet. Automatisch flog ihre Hand zum Hals, als müsste sie sich abermals vor den Angriffen schützen. Wer wusste, ob oder wann er wiederkommen würde? Würde das Gemetzel einfach aufhören, wie das *Komitee* hoffte? Oder würden sich Skylers Befürchtung bewahrheiten und das Morden weitergehen, bis alle Blue Bloods tot wären?

Skyler fröstelte, obwohl kein Windhauch ging. Ihr Blick wanderte über den Kanal und blieb an einer Frau hängen, die aus einem Gebäude trat. Sie kam ihr entsetzlich bekannt vor! Sie sah aus wie Allegra van Alen.

Das kann nicht sein, dachte Skyler. Unmöglich! Ihre Mutter lag im Koma in einem New Yorker Krankenhaus. Sie konnte nicht in Italien herumlaufen. Oder doch? Was wusste Skyler denn schon über Allegra?

Als hätte die Frau ihre Gedanken erraten, blickte sie in Skylers Richtung und sah ihr geradewegs in die Augen.

Es war ihre Mutter! Skyler war fest davon überzeugt. Sie hatte das feine blonde Haar Allegras, ihre schmale aristokratische Nase, ihre hohen Wangenknochen und ihre geschmeidige Figur.

»Oliver – da – oh, mein Gott!«, rief Skyler und zerrte am Mantel ihres Freundes. Verzweifelt zeigte sie auf das Ufer.

Oliver drehte sich um. »Was?«

»Die Frau da ... das ist, das ist ... meine Mutter! Da!«, sagte Skyler und deutete auf die Gestalt, die es auf einmal sehr eilig hatte, in der Menschenmenge unterzutauchen, die aus dem Dogenpalast strömte.

»Wovon redest du, verdammt noch mal?!«, fragte Oliver und sah in die Richtung, in die Skyler deutete. »Welche Frau? Skyler, hast du den Verstand verloren? Deine Mutter liegt in einem New Yorker Krankenhaus. Und zwar im Koma!«, sagte er ärgerlich.

»Ich weiß, ich weiß, aber ... Sieh doch nur, da ist sie wieder – sie ist es, ich schwör's bei Gott, sie ist es!« Skyler sprang auf.

»Wohin willst du denn jetzt?«, fragte Oliver empört. »Was ist in dich gefahren? Hör auf! Sky, setz dich wieder hin!«, rief er. »Das ist doch reine Zeitverschwendung!«

Sie starrte ihn wütend an. »Du musst ja nicht mitkommen!«

Oliver schnaubte. »Als ob du den ganzen weiten Weg hierher ohne mich gefunden hättest! Du schaffst es ja nicht mal allein von Manhattan nach Brooklyn.«

Skyler atmete geräuschvoll aus und versuchte, die blonde Frau im Auge zu behalten. Sie wollte nur noch raus aus dieser trägen Gondel! Oliver hatte Recht: Sie schuldete ihm etwas dafür, dass er sie nach Venedig begleitet hatte, aber gleichzeitig ärgerte es sie, dass sie dermaßen abhängig von ihm war. Das sagte sie ihm auch.

»Du *sollst* ja auch von mir abhängig sein«, erwiderte er. »Ich bin dein Conduit. Meine Aufgabe ist es, dich durch die Welt der Menschen zu begleiten. Ich wusste zwar nicht, dass es dazu gehört, dein persönlicher Reiseführer zu sein, aber okay, meinetwegen ...«

»Dann *hilf* mir, statt zu motzen«, blaffte Skyler und sprang mit einem Riesensatz aus der Gondel – ein Sprung, zu dem kein Mensch fähig gewesen wäre, da sie noch gut drei Meter von der nächsten Uferbefestigung entfernt waren.

»Warte! Skyler!«, rief Oliver ihr nach. *»Andiamo! Se-*

gui quella ragazza!«, drängte er den Gondoliere, Skyler zu folgen. Doch er bezweifelte, dass dieses mit Muskelkraft betriebene Boot das geeignete Mittel war, einen Vampir einzuholen, der sich übermenschlich schnell bewegte.

Skyler spürte, wie ihre Sinne schärfer wurden. Sie lief mit solcher Geschwindigkeit, dass es ihr vorkam, als stünde die Welt um sie herum still. Aber die Frau war mindestens ebenso flink. Sie überquerte die engen Kanäle, die die Stadt durchschnitten, erreichte den *Canal Grande*, wich Motorbooten aus und flog zum anderen Ufer des Kanals. Skyler war ihr dicht auf den Fersen. Während der Verfolgungsjagd durchströmte sie ein Glücksgefühl. Ihr war, als ob sie zum ersten Mal Muskeln benutzte, von deren Existenz sie bislang nichts gewusst hatte.

»Mutter!«, schrie sie verzweifelt, als die Frau mit einem eleganten Satz von einem Balkon zu einer winzigen Pforte hinuntersprang.

Doch die Frau sah sich nicht um, sondern verschwand rasch durch die schmale Seitentür ins Innere eines verfallenen Palazzo.

Skyler landete auf demselben Treppenabsatz und folgte ihr hinein, entschlossen, die wahre Identität der geheimnisvollen Fremden zu enthüllen.

2

Mimi Force betrachtete das geschäftige Treiben im Jefferson Saal der Duchesne Highschool und seufzte glücklich. Es war später Montagnachmittag, der Schultag war vorbei, und das wöchentliche Meeting des *Komitees* war in vollem Gange. Eifrige Blue Bloods waren in kleinen Gruppen an einem runden Tisch versammelt und diskutierten über die letzten Details für die Party des Jahres: den Jubiläumsball.

Mimi und ihr Zwillingsbruder Jack gehörten zu den jungen Vampiren, die auf dem diesjährigen Ball präsentiert werden sollten. Es war eine jahrhundertealte Tradition. Das *Komitee*, kurz für *Komitee der New Yorker Blutbank*, war eine geheime und mächtige Organisation. Bei den Mitgliedern handelte es sich ausschließlich um Blue Bloods, die die Geschicke New Yorks lenkten. Mimi und Jack waren schon im Jahr zuvor ins

Komitee aufgenommen worden, doch das war nur der erste Schritt gewesen. Die öffentliche Präsentation der jungen *Komitee*-Mitglieder vor der versammelten Gemeinschaft der Blue Bloods war noch weit bedeutender. Dabei wurde die Herkunft eines jeden Vampirs verkündet und er erfuhr etwas über seine Aufgabe und seine Stellung. Weil sie in jedem Zyklus in anderen körperlichen Hüllen und unter neuem Namen wiederkehrten, war ihre Präsentation immens wichtig für die Entwicklung ihrer Persönlichkeit.

Aber Mimi Force benötigte keinen pompösen Ball, auf dem sie erfuhr, wer sie in der Vergangenheit gewesen war. Sie war Mimi Force – das schönste Mädchen, das New York je gesehen hatte, und die einzige Tochter von Charles Force, dem Regis. Unter den Red Bloods war er als erfolgreicher Medienmagnat bekannt, dessen Fernsehnetzwerk den Globus von Singapur bis Addis Abeba umspannte. Mimi Force hatte flachsfarbenes Haar, eine Haut, zart wie Seide, und volle Lippen, die denen von Angelina Jolie in nichts nachstanden. Sie galt als heißes Girl und stand in dem Ruf, reihenweise süße Jungs zu vernaschen. Mimi scherte sich nicht um die Regel des *Komitees*, die es minderjährigen Vampiren verbot, das Ritual des *Osculum Sanctum* zu zelebrieren. Sie hatte bereits zahlreiche Red Bloods zu ihren menschlichen Vertrauten gemacht. Und obwohl dadurch ein starkes Band zwischen Vampir und Mensch entstand und der Kodex der Vampire forderte, dass menschliche Vertraute sorgsam und liebevoll behandelt werden sollten, kümmerte sich Mimi nicht weiter um sie. Ihr Herz hing allein an ihrer Familie und das würde immer so bleiben.

Bislang war Mimi mit den Vorbereitungen zufrieden. Alles lief bilderbuchmäßig auf eine perfekte Nacht im St. Regis Hotel hinaus. Es sollte die größte Party des Jahres werden. Anders als beispielsweise das billige Affentheater, das die Menschen Oscar-Verleihung nannten, war der Jubiläumsball eine altehrwürdige Angelegenheit. Hier zeigte sich jeder, der über den entsprechenden gesellschaftlichen Status sowie Macht, Geld und Schönheit verfügte. Es war ein Ball nur für Vampire, das exklusivste Event der ganzen Stadt, wenn nicht gar der Welt. Red Bloods hatten keinen Zutritt.

Die Blumen für die Dekoration waren schon bestellt: zwanzigtausend weiße American-Beauty-Rosen, extra eingeflogen aus Südamerika. Zehntausend Rosen würden allein zu der Girlande über dem Eingang verarbeitet werden. Der teuerste Eventplaner der Stadt, der extra für den Ball engagiert worden war, wollte zehntausend Servietten zu Seidenrosen falten lassen. Darüber hinaus würde der ganze Ballsaal nach Rosenwasser duften.

Um Mimi herum wurden noch die letzten Details besprochen. Die Juniormitglieder, die wie sie selbst noch auf die Highschool gingen, waren mit Fleißarbeiten wie dem Ausfüllen von Einladungskarten, dem Abgleichen der Gästeliste, der Bestätigung von Lieferungen für den Bühnenbedarf und für die Beleuchtung der beiden Fünfzig-Mann-Orchester beschäftigt. Die älteren *Komitee*-Mitglieder hatten hingegen mit delikateren Angelegenheiten zu tun. Sie wurden angeführt von Priscilla Dupont, einer sehr bedeutenden Dame der Gesellschaft, deren majestätisches Gesicht die wöchentlichen Gesellschaftskolumnen zierte. Mrs Dupont war umringt von einer Gruppe ähnlich schlanker, herausgeputzter und wohlfrisierter Damen.

Mit ihrem extrascharfen Gehör fiel es Mimi nicht schwer, ihr Gespräch zu belauschen.

»Kommen wir jetzt zu der Frage, wie wir mit Sloane und Cushing Carondolet verfahren sollen«, sagte Priscilla ernst und griff nach einem der champagnerfarbenen Platzkärtchen, die vor ihr auf dem Tisch ausgebreitet lagen. Jede Karte trug den Namen des Gastes, dem sie am Abend dann zusammen mit einer bestimmten Tischnummer an der Rezeption ausgehändigt werden würde.

Missfälliges Gemurmel erhob sich unter den betuchten Damen. Die wachsende Aufsässigkeit der Carondolets war kaum noch zu tolerieren. Seit die Familie vor ein paar Monaten ihre Tochter Angie verloren hatte, begehrte sie immer wieder gegen das *Komitee* auf. Es kursierten Gerüchte, dass sie sogar eine Klage gegen Mimis Vater zu führen beabsichtigten.

»Sloane ist heute nicht hier«, sagte Priscilla, »doch sie hat ihre Jahresspende überwiesen. Nicht so hoch wie sonst, aber angemessen – im Gegensatz zu anderen Familien, deren Namen ich hier nicht nennen will.«

Diese Gelder kamen der *New Yorker Blutbank* zugute, die sie teilweise zur Bekämpfung von Aids und der Bluterkrankheit einsetzte.

Von allen Familien wurden großzügige Spenden erwartet, um das mehrere Millionen Dollar teure Budget des *Komitees* für ein Jahr zu decken. Manche – wie die Forces – gaben weit mehr, als sie müssten. Andere, wie die van Alens, oder was von dem einst so mächtigen Clan noch übrig war, mühten sich seit Jahren ab, die erforderliche Summe aufzubringen. Mimi war sich nicht einmal sicher, ob Skyler nach Cordelias Tod überhaupt wusste, was von ihr verlangt wurde.

»Die Frage ist doch«, trällerte Mimis Mutter Trinity, »ob es überhaupt angemessen ist, die Carondolets wie üblich am Ehrentisch zu platzieren, nachdem wir nun wissen, was sie von Charles halten ...« Trinitys Einwurf war so formuliert, dass den übrigen Mitgliedern des *Komitees* klar war, dass sie und ihr Gatte lieber Dreck fressen würden, als mit den Carondolets an einem Tisch zu speisen.

»Ich würde sagen, wir verdonnern sie an den Katzentisch, zusammen mit all dem anderen Gesindel!«, verkündete Bobi Ann Lewellyn in ihrem derben Südstaatenslang. Sie war die zweite Frau von Forsyth Lewellyn, der gerade zum Junior-Senator von New York gewählt worden war.

Einige der Damen um Priscilla Dupont taten, als wären sie schockiert über diesen Vorschlag, obwohl sie ihm im Stillen zustimmten. Aber Bobi Anns direkte Ausdrucksweise gehörte sich für Blue Bloods definitiv nicht.

Mimi bemerkte, dass ihre Freundin Bliss entsetzt aufsah, als sie die raue Stimme ihrer Stiefmutter hörte. Bliss war eines der jüngsten Mitglieder des *Komitees* und beim Klang von Bobi Anns kehligem Lachen stieg ihr die Röte ins Gesicht, sodass ihre Wangen fast die Farbe ihrer Locken annahmen.

»Vielleicht können wir uns auf einen Kompromiss einigen«, fuhr Priscilla in versöhnlicherem Ton fort. »Wir werden Sloan erklären, dass wir sie in diesem Jahr nicht so exponiert platzieren wollen, da sie ja noch immer trauern und wir ihren Schmerz natürlich respektieren. Und das Van-Alen-Mädchen setzen wir an denselben Tisch. Darüber können sie sich nicht beschweren, wo sie doch so große Anhänger Cordelias waren. Das Mädchen ist schließlich Cordelias Enkeltochter und hat ebenfalls einen Verlust zu beklagen.«

Da sie gerade von Skyler sprachen – wo war das

kleine Miststück eigentlich? Es ärgerte Mimi, dass Skyler nicht zum Meeting erschienen war. Irgendjemand hatte erzählt, Skyler und Oliver wollten nach Venedig fahren. Was, zum Teufel, taten sie in Venedig? Mimi rümpfte die Nase. Wenn man schon nach Italien fuhr, dann doch wohl besser nach Rom oder Mailand. Mimis Meinung nach war Venedig vor allem feucht und dreckig. Wie hatten die beiden es fertiggebracht, dafür eine Genehmigung von der Schule zu bekommen?

Auf der Duchesne Highschool hielt man nicht viel davon, wenn sich die Schüler ihre Ferien selbst einteilten. Sogar Mimis und Jacks Eltern hatten einen Rüffel kassiert, als sie die Zwillinge im letzten Februar zum Skifahren beurlauben ließen. Schließlich gab es im März eine offizielle Skiwoche, nach der sich alle Familien zu richten hatten. Nicht so die Forces, denn ihrer Meinung nach waren die paar Flocken, die im März noch in Aspen fielen, inakzeptabel!

Mimi warf eine Seidenrose quer über den Tisch nach ihrem Bruder, der sich mit einigen anderen Jungen über Planzeichnungen des St. Regis Hotels beugte und in eine lebhafte Diskussion über Sicherheitsbelange vertieft war.

Die Rose landete auf seinem Schoß und er blickte verwundert auf.

Mimi grinste.

Jack lächelte zurück. Die Sonne schien durch das

Buntglasfenster hinter ihm und umgab sein schönes Gesicht mit einem goldenen Schimmer, als hätte er einen Heiligenschein.

Mimi glaubte, von seinem Anblick nie genug zu bekommen: Ihn anzusehen war beinahe so befriedigend, wie das eigene Spiegelbild zu betrachten. Sie war froh, dass zwischen ihnen beiden wieder alles normal war (was eben als normal galt unter den Force-Zwillingen), nachdem er die Wahrheit über Skylers Abstammung erfahren hatte. Denn Skyler war ein Halbblut und daher in Mimis Augen minderwertig.

Hey, Schöner, dachte Mimi. Sie und Jack konnten sich mittels Telepathie verständigen.

Was ist los?, fragte Jack.

Ich denk an dich.

Jacks Lächeln wurde noch breiter und er warf die Rose zurück in Mimis Schoß. Mimi steckte sie sich hinters Ohr und klimperte verführerisch mit den Augenlidern.

Sie prüfte noch einmal die Einladungskarten. Da der Ball *das* gesellschaftliche Ereignis schlechthin war, bestand ein Großteil der Gäste aus Ältesten und Wächtern. Sicher würde es eine Megaparty werden, aber plötzlich hatte sie eine Idee.

Wie wäre es mit einer Party-nach-der-Party, einer Afterparty, nur für die jungen Blue Bloods? Wo sie richtig einen draufmachen konnten, ohne sich Sorgen machen zu müssen, was ihre Eltern, die Wächter oder *Komitee*-Oberen davon hielten?

Etwas Ausgefallenes, Abenteuerliches ... zu dem nur die Crème de la Crème eingeladen war. Ein kaltes Lächeln zuckte um Mimis Lippen bei der Vorstellung, wie all die kleinen, dummen Duchesne-Kids um eine Einladung betteln würden. Aber erst eine SMS, die in der Nacht des Jubiläumsballs an die betreffenden Leute verschickt werden würde, sollte ihnen den Weg zur Afterparty zeigen. Der ultimative Vampirball!

Mimi sah zu Jack hinüber. Er hielt gerade ein Blatt Papier hoch und verdeckte damit sein hübsches Gesicht. Und plötzlich fiel Mimi eine Szene aus ihrer Vergangenheit ein: sie beide, wie sie sich vor dem Hofstaat von Versailles verneigten, die Gesichter hinter geschmückten, gefiederten Masken verborgen.

Natürlich!

Ein Maskenball!

Auf der Afterparty würden raffinierte Masken gefragt sein! Niemand könnte dann wissen, wer die anderen waren, wer eingeladen war und wer nicht, und das würde die Veranstaltung besonders reizvoll machen!

Mimi war von ihrer Idee begeistert. Immer, wenn sie Unsicherheit und Misstrauen säen konnte, bereitete ihr das ein diebisches Vergnügen.

3

Bliss hatte diesen Traum nicht zum ersten Mal, doch so real war er ihr bisher noch nie vorgekommen. Sie war völlig durchnässt und zitterte vor Kälte. Außerdem bekam sie keine Luft. Als sie die Augen öffnete, war sie von Finsternis umgeben. Aber sie konnte die Gegenwart eines anderen in der Dunkelheit spüren. Eine Hand packte sie am Arm, zog sie empor, immer weiter, bis sie die Wasseroberfläche durchstieß.

Platsch!

Bliss hustete, zog keuchend die kalte Luft ein und blickte wild um sich. Das war kein Traum. Das war die Wirklichkeit! Sie war mitten in einem See aufgetaucht.

»Halt still, du bist zu schwach. Ich schwimme mit dir ans Ufer.« Die Stimme an ihrem Ohr war beruhigend und leise. Bliss versuchte, sich umzudrehen, wollte sehen, wer da war, aber die Stimme hielt sie davon ab. »Nicht bewegen, nicht zurückblicken! Konzentriere dich nur aufs Ufer.«

Sie gehorchte. Das Wasser lief ihr aus dem Haar in die Augen. Sie hustete noch immer. Jetzt kam auch noch ein Würgereiz hinzu. Ihre Arme und Beine baumelten schlaff an ihr herab. Zum Glück gab es keine Strömung, der See war still und friedlich. Es war nicht einmal ein richtiger See. Nachdem Bliss' Augen sich an die Dunkelheit gewöhnt hatten, erkannte sie, dass sie sich im *Central Park* befand, inmitten des künstlichen Teiches. Im nahe gelegenen Bootshaus-Restaurant hatte sie schon häufig zu Mittag gegessen.

Doch mittlerweile war es Ende November und der See lag verlassen da. Bliss spürte, wie ihr die Kälte in die Haut drang. Sie begann erneut zu zittern.

»Es wird vorübergehen. Dein Blut erwärmt sich wieder, keine Sorge. Vampire bekommen keine Erfrierungen.« Wieder diese Stimme.

Bliss Lewellyn stammte aus Texas. Das war das Erste, was sie den Leuten von sich erzählte. Als ob das alles Weitere erklären würde: ihren Akzent, ihre üppigen roten Locken, ihre Diamantohrringe. Doch auf diese Art hielt Bliss die Erinnerung an ihre geliebte Heimat lebendig, die Erinnerung an ein Leben, von dem sich ihr jetziges Dasein immer mehr entfernte. Jetzt war sie einfach nur eines von vielen hübschen New Yorker Mädchen.

In Texas jedoch war Bliss etwas Besonderes gewesen. Sie war 1,70 m groß (mit hochgestecktem Haar schaffte sie glatte 1,80 m), leidenschaftlich und mutig – die einzige Cheerleaderin, die von der Spitze einer Fünfzig-Mann-Pyramide abspringen und sicher auf beiden Füßen landen konnte. Bevor sie herausgefunden hatte, dass sie ein Vampir war und ihre körperliche Überlegenheit daher rührte, schrieb sie ihre Geschicklichkeit ihrem Talent und hartem Training zu.

Damals lebte sie mit ihrer Familie in einer teuren Vorstadt von Houston. Ihr Vater war Spitzenpolitiker und wollte seine erfolgreiche Karriere in New York fortsetzen. Mit dem Umzug nach Manhattan riss er seine Familie kurzerhand aus ihrer vertrauten Südstaatenumgebung.

Für Bliss war es schwer gewesen, sich nach dem Leben in Houston auf den Großstadtrummel des *Big Apple* einzustellen. Sie fühlte sich unwohl in den glamourösen Nachtclubs und auf den Partys, zu denen Mimi Force, die sich selbst zu ihrer Freundin ernannt hatte, sie drängte. Dabei war ein DVD-Abend mit Freundinnen viel eher nach Bliss' Geschmack. Sie mochte nicht in Clubs herumhängen, wo sie sich wie ein Landei fühlte, während Mimi ihren Spaß hatte.

Aber ihr Schicksal nahm eine unerwartete Wende,

als sie Dylan Ward kennenlernte, den schwarzäugigen Jungen mit dem traurigen Gesicht und der erotischen Ausstrahlung, der vor ein paar Monaten in einer Seitengasse zwischen zwei Clubs in Bliss' Leben hineinmarschiert war. Dylan war ein geheimnisvoller, in sich gekehrter Rebell, der eigentlich überhaupt nicht auf die Duchesne Highschool passte. Er hatte ein paar lose Freunde, zu denen Oliver Hazard-Perry und Skyler van Alen zählten, die beiden uncoolsten Kids der Schule. Für Bliss war Dylan mehr als ein Freund, er war ihr Vertrauter, vielleicht liebte sie ihn sogar. Sie wurde immer noch rot, wenn sie an seinen intensiven Zungenkuss dachte. Wenn sie in jener Nacht auf der Party nur nicht gestört worden wären! Wenn ...

Wenn Dylan doch noch am Leben wäre. Aber ein Silver Blood hatte ihn angefallen, in einen der ihren verwandelt und schließlich umgebracht, als Dylan versuchte, Bliss zu warnen. Jedes Mal, wenn sie daran dachte, wie seine blutdurchtränkte Jacke zusammengeknüllt auf den Fliesen des Badezimmers lag, füllten sich ihre Augen mit Tränen.

Damals glaubte Bliss, Dylan an diesem Abend zum letzten Mal gesehen zu haben. Aber jetzt ... dieser Junge, der sie gerettet hatte ... seine leise Stimme in ihrem Ohr – die war ihr so vertraut gewesen. Sie wagte nicht zu hoffen, denn sie wollte nicht an etwas glauben, das nicht wahr sein konnte. Dies war nicht das erste Mal, dass Bliss völlig orientierungslos an einem Ort aufwachte und sich in allerhöchster Gefahr befand. Erst letzte Woche war sie nach einem solchen Blackout zu sich gekommen und fand sich hoch oben auf dem Sims des Klostermuseums wieder. Ihr linker Fuß schwebte frei in der Luft und sie hatte sich gerade noch rechtzeitig festhalten können, um nicht in die Tiefe zu stürzen. Vermutlich hätte sie den Sturz ohne irgendwelche Kratzer überlebt. Wahrscheinlich gab es für einen Blue Blood überhaupt keine Möglichkeit, Selbstmord zu begehen.

Und nun befand sie sich in der Mitte dieses Sees, ohne zu wissen, wie sie hierhergelangt war.

Die Blackouts, die Albträume, in denen jemand sie verfolgte, das Gefühl, dass sie sie selbst und doch nicht sie selbst war, wurden immer schlimmer. Vor einem Jahr fing alles an: Bliss quälten damals entsetzliche Kopfschmerzen und grauenhafte Visionen von purpurroten Augen mit silbernen Pupillen, von scharfen, gefletschten Zähnen ... In ihren schrecklichen Träumen rannte sie endlose Korridore entlang, verfolgt von dem Monster, dessen ekelhafter Atem ihr fast die Sinne raubte. Es packte sie, brachte sie zu Fall ... und verschlang ihre Seele.

Hör auf, befahl sie sich selbst. Warum denkst du jetzt daran? Es ist vorbei. Das Monster – oder was immer es war – existierte nur in ihrer Fantasie. Ihr Vater hatte Recht: Diese Albträume gehörten einfach zur ihrer Verwandlung in einen erwachsenen Vampir dazu. Bliss war fünfzehn, das Alter, in dem sich die Blue Bloods an frühere Leben erinnerten und sich ihrer Unsterblichkeit bewusst wurden.

Bliss versuchte, sich an all das zu erinnern, was an diesem Tag passiert war, um irgendeinen Anhaltspunkt dafür zu finden, wie sie in den Tiefen des Central-Park-Sees gelandet war. Am Morgen war sie wie üblich zur Schule gegangen und hatte danach ein weiteres langweiliges Meeting des *Komitees* besucht. Das *Komitee* sollte ihr und den anderen jungen Blue Bloods beibringen, wie sie ihre Vampirsinne nutzen und kontrollieren konnten. Doch während der letzten beiden Monate war man mehr mit der Organisation dieses albernen Balls als mit irgendetwas anderem beschäftigt gewesen. Ihre Stiefmutter Bobi Ann hatte ebenfalls an dem Treffen teilgenommen und blamierte Bliss mit ihrer schrillen Stimme und ihrem peinlichen Outfit. Danach dinierte Bliss mit ihrer Familie im *Le Cirque*. In dem berühmten New Yorker Lokal verkehrten die Reichen und die Mächtigen, und Senator Lewellyn hatte den Abend damit verbracht, anderen gut betuchten und einflussreichen Gönnern die Hand zu schütteln. Nach dem Essen waren sie in die Oper gegangen, wo sie in der Familienloge Platz nahmen. Sie hatten eine neue *Met*-Produktion von »Orpheus und Eurydike« gesehen. Bliss hatte die tragische Geschichte von Orpheus, der ins Totenreich hinabstieg, um seine geliebte Eurydike zu retten, und sie am Ende dennoch verlor, immer gemocht. Die Musik und der klagende Gesang ließen Bliss schließlich in einen unruhigen Schlaf sinken, in dem sie von den Tiefen des Totenflusses Styx träumte.

Hier endete ihre Erinnerung. Saß ihre Familie noch immer im Theater? Ihr Vater ernst und feierlich wie eine Statue, das Kinn in die Hand gestützt, konzentriert lauschend. Ihre Stiefmutter dagegen vor Langeweile gähnend und Grimassen ziehend und ihre Halbschwester Jordan jedes Wort leise mitsingend. Mit ihren elf Jahren war Jordan bereits ein Opern-Freak. Ja, dachte Bliss, *Freak* ist genau das richtige Wort dafür.

Sie waren mittlerweile am Ufer angelangt und der Fremde zog sie mit festem Griff die Leiter zum Steg hinauf. Bliss sank erschöpft auf das feuchte Holz. Doch schon bald stellte sie fest, dass sie aufstehen konnte. Wer immer sie gerettet hatte, behielt Recht: Ihr Vampirblut erwärmte sich sehr schnell und in ein paar Minuten würde sie nicht einmal mehr merken, dass hier draußen nur vier Grad herrschten. Ein Mensch wäre mit Sicherheit tot, ertrunken oder erfroren.

Sie sah an sich hinab. Noch immer trug sie dieselben

Sachen, die sie beim Abendessen und in der Oper angehabt hatte – ein aufwendig besticktes schwarzes Seidenkleid, das nun ruiniert war. So viel zu dem Pflegehinweis: *Chemisch reinigen lassen!* Lediglich einer ihrer beiden sündhaft teuren Designer-Pumps war noch da, der andere lag wahrscheinlich auf dem Grund des Sees. Sie warf einen kurzen Blick auf das Opernprogramm, das sie noch immer fest umklammert hielt, und ließ es fallen.

»Danke …«, sagte sie und drehte sich um, damit sie endlich ihrem Retter in die Augen sehen konnte.

Aber da war niemand, nichts als das ruhige, dunkle Wasser des Sees. Der Junge war verschwunden.

Nr. 273 — 1. Oktober — 1870

Das mysteriöse Verschwinden der Maggie Stanford

Tochter des Öl-Millionärs beim Patrizierball verschwunden / Wurde sie entführt?

Die New Yorker Polizei ist sehr besorgt über das mysteriöse Verschwinden der sechzehnjährigen Maggie Stanford. Vor drei Wochen verließ das Mädchen das Haus von Admiral Thomas Vanderbilt und seiner Gemahlin, die in dieser Nacht Gastgeber des alljährlichen Patrizierballs waren. Maggie war auf dem Ball präsentiert worden und hatte die Quadrille angeführt. Sie wurde seit jenem Abend weder von ihrer Familie noch von Verwandten gesehen. Maggie Stanford ist die Tochter von Mr Tiberius Stanford, dem Gründer von *Stanford Oil*, und seiner Frau Dorothea. Die Polizei arbeitet mit Hochdruck an diesem seltsamen Fall, bislang aber leider ohne Erfolg. Mrs Standford meldete ihre Tochter noch am selben Tage beim zehnten Polizeirevier als vermisst.

Maggie ist mit 55 kg sehr schlank und von auffallender Schönheit. Sie hat dunkelrote Haare, grüne Augen und ein einnehmendes, wenn auch zurückhaltendes Wesen. Das Verhältnis zum Elternhaus ist intakt. Am Abend des Balls wurde ihre Verlobung mit Lord Alfred Burlington, Graf von London und Devonshire, verkündet. Mrs Stanford gab bei der Polizei an, ihre Tochter könnte möglicherweise entführt worden sein. Für sachdienliche Hinweise, die zu Maggies Auffindung führen, eine hohe Belohnung ausgesetzt.

Aus dem Archiv des **New York Herald**, 1. Oktober 1870

4

Aber sie ist hier hineingegangen. Skyler war sich ganz sicher. Die Frau, die sie verfolgt hatte, war eben durch diese Tür in den Palazzo geschlüpft, in dem Skyler jetzt stand. Doch nun war sie nirgends mehr zu sehen.

Skyler blickte sich um. Sie befand sich im Foyer einer kleinen Pension. Viele der einst prachtvollen, wasserumspielten Paläste des alten Venedigs waren in Pensionen für Touristen umgewandelt worden. Es waren oft schäbige kleine Hotels mit baufälligen Balustraden und Mauern, von denen der Putz abbröckelte. Doch das machte den Gästen nichts aus, weil die Hochglanzprospekte der Reiseveranstalter die Bruchbuden als »ein Stück authentisches Italien« anpriesen, das man auf keinen Fall verpassen durfte.

Eine alte Frau mit einem schwarzen Kopftuch sah

Skyler von der Rezeption her neugierig an. »*Posso aiutarla?*« Kann ich Ihnen helfen?, fragte sie.

Skyler war verwirrt. Von der blonden Frau war nichts zu sehen. Wo konnte sie sich so rasch versteckt haben? Skyler war ihr doch direkt auf den Fersen gewesen.

»*In questo momento è entrata una donna, non è vero?*«, sagte Skyler. Hier ist doch gerade eine Frau hereingekommen, nicht wahr? In diesem Moment war sie dankbar dafür, dass die Schüler der Duchesne mehr als eine Fremdsprache lernen mussten und dass Oliver sie gedrängt hatte, Italienisch zu belegen, »damit wir in Mario Batali's Pizzeria besser bestellen können«.

Die alte Dame runzelte die Stirn. »*Una donna?*« Sie schüttelte den Kopf. Das Gespräch wurde in schnellem Italienisch fortgesetzt. »Nein, außer Ihnen ist niemand hereingekommen.«

»Sind Sie sicher?«, fragte Skyler eindringlich.

Sie unterhielt sich noch immer mit der Dame, als Oliver eintraf. Er hatte die träge Gondel gegen ein schnittiges Schnellboot getauscht, um Skyler einholen zu können.

»Hast du sie gefunden?«, fragte er Skyler.

»Sie war hier. Ich schwöre es. Aber die Dame sagt, sie habe niemanden hereinkommen sehen.«

»Keine Frau«, sagte die alte Dame und schüttelte erneut den Kopf. »Hier wohnt nur der Professor.«

Skyler wurde hellhörig. »Der Professor?«, wiederholte sie. Laut den Aufzeichnungen des Archivs, in dem das Wissen und die Geheimnisse ihres Volkes aufbewahrt wurden, war ihr Großvater Linguistikprofessor gewesen. »Wo ist er?«

»Er ist fort, schon seit vielen Monaten.«

»Wann kommt er zurück?«

»In ein paar Tagen, vielleicht auch Monaten oder Jahren – möglicherweise kommt er auch gar nicht wieder«, seufzte die alte Dame. »Bei dem Professor kann man nie wissen. Aber ich bin froh, dass er immer pünktlich seine Rechnungen bezahlt.«

»Könnten wir ... könnten wir sein Zimmer sehen?«

Die Hauswirtin zuckte mit den Achseln und deutete zur Treppe.

Klopfenden Herzens stieg Skyler die Stufen hinauf, dicht gefolgt von Oliver. Sie erreichten eine kleine Holztür auf dem obersten Treppenabsatz.

»Warte«, sagte Oliver. Er versuchte, den Knauf zu drehen. »Abgeschlossen.« Er probierte es noch einmal. »Nichts zu machen.«

»Verdammt«, fluchte Skyler. »Bist du sicher?« Sie packte den Knauf, drehte ihn mühelos herum, sodass die Tür mit einem Klicken aufsprang.

»Tja, Vampirkräfte müsste man haben.« Oliver sah sie bewundernd an.

Skyler stieß die Tür vorsichtig auf. Sie führte in ein freundliches helles Zimmer mit einem Einzelbett, einem abgenutzten Holzschreibtisch und Bücherregalen, die bis unter die Decke reichten.

Skyler zog ein Buch aus einer der unteren Reihen. *Tod und Leben in den Plymouth-Kolonien, 1620–1641* von Lawrence Winslow van Alen. Sie schlug die erste Seite auf. Sie war mit einer Widmung versehen: »Für meine geliebte Cordelia«.

»Hier sind wir richtig«, flüsterte Skyler. »Das ist das Zimmer meines Großvaters.« Sie betrachtete die anderen Bücher in den Regalen und stellte fest, dass viele darunter von L. W. van Alen geschrieben waren.

»Ich habe Ihnen doch gesagt, dass er gerade nicht da ist«, sagte die Hauswirtin von der Türschwelle aus.

Skyler und Oliver zuckten erschrocken zusammen, denn sie hatten sie nicht kommen hören.

»Aber heute ist der letzte Tag der Biennale und die hat der Professor noch nie verpasst.«

Während der Biennale in Venedig konnte man die weltweit größte Ausstellung für moderne Kunst und eines der bedeutendsten Filmfestivals überhaupt besuchen. Alle zwei Jahre wurde die gesamte Stadt monatelang von Künstlern, Kunsthändlern, Filmproduzenten, Touristen und Studenten bevölkert, die an dem Spektakel teilhaben wollten. Bisher hatten Skyler und Oliver auf ihrer Suche dafür allerdings keinen Kopf gehabt.

»Wenn heute der letzte Tag ist«, sagte Skyler, »müssen wir uns beeilen.«

Die Wirtin nickte und verließ das Zimmer.

Wieder dachte Skyler an die Frau, die haargenau wie ihre Mutter ausgesehen hatte. War es Allegra gewesen, die sie zu ihrem Großvater geführt hatte? Versuchte sie, Skyler auf irgendeine Art und Weise zu helfen? Oder war es vielleicht nur ihr Geist gewesen, den Skyler gesehen hatte?

Sie gingen die Treppe hinunter und fanden die Wirtin plötzlich wieder an der Rezeption, wo sie in Papieren herumblätterte.

»Danke für Ihre Hilfe«, sagte Skyler.

»Wie bitte? Kann ich Ihnen helfen?«, fragte die alte Frau irritiert.

»Sie wissen schon, danke für den Tipp mit der Biennale, wir werden jetzt versuchen, den Professor dort zu finden.«

»Professore? Nein, nein. Nix Professore ...« Die alte Frau bekreuzigte sich und schüttelte den Kopf.

Skyler runzelte die Stirn. »‚Nix Professore'? Was meint sie damit?«, fragte sie Oliver.

»Er fort ... vor zwei Jahre«, fuhr die Wirtin in ihrem gebrochenen Englisch hektisch fort. »Hier nicht mehr wohnen.«

»Aber Sie haben doch gerade gesagt ... Wir haben uns erst vor wenigen Minuten in seinem Zimmer unterhalten«, beharrte Skyler.

»Ich Sie noch nie gesehen. Zimmer abgeschlossen«,

sagte die Wirtin. Sie wirkte bestürzt und hielt entschlossen an ihrem holprigen Englisch fest, obwohl Skyler fließend Italienisch sprach.

»Aber wir sind doch gerade drin gewesen!«, sagte Skyler verärgert.

Die Hauswirtin murrte vor sich hin.

»Irgendwas stimmt nicht mit ihr«, flüsterte Skyler Oliver ins Ohr, als sie die Pension verließen.

»Ja, sie ist plötzlich noch schrulliger geworden als am Anfang«, bestätigte Oliver.

Skyler sah sich noch einmal nach der alten Frau um und bemerkte einen großen Leberfleck an ihrem Kinn, aus dem mehrere lange, dunkle Haare sprossen. Die Frau jedoch, mit der sie anfangs gesprochen hatten, war nicht mit solch einem Leberfleck gestraft gewesen. Da war sich Skyler ganz sicher.

5

Mimi saß im Französischunterricht und sah auf ihr Handy, das erneut vibrierte.

Stehe ich auf der Liste?

Eine weitere SMS. Das war bereits die siebte Nachricht, die Mimi an diesem Tag bekam. Allmählich wünschte sie sich, die Leute würden sich nun wieder beruhigen.

Irgendwie hatte sich die Neuigkeit, dass sie nach dem Jubiläumsball eine Afterparty plante, innerhalb von vierundzwanzig Stunden unter der gesamten Vampirelite New Yorks herumgesprochen. Natürlich hatte Mimi es gleich brühwarm Piper Crandall erzählt, der größten Klatschtante der ganzen Schule, und Piper hatte dafür gesorgt, dass jeder in etwa wusste, worum es ging. Party an einem geheimen Ort. Die Force-Zwillinge waren Gastgeber. Doch bis zum Abend des Ereignisses würde niemand erfahren, ob er nun eingeladen war oder nicht. Das war die pure Folter!

Sag einfach J oder N!!!

Mimi löschte die Nachricht ohne zu antworten.

Später, als Mimi auf dem Weg zur Cafeteria war, versuchten verschiedene Mädchen, Mimis Aufmerksamkeit auf sich zu lenken.

»Mimi ... hab von deiner Afterparty gehört ... Tolle Idee, brauchst du noch Hilfe? Mein Dad könnte einen echt coolen DJ besorgen«, erbot sich Blair McMillan, deren Vater Chef eines berühmten Plattenlabels war.

»Hey, Mimi, ich bin doch eingeladen, oder? Kann ich meinen Freund mitbringen? Er ist 'n Red ... cool, oder?«, quietschte Soos Kemble.

»Hey, Süße, ich wollte nur sichergehen, dass du meine Antwortkarte gekriegt hast!«, rief Lucy Forbes und schickte Mimi einen übertriebenen Luftkuss.

Mimi lächelte allen gnädig zu und legte den Finger auf die Lippen. »Ich kann keinerlei Auskunft geben. Aber ihr werdet bald erfahren, ob ihr zu denen gehört, die eingeladen sind.«

Unten in der Cafeteria saß Bliss Lewellyn und pickte lustlos in ihrem Sushi herum. Mimi hatte sich zum Mittagessen mit ihr treffen wollen, aber wie üblich kam sie zu spät. Bliss war dankbar für die Gnadenfrist, denn so hatte sie Gelegenheit, noch einmal über die Ereignisse des Vorabends nachzudenken.

Dylan. Er musste der Fremde im Park gewesen sein, der sie vor dem Ertrinken gerettet hatte. Bliss wollte nur zu gern daran glauben, dass er den Angriff des Silver Bloods überlebt hatte. Vielleicht ist er untergetaucht und muss seine wahre Identität aus Sicherheitsgründen geheim halten wie ein Topagent, dachte sie verträumt. Wer, wenn nicht Dylan, hätte ihre Not gespürt und wäre durch das kalte Wasser des Sees geschwommen, um sie zu retten? Welcher andere Junge wäre so stark gewesen? Bei wem sonst hätte sie sich so sicher gefühlt?

Bliss klammerte sich an diese Hoffnung. Dylan war am Leben. Er *musste* am Leben sein.

»Nicht hungrig?«, fragte Mimi, als sie sich kurze Zeit später neben Bliss setzte.

Statt einer Antwort schob Bliss ihren Teller beiseite und verzog das Gesicht. Sie zwang sich, jeden Gedanken an Dylan aus ihrem Kopf zu verdrängen.

»Was ist mit dieser Afterparty, über die mich alle ausfragen wollen? Niemand glaubt mir, dass ich keine Ahnung hab, was los ist. Du und Jack, ihr wollt nach dem Ball noch eine Fete starten, oder was?«

Mimi blickte nach rechts und links, um sicherzugehen, dass sich niemand in Hörweite befand. »Ja, ich wollte es dir heute erzählen«, sagte sie dann. Sie verriet Bliss die Einzelheiten. Sie hatte den perfekten Ort gefunden, das *Angel Orensanz Center*, eine ehemalige Synagoge in der Innenstadt. Nichts gefiel Mimi mehr als die Vorstellung, eine ausschweifende Party an einem geweihten Ort zu feiern. Und Mimi war nicht die einzige New Yorkerin, die den Ort für extravagante Anlässe nutzte: Das Center hatte schon als Rahmen für Modeschauen während der *Fashion Week* gedient. Dadurch war Mimi überhaupt erst auf die Idee gekommen. Es ging ihr nicht darum, besonders originell zu sein. Mimi wollte lediglich immer »in« sein. Und das *Angel Orensanz Center* war gerade sehr angesagt.

»Innen sieht's katastrophal aus«, sagte Mimi fröhlich. »Verrottete Träger und frei liegende Balken ... eine herrliche Ruine«, flüsterte sie. »Wir werden den gesamten Raum mit Kerzen beleuchten – kein elektrisches Licht! Und das war's auch schon, es gibt keine weitere Dekoration. Der Ort hat genügend Atmosphäre.«

Mimi riss ein Blatt aus ihrem Notizbuch und reichte es Bliss. »Das sind diejenigen, die ich einladen will. Hab ich vorhin im Französischunterricht aufgeschrieben.« Mimi hatte sich zwar im Leistungskurs Französisch eingetragen, aber der Unterricht war für sie ein Witz. Nachdem all ihre Vampirerinnerungen zurückgeflutet waren, hatte sie festgestellt, dass sie fließend Französisch sprechen konnte.

Bliss las die Namen auf der Liste. Froggy Kernochan. Jaime Kip. Blair McMillan. Soos Kemble. Rufus King. Booze Langdon.

»Das sind zwar alles *Komitee*-Mitglieder. Aber es sind nicht *alle Komitee*-Mitglieder«, bemerkte Bliss.

»Richtig.«

»Du lädst Lucy Forbes nicht ein?«, fragte Bliss entsetzt. Lucy Forbes war bereits eine Seniorin unter den Blue Bloods und die Schulsprecherin der Duchesne Highschool.

Mimi rümpfte die Nase. »Lucy Forbes ist eine blöde alte Streberin.« Mimi lag mit dem Mädchen im Clinch, seitdem Lucy verraten hatte, dass Mimi vom Blut ihrer menschlichen Vertrauten trank, ohne ihnen die vorgeschriebenen zwei Tage Ruhezeit zu gewähren.

Sie gingen die Liste durch, wobei Mimi alle Namen ablehnte, die Bliss noch hinzufügen wollte.

»Was ist mit Stella van Rensslaer?«

»Eine Neue! Bloß keine Grünschnäbel auf der Fete!«

»Aber sie wird nächstes Frühjahr ins *Komitee* berufen werden. Ich meine, sie *ist* ein Blue Blood«, argumentierte Bliss. Die Namen der jüngeren Blue Bloods waren den *Komitee*-Mitgliedern bekannt, damit sie auf den Nachwuchs achtgeben konnten. Auf diese Art hatte Mimi im Frühjahr auch Bliss unter ihre Fittiche genommen.

»Ach nee«, sagte Mimi.

»Carter Tuckerman?«, schlug Bliss vor und dachte an den freundlichen, dünnen Jungen, der bei den Meetings immer Protokoll führte.

»Der Langweiler? Bloß nicht!«

Bliss seufzte. Sie konnte auch Skylers Namen nicht auf der Liste finden, was sie ärgerte.

»Und was ist mit ... du weißt schon ... menschlichen Vertrauten?«, fragte Bliss.

»Red Bloods haben keinen Zutritt, genau wie auf dem Jubiläumsball. Nur dass die Afterparty noch exklusiver ist.«

»Die Leute werden sich darüber ziemlich aufregen«, warnte Bliss.

Mimi lächelte boshaft. »Genau.«

6

Seit ihrer Ankunft in Venedig war Skyler von einer wilden, beinahe fieberhaften Energie angetrieben worden. Sie war unermüdlich gewesen bei ihrer Suche, verbissen und entschlossen. Doch ihr Enthusiasmus hatte immer mehr nachgelassen, als sich zeigte, dass es nicht so leicht werden würde, ihren Großvater ausfindig zu machen.

Sie wusste nichts weiter als seinen Namen. Sie hatte nicht einmal eine Ahnung davon, wie er aussah, ob er alt oder jung war. Von ihrer Großmutter hatte sie erfahren, dass er im Exil lebte, ausgestoßen aus der Gemeinschaft der Blue Bloods. Was, wenn all die Jahre der Isolation ihn in den Wahnsinn getrieben hatten, wenn er nicht mehr zurechnungsfähig war? Oder noch schlimmer – wenn er nicht mehr lebte, wenn er vielleicht selbst bereits Opfer eines Silver Bloods geworden war? Diese schrecklichen Gedanken waren Skyler immer und immer wieder durch den Kopf gegangen, Tag und Nacht.

Doch nachdem sie das Zimmer des Professors gesehen hatte, war sie wieder mit derselben wilden Hoffnung erfüllt wie bei ihrer Ankunft. Er war hier. Er war am Leben. Sie konnte es fühlen.

Die Biennale-Kunstaustellung war in verschiedenen Pavillons untergebracht. Skyler ließ sich von einem in den nächsten treiben und spähte in jede Ecke auf der Suche nach einem Zeichen, einem Anhaltspunkt, der sie zu ihrem Großvater führen könnte. Sie fand die meisten Exponate faszinierend, wenngleich etwas rätselhaft. Eine Animation zeigte eine Frau, die eine Pflanze wieder und wieder goss. Was sollte das bedeuten? Doch auf einmal wurde Skyler bewusst, dass es ein Gleichnis war, das ebenso auf sie zutraf: Was sie hier tat, war reine Sisyphusarbeit, pure Zeitverschwendung. Es war genauso sinnvoll, wie einen Stein einen Berg hinaufzurollen, der am Ende doch immer wieder hinabkullerte.

Oliver war Skyler einige Ausstellungsstücke voraus. Er benötigte für jedes Kunstwerk exakt die gleiche Zeit – zehn Sekunden. Er behauptete, mehr brauche er nicht, um es zu verstehen. Sie hatten ausgemacht, dass sie einander anrufen würden, wenn einer von ihnen auf irgendeinen Hinweis stieß. Oliver bezweifelte, dass sie Skylers Großvater in diesem Getümmel finden würden, doch er hütete seine Zunge.

Skyler blieb am Eingang eines Raumes stehen, in dem ein Lichtstrahl einen orangefarbenen Äquator auf eine rotierende rote Kugel projizierte. Sie ging hinein, um die Lichtinstallation zu betrachten.

»Es ist ein Olaf Eliasson«, erklärte ihr ein junger Mann auf Italienisch, der plötzlich neben ihr aufgetaucht war. »Wunderschön, nicht? Man kann den Einfluss von Flavin erkennen.«

Skyler nickte. Sie hatten Dan Flavin in Kunstgeschichte durchgenommen, daher war sie mit seinem Werk vertraut. »Steht nicht jede Lichtkunst unter dem Einfluss von Flavin?«, fragte sie forsch.

Der Mann antwortete nicht und Skyler wollte schon weitergehen, als er sie unvermittelt in perfektem Englisch fragte: »Was führt dich nach Italien? Du bist ganz offensichtlich keine Kunsttouristin. Die haben alle große Kameras und Reiseführer. Ich wette, du hast noch nicht einmal den neuen Matthew Barney gesehen.«

»Ich suche jemanden«, antwortete Skyler.

»Auf der Biennale?«, fragte er. »An welchem Veranstaltungsort denn?«

»Gibt es etwa mehrere?«, fragte Skyler.

»Natürlich. Dies sind nur die *Giardini*, es gibt außerdem noch das *Arsenale*. Die gesamte Stadt ist ein einziger großer Veranstaltungsort. Wird ganz schön schwer werden, da jemanden zu finden. Beinahe eine Million Besucher sind gekommen, um sich die Ausstellung anzusehen. In den *Giardini* allein stehen schon vierzig Pavillons.«

Skylers Mut sank. Sie hatte keine Ahnung gehabt, dass die Biennale eine so gigantische Veranstaltung war. Sie war die Promenade entlanggegangen und hatte dann den Italienischen Pavillon betreten, ohne die geringste Vorstellung davon, wie weit sich das Areal dahinter erstreckte. Die *Giardini* nahmen eine riesige Fläche ein, auf der Gebäude aus verschiedenen Epochen errichtet waren. Jedes von ihnen war in einem bestimmten Stil gebaut worden und repräsentierte eine andere Nation.

Den Professor hier ausfindig zu machen, würde bedeuten, die sprichwörtliche Stecknadel im Heuhaufen zu suchen.

Zwecklos. Unmöglich. Eine Million Besucher! Das hieß, dass allein in diesem Augenblick Tausende Menschen in der Ausstellung sein mussten. Unter den Umständen konnte sie auch gleich aufgeben.

Skyler war verzweifelt. Sie würde ihren Großvater niemals finden!

Sie wusste nicht, warum sie dem jungen Mann Vertrauen schenkte, doch andererseits: Was hatte sie schon zu verlieren? Sein Blick hatte etwas an sich, das ihr Sicherheit gab. Sie fühlte sich wohl in seiner Nähe.

»Ich suche nach jemandem, der sich der Professor nennt. Lawrence Winslow van Alen.«

Der junge Mann musterte sie kühl. Er war groß und schlank, hatte eine Hakennase, markante Wangenknochen und volles dunkelblondes Haar. Er trug einen weißen Seidenschal, ein maßgeschneidertes Jackett und eine Sonnenbrille mit Goldrand, die er sich hoch auf die Stirn geschoben hatte.

»Man sollte nicht nach denen suchen, die nicht gefunden werden wollen«, sagte er unvermittelt.

»Bitte?« Skyler starrte ihn an, überrascht von seiner merkwürdigen Antwort. Doch statt sich zu erklären, schob der junge Mann einen schweren, schwarzen Samtvorhang beiseite und verschwand dahinter.

Skyler rannte aus dem Italienischen Pavillon auf die Hauptpromenade hinaus und hämmerte im Laufen Olivers Nummer in ihr Handy.

»Was kann ich für dich tun?«, fragte Oliver spöttisch.

»Ich verfolge so einen Kerl – schlank, blond – sieht aus wie ein Formel-Eins-Pilot. Sonnenbrille, Autofahrerhandschuhe, Tweed-Jackett, Seidenschal«, beschrieb Skyler den Fremden atemlos.

»Du bist hinter einem Model her? Ich dachte, wir suchen deinen Großvater!« Oliver lachte.

»Ich habe mich mit ihm unterhalten. Ich hab ihm

den Namen meines Großvaters genannt, und dann ist er plötzlich verschwunden ... Hey, Olli! Olli? Noch dran? Hallo?« Skyler schüttelte ihr Handy und erkannte, dass sie keinen Empfang mehr hatte. Verdammt!

Sich durch die Ausstellung zu bewegen, war wie die Reise in einer kaputten Zeitmaschine. Da gab es griechisch-römische Wandelgänge, die von klaren, modernen Strukturen durchdrungen waren. Manche Gebäude lagen am Ende langer, gewundener Pfade, hinter Hecken und Bäumen versteckt. Skyler seufzte, einen Moment lang kam sie sich völlig hilflos vor.

Doch sie war nicht hilflos. Sie konnte ihn spüren, erahnen, wo er war. Gerade verschwand seine Gestalt in einem griechischen Amphitheater. Er huschte zwischen den Säulen hindurch, verschwand aus ihrem Blickfeld und tauchte gleich danach wieder auf. Skyler preschte vorwärts und gab acht, dass sie diesmal ihre Geschwindigkeit unter Kontrolle behielt, damit die zahlreichen Touristen nichts bemerkten.

Hinter dem Theater sah sie den Mann in einen Hain eintauchen. Sie folgte ihm und gelangte an einen sonderbaren Ort: Vor ihr stand ein Haus, doch irgendetwas daran kam ihr komisch vor. Sie sprang die Eingangsstufen empor und schlüpfte hinein. Einmal drinnen, wusste sie, was sie irritiert hatte.

Im Inneren des Hauses wuchsen Bäume durch das

offene Dach in den Himmel empor. Überall standen Skulpturen auf dem weiß gefliesten Boden. Um sich herum hörte sie die ausschweifenden Erklärungen der Reiseleiter, deren Stimmen das Gemurmel der Besucher übertönten.

Konzentriere dich!, befahl sie sich. Lausche auf ihn, auf seine Schritte. Sie schloss die Augen, versuchte ihn zu spüren, seinen Geruch zu wittern, diese Kombination aus Leder und Eau de Cologne. Vor ihrem inneren Auge beschwor sie sein Bild herauf. Dort! Da war er ja, am anderen Ende des Raums!

Diesmal zögerte sie nicht, ihre ganze Kraft einzusetzen. Sie rannte, so schnell sie konnte, und wie beim letzten Mal versetzte die Jagd sie in einen Rausch. Sie spürte, dass sie noch flinker war als heute Nachmittag bei der Verfolgung der Frau.

Sie würde ihn kriegen.

Der Mann lief immer weiter in das Gebäude hinein. Schließlich sah sie ihn in einem kleinen Raum verschwinden.

Innen war es stockdunkel. Ein Glasfußboden trennte den Betrachter von dem darunter befindlichen Kunstwerk. Skyler konnte kaum etwas erkennen, doch plötzlich spürte sie eine Bewegung. Aus den Augenwinkeln sah sie den Mann, der sich gerade zum Ausgang auf der anderen Seite des Raums hinausschleichen wollte.

»Stopp!«, rief sie.

Er hielt kurz inne, sah sie an und lächelte. Dann war er verschwunden.

Skyler folgte ihm und trat ins Freie, auf einen Gartenweg. Vergeblich suchte sie sein Gesicht in der Menschenmenge. Was sollte das, warum lief er vor ihr davon?

Sie überlegte und versuchte sich vorzustellen, wo es Lawrence hinziehen könnte. Warum ihn die Biennale von Venedig so faszinierte.

Dann erinnerte sie sich an den Stadtplan in ihrem Rucksack. Sie holte ihn heraus und studierte die verschlungenen Wege, die die Pavillons miteinander verbanden. Schließlich fand sie, wonach sie gesucht hatte. Eine Sekunde lang kam sie sich blöd vor, weil sie nicht gleich darauf gekommen war. Sie faltete den Plan zusammen und marschierte entschlossen auf ihr neues Ziel zu.

Ihr Handy klingelte. Oliver.

»Sky, wo bist du? Ich mache mir Sorgen!«

»Mir geht's gut«, antwortete sie. »Hör mal, ich ruf dich zurück. Ich weiß jetzt, wo er ist.« Sie legte auf. Wenige Minuten später stand sie vor einem kleinen Haus aus rotem Backstein. Ein bescheidenes, einfaches Gebäude, verglichen mit den vielen seltsamen Konstruktionen der Ausstellung. Die Fassade stammte aus dem Georgia der frühen Kolonialzeit. Es hatte weiße Balken und ein schmiedeeisernes Treppengeländer.

Skyler war sich sicher, dass sie ihren Großvater hier finden würde. Sie hätte sich gleich denken können, dass er in einem Haus im Stil der Kolonialzeit wohnen würde. Gewiss erinnerte es ihn an frühere Zeiten.

Skyler stieg die Stufen hinauf und als sie aufblickte, stand der junge Mann vor ihr, als hätte er sich direkt vor ihr materialisiert. Er schien während der Jagd gealtert, sein Atem ging flach und sein Haar war zerzaust.

»Du gibst wohl nie auf«, sagte er.

Das war ihre Chance. Vor ihrem Tod hatte Cordelia ihrer Enkeltochter eingeschärft: Sollte sie Lawrence jemals finden – oder jemanden, von dem sie annahm, dass er sie zu ihm führen könnte, dann sollte sie eine Beschwörung benutzen.

Deutlich und mit fester Stimme sprach Skyler die Worte nun aus: *»Auxilium a te occulte peto, amice specialis, nihil celo. Vita mea in manu tua est.«**

Er bedachte sie mit einem eisklaren Blick, und Skyler war auf einmal sicher, dass er zu ihrem Volk gehörte.

»Dormi«, befahl er mit einem Wink seiner Hand.

Um sie herum versank die Welt in Dunkelheit.

*Um Hilfe ersuche ich dich im Geheimen, mein ganz besonderer Freund. Ich habe nichts zu verbergen. Mein Leben liegt in deiner Hand.

Verlobung gelöst

Lord Burlington und Maggie Stanford werden nicht heiraten, Maggie Stanford gilt noch immer als vermisst

Die Verlobung von Maggie Stanford, Tochter von Mr Tiberius Stanford und seiner Gemahlin Mrs Dorothea Stanford von Newport, mit Lord Alfred Burlington, Graf von London und Devonshire, wurde gelöst. Die Hochzeit hätte am heutigen Tage stattfinden sollen.
Maggie Stanford verschwand vor fast sieben Monaten unter mysteriösen Umständen in der Nacht des Patrizierballs. Die New Yorker Polizei hat seitdem rund um die Uhr ermittelt. Die Familie Stanford vermutet ein Verbrechen, obwohl keine Lösegeldforderung oder andere Hinweise auf eine Entführung vorliegen. Für Informationen über Maggies Aufenthalt wurde eine hohe Belohnung ausgesetzt.

Aus dem Archiv des **New York Herald**, 15. März 1871

7

Das Zimmer war ein richtiges Kleinod. Es befand sich in einem der riesigen Wolkenkratzer mitten in Manhattan, hoch über den Dächern der Stadt. Als Mimi zum Fenster hinaus auf die prachtvolle New Yorker Skyline blickte, sah sie ihr Spiegelbild in der Glasscheibe und lächelte.

Sie trug ein Kleid. Aber nicht irgendeines. Es war das Ergebnis höchster Schneiderkunst, Tausende von Chiffonrosetten waren in emsiger Handarbeit zu einem Werk von himmlischer, wolkenleichter Eleganz zusammengesetzt worden. Sein Preis lag im fünfstelligen Bereich, ein einzigartiger Hingucker.

Mimi befand sich im Luxusmode-Ankleideraum von Christian Dior. Ein exklusiver Ausstellungsraum, den man nur mit einer persönlichen Einladung betreten durfte.

»Umwerfend«, sagte die Pressesprecherin des Modeschöpfers mit einem kurzen Kopfnicken. »Das ist es.«

Mimi nahm sich ein Glas Champagner von dem Silbertablett, das ihr ein Kellner mit weißen Handschuhen reichte. »Vielleicht«, entgegnete sie mit gespielter Gleichgültigkeit, wohl wissend, dass die Fünfzehn-Meter-Schleppe auf der Party für Aufruhr sorgen würde.

Und dann erschien Bliss auf der Türschwelle.

Mimi hatte ihre Freundin eingeladen, sie zu begleiten, weil sie es amüsanter fand, beim Anprobieren Zuschauer zu haben. Mimi liebte nichts mehr als katzbuckelnde Anhängerinnen, die ihr gutes Aussehen und ihre gesellschaftlichen Privilegien bewunderten. Aber sie hatte nicht damit gerechnet, dass die Pressesprecherin von Christian Dior Bliss ermutigen würde, ebenfalls ein Kleid anzuprobieren. Bliss war von der *Farnsworth-Modelagentur* unter Vertrag genommen worden und ihr Gesicht war bei der Werbekampagne der Jeansmarke *Stitched for Civilization* zusammen mit dem von Skyler van Alen überall in der Stadt zu sehen gewesen. Seitdem war die kleine Texasrose bei der New Yorker High Society sehr populär. Damit musste Mimi wohl leben. Bliss war von der *Vogue* als *Girl of the Moment* ausgewählt worden und es gab Fanseiten im Internet, die über jeden ihrer Schritte berichteten. Mimi musste sich der schrecklichen Wahrheit stellen: Ihre Freundin war berühmt.

»Na, was haltet ihr davon?«, fragte Bliss.

Mimi und die Pressesprecherin drehten sich nach ihr um. Und Mimis Lächeln erstarb.

»Fantastisch!«, erklärte die Angestellte von Dior.

Bliss trug ein vornehmes dunkelgrünes, beinahe schwarzes Samtkleid, das die Fülle ihrer roten Locken wunderbar zur Geltung brachte. Ihr blasser Teint wirkte fast durchsichtig im Kontrast zur dunklen, edlen Farbe des Kleides. Es war nahezu unanständig tief ausgeschnitten, von den Schulterblättern bis zum Nabel, und enthüllte jede Menge nackter Haut, ohne jedoch obszön zu wirken. Es war mit Tausenden von Kristallen besetzt, die auf dem Stoff wie Sterne am Nachthimmel funkelten.

»Mir gefällt es auch.« Bliss nickte. In ihren juwelenbesetzten Absatzschuhen überragte sie Mimi, als beide sich im Spiegel betrachteten.

Gegen Bliss' vornehmes und dennoch extravagantes Abendkleid sah Mimi in ihren hellrosa Rosetten plötzlich unscheinbar aus.

»Der Stoff scheint so schwer«, sagte Bliss und hob den Saum an. »Aber er ist federleicht!«

»Einer der besten Stoffe der Welt«, sagte die Dior-Mitarbeiterin. »Zehn belgische Nonnen sind bei der Herstellung erblindet«, scherzte sie. »So, Mädels, ich denke mal, wir wären dann so weit.«

Mimi schüttelte den Kopf. Um keinen Preis der Welt

würde sie Bliss erlauben, ihr die Show zu stehlen – das war *ihr* Abend! Sie hatte sich darauf verlassen, die Schönste im Saal zu sein. Auf keinen Fall würde sie zulassen, dass ihr Bliss in diesem wahnsinnig opulenten Kleid den Rang ablief.

Sie würde sich nicht mit einem Kleid von der Stange zufriedengeben, sie brauchte ein maßgeschneidertes Gewand, exklusiv für sie angefertigt.

Sie verließen den Ankleideraum und gingen zu Fred's, einem Restaurant auf der anderen Straßenseite, um einen Happen zu Mittag zu essen. Die Kellnerin gab ihnen einen gemütlichen Tisch am Fenster, wo sie von den anderen Gästen gesehen werden konnten. Mimi entdeckte Brannon Frost, die Herausgeberin des *Chic*-Magazins, mit ihrer vierzehnjährigen Tochter Willow, die in diesem Jahr an der Duchesne eingeschult worden war.

Bliss' Gesicht war rot und glühte vor Freude. Sie sprach immer noch über das Kleid.

»Ja, absolut, du siehst toll darin aus«, sagte Mimi gelangweilt.

Das Lächeln ihrer Freundin erstarb. Bliss nahm einen Schluck Wasser, um ihre Enttäuschung zu überspielen. Mimis Desinteresse war ein Wink, dass für sie das Gespräch über das Abendkleid jetzt beendet war. Bliss sammelte sich rasch. »Aber *deines* war auch fantastisch! Pink ist deine Farbe.«

Mimi zuckte mit den Achseln. »Ich weiß nicht recht. Ich glaube, ich werde mich noch woanders umsehen. Dior ist so übertrieben, meinst du nicht? Fehl am Platz, wie es so schön heißt. Überzogen. Aber wenn man's mag, ist er genial«, sagte sie herablassend, während sie in der ledergebundenen Speisekarte blätterte.

»Und wo willst du dich umsehen?«, fragte Bliss, bemüht, sich von Mimis spitzen Bemerkungen nicht beleidigen zu lassen. Sie wusste, dass sie in dem Kleid großartig ausgesehen hatte und dass Mimi nur neidisch war – das war bei Mimi immer so. Bei ihrem letzten gemeinsamen Shoppingausflug hatten sie in einer angesagten Boutique eine tolle Lammfelljacke gefunden. Mimi gestattete Bliss, sie zu kaufen, aber erst, nachdem sie ihre Verachtung für Leute zum Ausdruck gebracht hatte, die Pelz trugen. »Aber mach nur, Schätzchen. Ich weiß ja, dass manch einen das Leid von unschuldigen Lämmern nicht interessiert.« Am Ende kaufte Bliss die Jacke zwar, traute sich aber nicht, sie auch anzuziehen. Eins zu null für Mimi Force.

Das Miststück platzt doch nur vor Neid, mir hat das Kleid jedenfalls gefallen, dachte Bliss und schämte sich im gleichen Augenblick, so von ihrer Freundin zu denken. War Mimi wirklich eifersüchtig? Worauf konnte die wunderbare Mimi Force denn *überhaupt* eifersüchtig sein? Ihr Leben war geradezu perfekt. Vielleicht interpretierte Bliss zu viel in ihre Reaktion hinein. Vielleicht hatte Mimi Recht und das Kleid war überzogen. Vielleicht sollte sie es doch nicht anziehen. Wenn doch nur *noch* jemand mit im Ankleideraum gewesen wäre, jemand wie Skyler, von der Bliss wusste, dass sie ihre ehrliche Meinung geäußert hätte. Skyler glaubte ja nicht einmal, dass sie selbst gut aussah. Sie versteckte sich ständig hinter diesem Schlabber-Look.

»Ich weiß nicht, *wo* ich ein Ballkleid finden soll«, sagte Mimi heiter, »aber ich bin überzeugt davon, *dass* ich eines finden werde.« Diesmal würde sie ihre Bombenidee für sich behalten. Gnade ihr Gott, wenn Bliss ebenfalls auf den Gedanken käme, bei *Balenciaga* ein maßgeschneidertes Ballkleid anfertigen zu lassen!

Die Kellnerin kam, um ihre Bestellung aufzunehmen. Zwei Steaks. Englisch.

»Blutig.« Mimi lächelte und ließ ihre Fangzähne aufblitzen, sodass die Kellnerin meinte, sich verguckt zu haben.

»Roh!«, scherzte Bliss.

Mimi trank einen Schluck Wasser und nahm ihr Gespräch wieder auf. »Außerdem geht es mir ja auch nicht in erster Linie um das Kleid. Viel wichtiger ist der Partner«, sagte sie.

»Partner?«, stieß Bliss hevor. »Ich wusste nicht, dass wir jemanden mitbringen sollen.«

Mimi lachte. »Natürlich brauchst du einen Partner, Dummchen. Es ist ein *Ball*!«

»Wen nimmst du denn mit?«

»Jack«, antwortete Mimi prompt, als wäre es die natürlichste Sache der Welt.

»Deinen Bruder?«, fragte Bliss erstaunt. »Äh, wie jetzt ...?«

»Ist 'ne Familienangelegenheit«, gab Mimi kurz angebunden zurück. »Zwillinge unternehmen eben immer alles gemeinsam. Und übrigens, es ist nicht so, als wären wir ...«

»Wärt ihr was ...?«, hakte Bliss nach.

Mimi hatte sagen wollen: Es ist nicht so, als wäre er wirklich mein Bruder. Aber dies war weder die Zeit noch der Ort, um eine so unerfahrene Blue Blood wie Bliss in die Geheimnisse ihrer unsterblichen Geschichte einzuweihen. Bliss könnte es nicht verstehen. Sie hatte noch keinen vollen Zugang zu ihren Erinnerungen und würde erst nächstes Jahr auf dem Ball präsentiert werden.

»Nichts«, sagte Mimi, als das Essen kam. »Oh, sieh mal, das lebt ja beinahe noch!« Sie lächelte, als sie ihr Steak zerschnitt und sich dabei ein kleines Blutrinnsal auf dem Teller bildete.

Ein Partner, dachte Bliss. Ein Partner für den Jubiläumsball. Es gab nur einen einzigen Jungen auf der ganzen Welt, an dessen Begleitung ihr gelegen gewesen wäre.

»Und? Was ist mit dir? Du könntest Jaime Kip fragen«, schlug Mimi vor. »Er ist frei.« In Wirklichkeit hatte Jaime Kip eine Freundin, doch da sie eine Red Blood war, galt das für Mimi nicht.

»Hör mal, Mimi, ich muss dir was erzählen«, flüsterte Bliss. Eigentlich hatte sie es Mimi nicht anvertrauen wollen, aber sie konnte ihre Gedanken und Hoffnungen nicht länger für sich behalten. Besonders, weil sie jetzt über Jungs sprachen.

Mimi hob eine Augenbraue. »Schieß los.«

»Ich glaube, Dylan lebt«, sagte Bliss und berichtete atemlos, wie sie fast in dem See im Central-Park ertrunken wäre und von einem Jungen gerettet worden war – einem Jungen, dessen Gesicht sie nicht gesehen hatte, dessen Stimme ihr aber so bekannt vorgekommen war.

Mimi sah ihre Freundin mitleidig an. Von ihrem Vater wusste sie, was geschehen war. Dylan war von einem Silver Blood angegriffen und getötet worden. Es bestand keine Chance, dass er überlebt haben könnte. Seine Leiche war nicht gefunden worden. Aber Bliss hatte vor dem *Komitee* eine Zeugenaussage zu den tragischen Vorfällen an dem betreffenden Abend gemacht. Und damit war sein Schicksal klar umrissen gewesen.

»Bliss, Schätzchen, ich finde es wirklich süß, dass du glaubst, dein sogenannter *Retter* wäre Dylan gewesen. Aber das ist unmöglich. Du weißt genauso gut wie ich, dass ...«

»Dass was?«, fragte Bliss aufbrausend.

»Dass Dylan tot ist.«

Die Worte hingen zwischen ihnen in der Luft.

»Und er wird niemals wiederkommen, Bliss. Nie mehr.« Mimi seufzte und legte Messer und Gabel auf den Tisch. »Jetzt mal im Ernst. Soll ich das für dich arrangieren? Jaime Kip ist wirklich ein süßer Typ.«

8

Als Skyler erwachte, lag sie in einem Bett von königlichen Ausmaßen in der Mitte eines riesigen Raumes, der mit Möbeln ausgestattet war, auf die keine andere Beschreibung als fürstlich zutraf. Ein großer Gobelin mit der erschreckenden Darstellung eines sterbenden Einhorns schmückte die gegenüberliegende Wand, von der Decke hing ein gigantischer Kronleuchter mit Hunderten flackernder Kerzen und auf dem Bett selbst türmten sich alle möglichen Tierfelle. Der ganze Ort verströmte eine mittelalterliche Eleganz.

Sie blinzelte und ihre Hand flog an ihren Hals. Aber da waren keine Bissspuren. Wenigstens das war ihr erspart geblieben.

»Ah, Sie sind wach.«

Skyler hob den Kopf und sah in die Richtung, aus der die Stimme kam. Eine Bedienstete in einem schwarzen

Kleid mit weißer Schürze knickste. »Wenn Sie mir bitte folgen würden, Miss van Alen«, sagte sie. »Ich soll sie hinunterbegleiten.«

Woher wusste die Frau ihren Namen?

»Wo bin ich?«, fragte Skyler, schob die Decken weg und steckte die Füße in ihre Motorradstiefel, die sie unter dem Bett fand.

»Im Dogenpalast«, antwortete ihr die Dienerin. Sie führte Skyler aus dem Raum und eine Wendeltreppe hinunter, die von Fackeln erhellt wurde.

Der *Palazzo Ducale*, wie der Dogenpalast auf Italienisch hieß, war seit Jahrhunderten der Sitz der Venezianischen Regierung. Touristen durften aber die Hauptsäle und die Galerien besichtigen. Skyler hatte den Palast bereits bei einer offiziellen Führung kennengelernt.

Ihr wurde klar, dass sie sich in den privaten Räumen befand, im abgeschlossenen Teil des Palastes, der für die Öffentlichkeit nicht zugänglich war.

Die Treppe führte in eine lange Halle hinunter, an deren Ende sich ein schweres Eichenportal befand, in das verschiedene Hieroglyphen und heidnische Symbole geschnitzt waren.

»Bitte«, sagte die Dienerin und öffnete die Tür.

Skyler ging hinein und fand sich in einer riesigen Bibliothek wieder. Rote Samtvorhänge waren an den übermannshohen Fenstern drapiert. Auf den Nussbaumregalen standen ledergebundene Bücher aufgereiht. Der Boden war mit zahlreichen Wildtierfellen ausgelegt.

Ein kleiner, grauhaariger Mann mit Tweedjacke saß in einem der massiven Ledersessel vor dem lodernden Kamin.

»Tritt näher!«, befahl er.

Neben ihm saß der hübsche junge Mann von der Biennale. Er blickte Skyler an und wies auf den Sessel gegenüber.

»Sie haben mich verhext!«, platzte Skyler heraus.

Der junge Mann nickte. »Es war der einzige Weg, um deine Identität und deine Absichten zu überprüfen. Keine Sorge, dir ist nichts geschehen.«

»Und? Zufrieden jetzt?«

»Ja«, sagte der junge Mann ernst. »Du bist Skyler van Alen. Du wohnst im Hotel Danieli, zusammen mit Oliver Hazard-Perry senior und seinem Sohn Oliver. Du bist auf der Suche nach jemandem. Erlaube mir, dir exzellente Neuigkeiten zu unterbreiten: Deine Suche ist vorüber.«

»Wie meinen Sie das?«, fragte Skyler argwöhnisch.

»Der Professor ist hier«, sagte der junge Mann.

»Du suchst nach ihm, habe ich gehört«, sagte der Alte freundlich. »Heutzutage ist er nicht besonders populär bei amerikanischen Studenten. Vor langer Zeit pilgerten sie in Scharen zu ihm, um seine Vorlesungen zu hören. Jetzt nicht mehr. Sag mir, weshalb bist du gekommen?«

»Cordelia van Alen schickt mich«, sagte Skyler.

Bei der Erwähnung des Namens wechselten die beiden Männer einen bedeutungsvollen Blick. Die Wärme des Feuers brachte Skylers Wangen zum Glühen, aber es war nicht die Hitze allein, die ihrer blassen Haut einen roten Schimmer verlieh. Sie hatte das Gefühl, sich eine Blöße gegeben zu haben, indem sie Cordelias Namen so ohne Umschweife nannte. Wer waren diese Männer? Warum hatten sie sie hierhergebracht?

»Erzähl mir mehr von ihr!«, ermutigte sie der alte Mann. Er beugte sich vor und musterte neugierig Skylers Gesicht.

»Cordelia war meine Großmutter ...«, sagte Skyler. Selbst wenn diese Männer Feinde waren, gab es kein Zurück mehr. Sie suchte den Raum nach einer Fluchtmöglichkeit ab: Tatsächlich – ihre geschärften Sinne verrieten ihr, dass es eine Geheimtür gab, die in eines der Wandregale eingebaut war. Vielleicht könnte sie dort entkommen, oder sollte sie die beiden Männer mit einem Bannfluch belegen und zum Fenster hinausspringen?

»*War?*«, wiederholte der Jüngere.

»Ihr Zyklus ist beendet. Sie wurde angegriffen«, Skyler atmete scharf ein, »... von einem Silver Blood.«

»Wie kannst du dir da so sicher sein?«, fragte der

junge Mann eindringlich. »Seit dem sechzehnten Jahrhundert hat man von den Silver Bloods nichts mehr gehört. Alle Berichte und Einträge über ihre Existenz wurden aus unseren Chroniken entfernt.«

»Cordelia hat es mir selbst gesagt.«

»Aber wurde sie denn nicht ... leer gesogen?«, fragte der junge Mann. Seine Stimme klang belegt.

»Nein. Zum Glück. Sie wird im nächsten Zyklus wiederkehren.«

Der junge Mann lehnte sich in seinem Sessel zurück und wippte nervös mit dem rechten Knie, ungeduldig, den Rest ihrer Geschichte zu erfahren.

»Cordelia hat gesagt, dass ich ihren Ehemann Lawrence finden muss«, fuhr Skyler fort. »Er habe den Schlüssel, um die Silver Bloods zu besiegen. Sie vermutete, dass er sich wahrscheinlich in Venedig versteckt hält. Habe ich ihn gefunden?«

Die Augen des alten Mannes funkelten. »Vielleicht hast du das.«

»Großvater, ich brauche deine Hilfe. Cordelia hat gesagt, es ist wichtig, dass ...«

Der junge Mann räusperte sich. Skyler wandte sich ihm zu.

»*Ich* bin Lawrence van Alen«, sagte er und beugte sich vor. Seine Gesichtszüge veränderten sich, sie zerliefen nicht völlig, aber sie verschoben sich, sodass er plötzlich älter und gesetzter aussah. Dennoch war er bei Weitem nicht der gebeugte, weißhaarige Großvater, den Skyler sich vorgestellt hatte. Dies war ein großer, schlanker Mann, die dichte Löwenmähne von einzelnen silbernen Strähnen durchzogen, mit einer aristokratischen Hakennase und einem arroganten Kinn.

Es war, als ob der Raum durch seine mächtige Präsenz schrumpfte. Seine Dominanz und die Schärfe seines Blickes waren einschüchternd. Er ist Charles Force ein würdiger Rivale, dachte Skyler.

»Du bist ein Formwandler«, sagte Skyler voller Bewunderung. »Ist dies deine wahre Gestalt?«

»Zumindest ist sie ihr sehr ähnlich«, antwortete Lawrence. »Anderson, entschuldigst du uns bitte?«

Der ältere Mann zwinkerte Skyler zu und verließ den Raum. Leise schloss sich die Eichentür hinter ihm.

Skyler setzte sich in den Sessel.

»Dein Conduit?«

Lawrence nickte. Er stand auf, ging hinüber zur Bar und nahm eine Flasche Portwein heraus. Er füllte zwei Gläser mit der roten Flüssigkeit und reichte eines davon Skyler.

»Ich hatte schon so ein Gefühl«, sagte sie und nahm den Wein entgegen. Sie nippte langsam daran. Er war vollmundig und aromatisch. Alkohol wirkte zwar nicht bei Vampiren, aber sie mochte den Geschmack.

»Das ist mir nicht entgangen. Beinahe hättest du mich direkt angesprochen. Woher wusstest du es?«

»›Er sitzet zur Rechten des Herrn‹«, zitierte Skyler. »Du aber hast links gesessen, demnach warst du der Herr.« Es war eine Regel der mittelalterlichen Etikette, die sie in Cordelias endlosen Lektionen über die Geschichte und Tradition der Blue Bloods gelernt hatte. Der Herr saß immer zur Linken, während Personen niedrigeren Rangs zu seiner Rechten saßen.

»Ah, gut beobachtet. Ich vergaß. Ich werde alt.«

»Es tut mir leid, dass Cordelia nicht hier sein kann«, sagte Skyler sanft.

Lawrence seufzte. »Es ist in Ordnung so. Wir haben seit mehr als einem Jahrhundert getrennt gelebt. Man gewöhnt sich an die Einsamkeit. Vielleicht sind wir eines Tages wieder sicher und können zusammenleben.«

Er lehnte sich in seinem Sessel zurück und nahm eine Zigarre aus seiner Brusttasche. »Du bist also Allegras Tochter«, sagte er, während er die Zigarrenspitze mit einem silbernen Cutter abschnitt. »Ich habe dich beobachtet. Von der Minute an, als du in Venedig eingetroffen bist, wusste ich, dass du mich suchst. Es lag etwas in der Luft, ich habe es gespürt. Anfangs habe ich dich für deine Mutter gehalten, aber es war eine andere Energie. Du hast mich auch gesehen.«

»Du warst die Frau auf der Straße, in Gestalt meiner Mutter!«, überlegte Skyler laut. Jetzt ergab alles einen Sinn.

Lawrence nickte. »Manchmal überkommt es mich. Vielleicht, weil sie mir seit so langer Zeit fehlt.«

Er zog an seiner Zigarre und stieß den Rauch aus. »Ich war vorsichtig, denn ich wollte mich dir nicht enthüllen, bevor ich mir deiner Identität sicher war. Ich habe viele Feinde, Skyler. Sie verfolgen mich seit Jahrhunderten. Du hättest einer von ihnen sein können.«

Skyler setzte sich so rasch auf, dass sie fast ihren Wein verschüttete. »Die alte Frau in der Pension – das bist auch du gewesen! Zumindest anfangs!«

Lawrence lachte leise. »Ja. Natürlich.«

»Deshalb war die Frau später so abweisend und hat behauptet, dass sie uns nie zuvor gesehen hätte. Sie sagte die Wahrheit.«

Skyler stellte ihr Glas auf dem kleinen Beistelltisch ab.

»Maria ist eine rechtschaffene Hauswirtin, das muss man ihr lassen.« Lawrence lächelte.

»Warum hast du uns dein Zimmer gezeigt?«

»Eigentlich wollte ich das nicht, aber du hast mich verfolgt, und ich musste Zuflucht in einem meiner Verstecke suchen. Ich habe viele Adressen, weißt du. Maria hat dir die Wahrheit gesagt: Der Raum war abgeschlossen. Aber er öffnete sich für dich. Ich nahm das als gutes Zeichen. Ich dachte mir, ich könnte dir einen Anhaltspunkt geben, um zu sehen, ob du in der Lage wärst, mich auf der Biennale zu finden.«

»Aber weshalb bist du dann vor mir weggelaufen? Warum musste ich dich jagen?«

»Und du hättest mich fast gekriegt. Mein Gott, deine Schnelligkeit – du bist sagenhaft stark! Es hat mich all meine Kraft gekostet, dir zu entkommen. Ich war mir einfach noch nicht sicher, was deine Person und deine Absichten betraf. Ich hatte nicht damit gerechnet, dass du mir vor dem Kolonialgebäude auflauern würdest. Tut mir leid, dass ich den Schlafzauber anwenden musste.«

»Und warum hast du dich entschlossen, mir jetzt zu vertrauen?«, fragte Skyler.

»Weil nur Allegras Tochter die korrekte *Vox Auxilii* wissen konnte, die Anrufung, die du benutzt hast. Denn Cordelia und ich hatten verabredet: Wann immer wir einander suchen würden, sollten unsere Boten diese Worte der Heiligen Sprache benutzen. Ohne diese Beschwörung hättest du mich trotz all deiner Macht in tausend Jahren nicht gefunden. Aber ich musste dich zum Schlafen bringen, um Zeit zu gewinnen und sicherzugehen, dass du kein feindlicher Spitzel bist. Dazu musste ich dich an einen sicheren Ort schaffen, wo wir nicht beobachtet wurden.«

Skyler nickte. Das hatte sie schon vermutet.

»So, nun, da du mich gefunden hast, was willst du von mir?«, fragte Lawrence und sah Skyler durch eine Rauchwolke hindurch an.

»Du kannst es dir denken.«

»Frag!«

»Ich möchte die Wahrheit über die Silver Bloods erfahren. Ich will alles wissen.«

9

An der Duchesne Highschool war die Prüfungswoche angebrochen. Da es danach Ferien gab, freuten sich die meisten Schüler auf diese Zeit.

Nachdem Bliss die Schule durch die hohe, zweiflügelige Glastür betreten hatte, warf sie einen Blick auf ihren Prüfungsplan. Heute waren Englisch und Geschichte dran. Morgen dann Deutsch und Biologie. Am Mittwoch ein Test in Gesellschaftswissenschaften, keine Prüfungen am Donnerstag und lediglich ein Vortrag in Französisch am Freitag.

Als sie die große Treppe in die dritte Etage emporstieg, bemerkte sie, dass um sie herum alle Mädchen in Leggins, T-Shirts und flachen Schuhe herumliefen und die Jungen in ausgeblichenen Sweatshirts, löchrigen Jeans und Turnschuhen.

Was war hier los? Sie war so angezogen wie immer:

hautenge Röhrenjeans, die in kniehohen Piratenstiefeln steckten, und ein Kaschmirpullover über einer Bluse. Warum sahen alle anderen aus, als wären sie kopfüber aus dem Bett gefallen und hätten sich im Dunkeln angezogen?

»Hey, Bliss!« Mimi kam aus der Bibliothek gestürzt.

Bliss war mehr als überrascht, Mimi in einem Outfit zu sehen, das sie normalerweise niemals getragen hätte: Ihr blondes Haar war mit einem grellen blauroten Schal zurückgebunden und sie hatte kaum Makeup aufgelegt. Bliss entdeckte sogar einen winzigen Pickel an ihrem Kinn. Ein übergroßes Lacrosse-T-Shirt, das ihrem Bruder gehören musste, hing von ihren schmalen Schultern herab. Darunter trug sie Flanellhosen und bequeme Pantoffeln.

»Hey!«, rief Bliss.

»Keine Zeit – bin schon spät dran für die Chemieprüfung!«, sagte Mimi, wobei sie schon die Treppe hinuntereilte.

»Bist du etwa jetzt erst gekommen?«, fragte Soos Kemble, die nun ebenfalls aus der Bibliothek trat. Ihr Longshirt baumelte über ausgeleierten Baumwoll-Leggins, das blonde Haar war zerzaust. War das das Mädchen, das sonst jeden Tag mit einer perfekten Föhnfrisur und in Designerklamotten zur Schule kam? Bliss konnte es nicht glauben. »Ja.« Sie nickte. »Warum?«

»Wir sind alle seit gestern Abend hier.« Soos gähnte.

»Ist die einzige Möglichkeit, während der Prüfungen einen Platz in der Bibo zu ergattern.«

Interessant, dachte Bliss. Sie würde die unzähligen, unausgesprochenen Regeln an der Duchesne niemals ganz verstehen, aber offenbar war es angesagt, während der Prüfungen wie ein zerstreuter Professor oder Computerfreak herumzulaufen. Man musste aussehen, als ob man sich abrackerte und nichts anderes als die Prüfungen im Sinn hatte. Selbst die hyperintelligenten Blue Bloods mussten also noch büffeln.

Morgen, schwor sich Bliss, würde sie in ihrem ältesten Schlafanzug zur Schule kommen. Sie hasste es, aufzufallen wie ein bunter Hund. Es zeigte sich einmal mehr, dass sie, anders als ihre Klassenkameradinnen, nicht seit der Vorschule auf die Duchesne gegangen war. Würde sie denn immer eine Außenseiterin bleiben? Bliss überlegte, ob sie sich darüber ärgern sollte, dass Mimi ihr nichts von der schlichten Kleiderordnung gesagt hatte. Doch dann dachte sie sich, dass Mimi im Moment wohl einfach sehr beschäftigt war.

Als Bliss im Geschichtsraum ankam, saßen alle schon still auf ihren Plätzen und warteten darauf, dass die Lehrerin die Prüfungsbögen austeilen würde. Bliss setzte sich in die letzte Reihe und hielt Ausschau nach Skyler und Oliver. Sie wollte ihnen von Dylans Rückkehr erzählen. Im Gegensatz zu Mimi würden sie ihr sicher glauben. Aber dann fiel ihr wieder ein, dass die beiden die Erlaubnis bekommen hatten, ihre Prüfungen früher abzulegen, damit sie für zwei Wochen nach Venedig fahren konnten. Die Glücklichen!

Bliss las die Prüfungsaufgaben. Die erste Frage betraf die Reise der *Mayflower* und die Gründung der dreizehn Kolonien durch die Auswanderer. Da sie das alles miterlebt hatte, musste sie nichts weiter tun, als die alte Siedlung vor ihrem geistigen Auge wiederauferstehen zu lassen.

Als sie ihre Arbeit eine Dreiviertelstunde später abgab, war Bliss zuversichtlich, die Prüfung bestanden zu haben. Jack Force gab seinen Prüfungsbogen gleich nach ihr ab und schenkte ihr ein freundliches Lächeln. Er hielt ihr die Tür auf, sodass sie gemeinsam hinausgehen konnten.

»Wie war's?«, erkundigte er sich.

»Klasse«, sagte sie. »Ein Spaziergang, ich meine ... du weißt schon.«

Er nickte. »Ich weiß, was du meinst. Wir müssen nichts weiter tun, als uns zu erinnern.«

»Als ob man sich einen Film anschaut«, sagte Bliss.

»Obwohl es natürlich nicht so ist, als müssten wir diese Gabe benutzen«, murmelte Jack.

»Bitte?«, fragte Bliss.

»Ach, vergiss es.« Jack winkte ab. Er hatte einen abwesenden Blick, und Bliss überlegte, was wohl in ihm vorging. Er stand ihr nicht besonders nah, obwohl sie ihn oft sah, weil Mimi ihn ja ständig um sich haben wollte.

»Viel Glück noch diese Woche!«, sagte Jack und klopfte ihr kumpelhaft auf den Rücken.

»Dir auch«, sagte Bliss. Dann sah sie auf die Uhr. Bis zur nächsten Prüfung waren es noch ein paar Stunden. Vielleicht konnte sie schnell einen Happen im Imbiss an der Ecke essen und dann versuchen, eine dieser Kabinen in der Bibliothek zu ergattern falls denn eine frei wäre.

Als sie die Treppe hinunterging, schloss sich ihr ein Mädchen an. Bliss hob die Augenbrauen.

Es war Ava Breton, eine neue Schülerin aus dem jüngsten Jahrgang, eine Red Blood, und ziemlich beliebt. Beinahe alle Freundinnen von Ava waren Blue Bloods, obwohl sie das nicht wusste. Bliss bemerkte Bissspuren an ihrem Hals, was hieß, dass ihr Freund Jaime Kip sie zu seiner menschlichen Vertrauten gemacht hatte. Interessant.

»Bliss, kann ich dich was fragen?« Ava strich sich verlegen eine Haarsträhne hinters Ohr. Sie trug ein dünnes, langärmeliges T-Shirt über den Basketballhosen ihres Freundes.

»Sicher.«

»Weißt du irgendwas über diese Party, die Mimi und Jack Force nächste Woche steigen lassen?«

Bliss suchte nach einer Ausrede. »Ich ... äh ...«

»Schon okay. Es ist nur so, dass Jaime sich deshalb irgendwie komisch benimmt. Ich weiß, er geht mit seinen Eltern zu diesem Jubiläumsball ins St. Regis – mal ehrlich, wie lahm ist *das* denn? Aber ich find's seltsam, dass er mich nicht zu der Afterparty mitnehmen will.«

»Tut mir leid«, sagte Bliss unbehaglich. Anders als Mimi mochte sie es nicht, wenn jemand ausgeschlossen wurde. *Ihre* Art war es nicht, Leute vor den Kopf zu stoßen. Sie hielt das für geistlos und versnobt, doch so war Mimi eben. Der Jubiläumsball mochte ja ausschließlich für Blue Bloods sein. Aber die Afterparty war für Teenager. Bliss war der Meinung: Je mehr Gäste, desto lustiger die Party. Wenn ein paar Red Bloods dabei wären, wem würde das denn wehtun ...

»Ich ... ich ... ich meine, alle anderen haben eine Einladung bekommen.« Ava biss sich auf die Lippe. »Und wenn ich nun ohne ...«

»Die Fete steigt um Mitternacht im *Angel Orensanz Center*«, platzte Bliss heraus. »Und es ist ein Maskenball. Du brauchst also irgendeine Verkleidung, um reinzukommen.«

Ein glückliches Lächeln zeigte sich auf Avas Gesicht. »Danke, Bliss! *Riesigen* Dank!«

Mist. Jetzt hatte sie's getan. Sie hatte eine Red Blood zu der Party eingeladen. Mimi würde stinksauer sein.

10

Hoffnungslos. Skyler war verzweifelt. Ihr Großvater war vollkommen nutzlos: ein verängstigter alter Mann, der nur noch für seine Bücher, seine Zigarren und seinen Portwein lebte. Aber was hatte sie denn erwartet? Einen Lehrer, einen Beschützer ... einen Vater, jemanden, der ihr eine Weile lang die Last von den Schultern nahm?

Während sie am nächsten Morgen im Hotelzimmer ihre Koffer packte, dachte Skyler an ihr Gespräch mit Lawrence zurück.

»Es tut mir leid, Skyler. Es war ein Fehler von Cordelia, dich zu mir zu schicken«, sagte ihr Großvater und lief vor dem Kamin auf und ab. »Die Wahrheit ist: Ich habe kein Interesse mehr an den Angelegenheiten der Blue Bloods. Seit der völligen Zerstörung unserer Siedlung

Roanoke durch die Silver Bloods vor fast vierhundert Jahren habe ich die Finger davon gelassen. Die Blue Bloods haben sich entschieden, Michael zu folgen, so wie sie es immer getan haben. Und wenn ich nicht falsch unterrichtet bin, folgen sie ihm unter dem Namen Charles Force noch heute.« Lawrence schüttelte den Kopf. »Als er der Familie den Rücken gekehrt und sich von dem Namen der van Alens losgesagt hat, habe ich mir geschworen, nie mehr in die Gemeinschaft der Vampire zurückzukehren. Du bist umsonst gekommen. Ich bin ein alter Mann. Ich möchte mein unsterbliches Leben in Frieden genießen. Mehr habe ich dir nicht zu sagen.«

»Aber Cordelia ...«

»Cordelia hat zu viel Hoffnung in mich gesetzt, so wie immer. Der Schlüssel, um die Silver Bloods zu besiegen, liegt bei Charles und Allegra, nicht bei mir. Nur die Erzengel können die Blue Bloods vor den Gräueln der Silver Bloods retten.«

»Dann hatte Charles Recht, was dich betraf«, warf Skyler ihm mit bebender Stimme vor.

»Was sagt er über mich?«, fragte Lawrence zurück.

»Dass du nicht mal annähernd der Mann seist, für den Cordelia dich gehalten hat. Dass ich nur Kummer und Verwirrung finden würde, wenn ich nach Venedig fahre.«

Lawrence wich zurück, als hätte Skyler ihn geschlagen. In seinem Gesicht spiegelten sich die vielfältigsten Gefühle: Scham, Wut, Stolz. Aber er schwieg. Dann wandte er ihr abrupt den Rücken zu und verließ Türen schlagend den Raum.

Also gut. Das war's. Skyler schloss den Reißverschluss ihrer Reisetasche, hängte sie sich über die Schulter und ging hinaus zum Fahrstuhl. Dort traf sie auf Oliver, der sie kaum eines Blickes würdigte.

Sie wusste, dass sie seine Gedanken lesen konnte, wenn sie wollte, doch das tat sie nie. Sie hätte ein schlechtes Gewissen dabei, in seinem Kopf herumzuschnüffeln. Davon abgesehen brauchte sie keine übermenschlichen Kräfte, um zu wissen, dass er sauer auf sie war, weil sie ihn gestern Abend nicht angerufen hatte.

Lawrence' Schnellboot hatte sie spät in der Nacht zu ihrem Hotel zurückgebracht und Skyler hatte jede Menge besorgte Nachrichten ihres Freundes in ihrer Mailbox vorgefunden. Aber es war zu spät gewesen, um noch mit ihm zu sprechen.

»Ich dachte, du wärst tot«, fuhr er sie an.

»Wenn ich's irgendwann mal bin, kannst du meinen iPod haben.«

»Pah, das blöde Ding hat ja nicht mal Video.«

Skyler verkniff sich ein Lächeln. Sie wusste, dass Oliver nie lange sauer auf sie sein konnte.

»Dad ist schon weg, hat einen früheren Flug genommen«, sagte Oliver etwas versöhnlicher. »Er musste zu einer Gesellschafterversammlung.«

Skyler warf ihrem Freund einen Seitenblick zu. Seine dichten rötlich braunen Haare fielen ihm ins Gesicht, die haselnussbraunen Augen waren voller Sorge. Skyler musste sich beherrschen, nicht seinen Hals zu berühren, der so verletzlich und einladend aussah. Seit Kurzem verspürte sie den Wunsch zu *saugen.* Der Durst war wie ein leises Summen, eine Hintergrundmusik in ihrem Kopf, die sie einfach nicht loswurde. Irgendwann würde diese Stimme lauter werden, bis Skyler sie schließlich nicht mehr ignorieren könnte. Sie fühlte sich auf eine ganz neue Art zu Oliver hingezogen, und sie errötete, wenn sie ihn ansah.

Skyler kam in den Sinn, dass ihr Vater der menschliche Vertraute ihrer Mutter gewesen sein könnte. Zum ersten Mal in der Geschichte der Blue Bloods waren die Grenzen zwischen den Rassen verwischt worden und das Resultat war Skyler: halb Mensch, halb Vampir, ein *Sanguis Dimidius.*

Skyler hatte ihre Herkunft erst vor wenigen Monaten erfahren, aber jetzt wusste sie, dass ihr Blut ihr Schicksal war. Es zeigte sich in einem verzweigten Muster blauer Äderchen dicht unter ihrer Haut. Blut rief nach Blut. Olivers Blut ...

Sie hatte noch nie zuvor registriert, wie attraktiv ihr

Freund war. Wie sehr wollte sie ihre Hand ausstrecken und die kleine Kuhle unter seinem Adamsapfel berühren, ihn dort küssen und dann seine Haut mit ihren Fangzähnen vorsichtig durchstoßen ... und *saugen* ...

»Wo warst du überhaupt?«, fragte Oliver und riss Skyler damit abrupt aus ihren Träumereien.

»Das ist eine lange Geschichte«, sagte sie.

Die Fahrstuhltür öffnete sich.

Im Taxi, auf dem Weg zum Flughafen Marco Polo, erzählte Skyler Oliver alles, was geschehen war. Ihr Freund hörte aufmerksam zu.

»So ein Mist«, fluchte Olli. »Aber vielleicht ändert er eines Tages seine Meinung.«

Skyler zuckte mit den Achseln. Sie hatte ihren Auftrag erfüllt und getan, worum ihre Großmutter sie gebeten hatte, aber sie fühlte sich verletzt und zurückgewiesen. Sie hatte nicht das Gefühl, bei Lawrence noch irgendetwas ausrichten zu können.

»Vielleicht ja, vielleicht nein. Lass uns nicht mehr drüber reden«, seufzte sie.

Ihr Flug nach Rom hatte Verspätung. Skyler und Oliver schlugen die Zeit tot, indem sie die Duty-free-Shops durchstreiften.

Oliver grinste, als Skyler ihm ein schickes italienisches Modemagazin präsentierte. Sie kaufte mehrere Zeitschriften, eine Flasche Wasser und Kaugummi, um bei Start und Landung den Druck auf den Ohren zu verringern. Als sie an der Kasse anstand, entdeckte sie ein Regal mit venezianischen Masken. Die Stadt war voll mit fliegenden Händlern, die sie anboten, obwohl es bis zum Karneval noch eine Weile hin war, aber bisher hatte sie diese Billigdinger kaum beachtet. Doch diese Maske hier fesselte ihre Aufmerksamkeit.

Sie bedeckte das Gesicht fast komplett und ließ nur zwei Schlitze für die Augen frei. Sie war aus feinstem Porzellan gefertigt, mit Gold und Silber verziert.

»Sieh mal«, sagte Skyler und hielt die Maske hoch, um sie Oliver zu zeigen.

»Was willst du mit dem geschmacklosen Teil?«, fragte er.

»Ich weiß nicht. Ich hab noch kein Souvenir aus Venedig. Ich nehme sie mit.«

Der Flug nach Rom war bereits unruhig, doch der nach New York war noch schlimmer. Es gab heftige Turbulenzen und Skyler glaubte, gleich durchzudrehen. Jedes Mal, wenn das Flugzeug absackte, krachten ihre Zähne schmerzhaft aufeinander. Als sie dann aber unter sich die Skyline von New York sah, wurde sie von großer Liebe zu ihrer Heimatstadt erfasst. Gleichzeitig war sie aber auch traurig, weil zu Hause niemand auf sie wartete, abgesehen von den beiden treuen Dienern, die nach dem Willen Cordelias nun ihre Vormünder waren. Wenigstens hatte sie noch Beauty, ihren Bluthund, in dem ein Teil von Skylers Seele wohnte. Auf diese Weise würde sie Skyler beschützen, bis diese im Vollbesitz ihrer Vampirkräfte war.

Müde von der Reise bahnten sich Skyler und Oliver ihren Weg durch die Ankunftshalle des Flughafens zu den Förderbändern, um ihr Gepäck abzuholen. Nach beinahe fünfzehn Stunden Flug waren sie völlig erschöpft.

Als sie aus dem Flughafengebäude traten, dämmerte es schon und ein leichter Schneefall hatte eingesetzt. Es war die erste Dezemberwoche und der Winter war endlich da.

Der Chauffeur der Familie Hazard-Perry wartete bereits mit dem Wagen auf sie. Der Motor brummte im Leerlauf. Oliver führte Skyler zu der schwarzen Mercedes-Limousine, und als sie in die weichen Lederpolster sank, dankte sie Gott dafür, dass er ihr Oliver an die Seite gestellt hatte.

Auf der Fahrt in die Innenstadt hingen beide ihren Gedanken nach. Auf dem Highway war zur Abwechslung einmal wenig Verkehr und sie schafften es in einer halben Stunde nach Manhattan. Schließlich hielt der Wagen vor dem Haus der van Alens.

»Da wären wir«, sagte Skyler. »Danke noch einmal für alles, Olli. Ich wünschte, es wäre besser gelaufen mit meinem Großvater.«

Oliver beugte sich zu ihr, um sie auf die Wange zu küssen, so wie er es immer tat. Aber Skyler wandte ihm plötzlich das Gesicht zu, sodass ihre Nasen aneinanderstießen.

»Ups«, sagte sie verlegen.

Oliver sah verwirrt aus und sie umarmten sich linkisch.

Was war los mit ihr? Er war ihr bester Freund. Warum benahm sie sich so komisch? Sie wollte gerade die Autotür öffnen, als er sich räusperte. Sie sah sich um. »Hast du was gesagt?«

»Äh, also, du gehst dann heute Abend zu diesem Dingsbums?«, fragte er und kratzte sich am Kinn.

Skyler blinzelte irritiert. »Dingsbums?«

»Diesem, äh, Jubiläumsball«, sagte Oliver und verdrehte die Augen. »Das große Blutsauger-Dingsbums, du weißt schon.«

»Ach, richtig.« Das hatte sie fast vergessen. Als Mitglied des *Komitees* wurde ihre Anwesenheit erwartet, auch wenn sie noch zu jung war, um beim Ball schon offiziell präsentiert zu werden. Anders als Mimi und Jack Force.

Jack Force – vier Wochen lang hatte sie nun ihre Gefühle für ihn unterdrückt, aber der Gedanke an den Jubiläumsball beschwor wieder sein Bild herauf. Sein goldenes Haar, die sonnengebräunte Haut, seine durchdringenden grünen Augen.

Jack war der Erste gewesen, der vermutete, dass an Angies Tod mehr dran sein könnte, als man im *Komitee* wahrhaben wollte. Er war entschlossen gewesen, die Wahrheit herauszufinden. Er hatte sie damals gerettet, als sie von einem Silver Blood angegriffen worden war. Sie hatten sich sogar geküsst ... Diese Berührung war wie ein unvergängliches Mal auf ihre Lippen gebrannt. Wenn sie die Augen schloss, stieg ihr beinahe sein Duft in die Nase, angenehm wie frisch gewaschenes Leinen, mit einem Hauch von Aftershave.

Doch Jack Force hatte sich von ihr abgewandt, nachdem sein Vater zu Unrecht von ihr beschuldigt worden war, ein Silver Blood zu sein.

Sie überlegte, ob Jack schon eine Partnerin für den Ball hatte, und wenn ja, wer es war. Bei der Vorstellung, wie Jack ein anderes Mädchen im Arm hielt, loderte brennende Eifersucht in ihr auf.

Bevor Oliver den Ball erwähnte, hatte sie keinen Gedanken daran verschwendet, was sie anziehen oder mit wem sie hingehen sollte. »Möchtest du mit mir kommen?«, fragte sie ihn jetzt.

Er errötete und verzog gequält das Gesicht. »Es ist ... äh, ausschließlich für Vampire. Eine Art Vorschrift. Es sind keine menschlichen Vertrauten oder Conduits erlaubt.«

»Oh, tut mir leid, das wusste ich nicht«, sagte Skyler. »Vielleicht geh ich auch gar nicht hin.«

Oliver sah zum Fenster hinaus. Der Schnee bedeckte allmählich Dächer und Bürgersteige, sodass es aussah, als wären sie mit Zuckerguss verziert.

»Solltest du aber«, sagte er leise. »Cordelia hätte gewollt, dass du gehst.«

Skyler wusste, dass er Recht hatte. Sie war die letzte van Alen in New York. Sie sollte ihre Familie repräsentieren. »Okay, ich werde hingehen. Aber ich haue so früh wie möglich wieder ab. Vielleicht können wir uns später noch treffen?«

Oliver lächelte sehnsüchtig. »Sicher.«

11

Die Forces hatten im St. Regis Hotel die Präsidentensuite mit vier Betten gebucht. Beinahe alle Zimmer waren von Vampirfamilien belegt. Das war so Tradition, weil man dann nur noch in den Fahrstuhl steigen musste, um zum Ballsaal zu gelangen, und die Damen liefen keine Gefahr, dass ihre teuren Abendkleider zerknittern könnten.

Charles Force schloss den letzten Manschettenknopf. Er war ein stattlicher, stolzer Mann, die ergrauten Schläfen machten ihn nur noch attraktiver. Er trug einen weißen Anzug und passende Handschuhe. Der Frack war maßgeschneidert, doppelreihig geknöpft und die Hosen an den Seiten mit Samtstreifen versehen. Er stand im Salon, die Arme auf dem Rücken verschränkt und wartete, dass die Damen des Hauses endlich mit Anziehen fertig wurden.

Jack, ebenfalls im Frack, leistete seinem Vater Gesellschaft. Jack war den ganzen Tag über sehr schweigsam gewesen. Er schwang die Beine von der Couch und ging zu Charles hinüber. »Was hast du zu Skyler van Alen gesagt, bevor sie abgereist ist?« Er sah seinen Vater ernst an.

»Noch immer besorgt um das Mädchen?«, fragte Charles. »Ich dachte, nachdem sie mich verleumdet hat, hättest du das Interesse an ihr verloren.«

»Ich bin nicht besorgt, Vater, nur neugierig«, sagte Jack.

Während des Tumults um Dylans Verschwinden und Cordelias Tod hatte Charles seinen Sohn ins Vertrauen gezogen und ihm gesagt, dass Skyler ein Halbblut war. In jener Nacht erfuhr Jack auch, von welcher Art die Beziehung zu seiner Schwester war. Mimi bildete seine andere Hälfte, in guten und in schlechten Zeiten, seine beste Freundin, seine ärgste Feindin, sein Zwilling auf jegliche Art und Weise.

Und obwohl Jack nun vieles über sich selbst und seine Familie wusste, blieben genug Fragen offen: Was verbarg das *Komitee*? Waren die Silver Bloods wirklich zurückgekehrt? Sein Vater tat, als habe man die Situation vollkommen unter Kontrolle, weil seit ein paar Monaten niemand mehr ermordet worden war.

Charles seufzte. »Ich habe ihr schlicht und ergreifend gesagt, dass ihre Reise nach Venedig nutzlos ist.

Sie hat es sich irgendwie in den Kopf gesetzt, dass Lawrence van Alen ihr die Antworten auf alle ihre verrückten Fragen liefern kann. Aber dem ist nicht so. Ich kenne ihn gut genug. Er wird sich heraushalten, so wie immer.«

Jack hatte etwas Ähnliches vermutet. Ihm war bewusst, dass sein Vater Lawrence van Alen nicht mochte, und seine frisch erwachten Erinnerungen bestätigten ihn darin.

»Noch Fragen?«, erkundigte sich Charles.

Jack sah nachdenklich auf seine blank polierten Lackschuhe hinunter. Sein nachdenkliches Gesicht spiegelte sich darin.

»Nein, Vater.« Er schüttelte den Kopf. Wie hätte er an seinem Vater zweifeln können? Charles Force war Michael, der Großmütige, der Regis, das Oberhaupt des Rats der Ältesten. Ein Vampir, der aus freiem Willen auf der Erde wandelte und nicht seiner Sünden wegen. Er war unfehlbar.

»Gut«, sagte Charles. »Dies ist der Jubiläumsball. Deine offizielle Präsentation vor den Vampiren. Ich bin stolz auf dich.« Er legte Jack die Hände auf die Schultern. »Trinity, mein Liebling, bist du fertig?«, rief er zu Jacks Mutter hinüber, die sich im Nebenzimmer fertig machte.

Kurz darauf trat Trinity Burden Force in einem tief ausgeschnittenen dunkelroten Ballkleid ins Zimmer.

Sie lächelte ihren Ehemann liebevoll an. Die beiden würden den Ball eröffnen. Doch Jack wusste, dass Trinity der Platz an Charles' Seite eigentlich nicht zustand. Dies war das sechzehnte Jahr, in dem Allegra van Alen nicht neben ihrem Bruder schreiten, das sechzehnte Jahr, in dem Gabrielle die Gemeinschaft der Vampire nicht anführen würde.

In der benachbarten Suite saß Mimi, in einen weichen Bademantel gehüllt, während eine Schar von Kosmetikerinnen sie umringte und jeden Quadratzentimeter ihrer Haut pflegte. Ihr Haar wurde von einem Coiffeur zu einem kunstvollen Nackenknoten zurückgebürstet, während sein Assistent den Föhn darauf richtete.

Zwei der bekanntesten Stylisten der Stadt arbeiteten an den letzten Feinheiten des Make-ups, der eine zog ihre Lippen nach, der andere bestäubte ihr Gesicht mit Puder.

Die ganze Zeit hielt Mimi mit der Linken ein Handy ans Ohr, während sie über die frisch lackierten Fingernägel ihrer Rechten pustete.

»Oh, mein Gott, hier geht es zu wie im Irrenhaus, sorry, ich kann dich überhaupt nicht verstehen. Wann, sagtest du, wolltet ihr hier sein? Wir sind schon im Hotel. Ja, im Penthouse ... Entschuldige mal eben! ... Hallo, Sie da!«, sagte sie scharf zu dem ziegenbärtigen Friseur mit dem Föhn. »Sie sengen mir ja fast das Ohr an!« Sie warf ihm einen finsteren Blick zu. »Sorry, Bliss, ich muss aufhören.«

Mimi klappte ihr Handy zusammen und das geschäftige Treiben um sie herum kam zum Stillstand.

»Sind wir fertig?«, fragte sie.

»Et voilà!« Der Stylist hielt ihr einen Spiegel vor.

»Polaroidbilder!«, forderte Mimi.

Einer der schwarz gekleideten Assistenten machte ein paar Schnappschüsse.

Mimi überprüfte ihre Erscheinung kritisch, sowohl im Spiegel als auch auf den Fotos. Ihr Haar war gebürstet und frisiert und umrahmte ihr Gesicht wie eine goldene Krone. Ihre Haut war makellos, der dunkle Lidschatten brachte ihre grünen Augen zur Geltung und ihre Lippen schimmerten wie eine Rosenknospe im Frühtau.

»Gut, ich denke, das reicht«, sagte sie königlich. Sie entließ das Personal mit einem kurzen Wink und ohne jede Spur von Dankbarkeit. Nach Mimis Überzeugung müsste sich eigentlich jeder, der an ihr arbeiten durfte, bei ihr bedanken.

Kurz darauf betrat ihr Dienstmädchen den Raum. Sie schleppte einen riesigen weißen Pappkarton. Bei seinem Anblick klatsche Mimi begeistert in die Hände.

»Es ist da!«, sagte ihr Dienstmädchen erleichtert. Die junge Frau hatte bereits mehrere von Mimis Tobsuchtsanfällen über sich ergehen lassen müssen, weil der Ball immer näher gerückt war und das Kleid noch auf sich warten ließ.

»Das sehe ich, ich bin keine Idiotin«, blaffte Mimi.

Kaum lag das Paket auf dem Bett, riss sie das Packpapier herunter wie eine Furie.

Nach dem Desaster im Ankleideraum von Dior hatte sie sich bei ihrer Mutter über den Mangel an vernünftigen Ballkleidern beklagt und Trinity arrangierte ohne Umschweife einen Termin im Atelier von *Balenciaga*, mit dem Topdesigner höchstpersönlich.

Während der fünfstündigen Sitzung hatte Mimi unzählige Kleider abgelehnt und den Designer dazu angehalten, Dutzende von Skizzen zu zeichnen.

»Aber wonach suchen Sie denn?«, hatte er schließlich pikiert gefragt. »Sie sind wählerischer als eine Braut.«

Mimi hatte scharf eingeatmet. »Das ist es!« Sie machte die Augen zu und sah sich selbst und Jack, als sie zum ersten Mal den Bund schlossen. Das Kleid, das sie damals getragen hatte, war weiß und schlicht gewesen, nicht mehr als eine Tunika. Zu der Zeremonie waren sie beide barfuß durch die Straßen Venedigs gelaufen.

»Weiß, das Kleid muss weiß sein«, erklärte Mimi dem Designer. »Weiß wie Schnee. Durchsichtig wie Tränen.«

Und jetzt war es da, das Kleid ihrer Träume.

Es war aus allerfeinster Seide, und als sie es hochhielt, glitt es ihr beinahe durch die Finger, so empfindlich war der Stoff. Es war genau so, wie sie es haben wollte. Auf dem Bügel sah es nach gar nichts aus, wie ein glattes weißes Kleidungsstück. Um die Taille war es mit einer Silberkette gegürtet und gewährte in Hüfthöhe einen kleinen Einblick auf die Haut – das einzige Zugeständnis an die moderne Mode, das Mimi erlaubt hatte.

Sie ließ ihren Bademantel achtlos zu Boden gleiten und stand vollkommen nackt da, während das Dienstmädchen ihr das Kleid entgegenhielt. Mimi stieg hinein und spürte, wie sich der leichte, glänzende Stoff an sie schmiegte.

»Geh!«, befahl sie knapp.

Die eingeschüchterte junge Frau stolperte in ihrer Eile über den Bademantel und wäre fast hingefallen.

Mimi gürtete das Kleid um ihre Hüfte und betrachtete die gebräunte Haut, die durch den Ausschnitt schimmerte. Wenn sie vor einer Lichtquelle stand, war ihre Silhouette scharf umrissen. Jede Kurve ihres Körpers, jede Linie vom Hals bis zur Brust, vom Bauch bis zu ihren endlos langen Beinen würde gleichzeitig bedeckt und doch deutlich sichtbar sein. Sie war bekleidet und unbekleidet, verhüllt und nackt zugleich. Da war keine Unterwäsche nötig.

Es war spektakulär.

»Wow!«

Das ging schnell. Sie wandte sich lächelnd ihrem Bruder zu.

Jack stand auf der Schwelle zu ihrem Zimmer, eine Hand auf dem Türknauf. Charles hatte ihn geschickt, um seine Schwester zu holen. Sein schönes, platinblondes Haar war streng zurückgekämmt. Er betrachtete sie zärtlich.

»Du siehst aus ...«, sagte er.

»Ich weiß ...«

Jack gewährte seiner Schwester immer Zutritt zu seinen Gedanken, zu jeder seiner Erinnerungen. Tränen der Rührung stiegen ihm in die Augen.

Mimi konnte sehen, wie *er* sie sah, und sie wusste, dass auch er sich an jene erste Nacht erinnerte. Sie blickten in den wolkenlosen venezianischen Himmel. Leichtfüßig glitten sie über die Brücken. Damals waren sie eine Ewigkeit jünger gewesen – in der Morgendämmerung der Welt, vor all den Kriegen, vor der Dunkelheit.

»Wie hast du es gefunden ... Ist es dasselbe?«, fragte Jack.

»Nein, das Kleid ist damals mit mir im Tiber versunken ... Seide überdauert nicht tausend Jahre, mein Liebling. Dieses ist neu, für einen neuen Bund.«

»Aber noch nicht jetzt«, platzte Jack heraus.

Ihre gemeinsame Vision verschwand und Mimi war

verärgert, aus der schönen Erinnerung verstoßen worden zu sein.

»Nein, jetzt noch nicht«, stimmte Mimi ihm zu. Sie würden ihren Bund nicht offiziell erneuern können, bevor sie nicht volljährig und damit im Besitz ihrer gesamten Erinnerungen waren.

Mimi wusste, dass sich in der gesamten Geschichte der Vampire nur ein Zwillingspaar jemals entzweit hatte. Gabrielle, alias Allegra van Alen, hatte ihren Bruder Michael, alias Charles van Alen Force, in diesem Zyklus verleugnet. Sie hatte in einer Kirche *geheiratet* und einem Menschen das Jawort gegeben, ihrem menschlichen Vertrauten! Und was war dabei herausgekommen? Gabrielle war für immer im Koma gefangen, schwebte zwischen Leben und Tod, verdammt zu ewigem Schweigen.

»Aber warum warten?«, fragte Mimi. »Seit ich denken kann, weiß ich, dass wir zusammengehören.«

Sie waren ein Ganzes. Sie war die Seine. Für immer.

»Ich liebe dich«, sagte Mimi. »Du machst mich verrückt, Jack!«

Ihr Bruder neigte den Kopf und versenkte die Nase in Mimis Haar. Es roch nach Jasmin und er zog den Duft tief ein.

»Ich liebe dich auch«, antwortete er.

»Mein Gott!«, sagte Trinity beim Eintreten mit einem scharfen Atemzug.

Jack löste sich ohne Eile von Mimi und beide sahen zu ihrer Mutter hinüber, die in der offenen Tür stand.

»Mimi, du bist erst sechzehn! Und das ist ganz sicher kein Kleid für ein junges Mädchen«, warf Trinity ihr mit bebender Stimme vor.

»Darf ich dich daran erinnern, dass ich um Jahrhunderte älter bin als du, *Mutter*?«, schnaubte Mimi. Sie war jetzt alt genug, ein Großteil ihrer Erinnerungen war bereits zurückgekehrt. Mimi hatte nicht die geringste Lust, so zu tun, als wäre sie ein normaler Teenager und ihre Familienverhältnisse mit denen gewöhnlicher Menschen vergleichbar.

»Charles«, sagte Trinity, »bring deine Kinder zur Vernunft!«

»Mimi, du siehst wundervoll aus«, sagte Charles und küsste seine Tochter auf die Stirn. »Lasst uns gehen.«

Trinity blickte finster, schwieg aber.

»Komm, Schatz, es ist Zeit zu tanzen«, sagte Charles besänftigend, hakte seine Frau unter und führte sie aus dem Raum.

»Wollen wir?«, fragte Jack und streckte die Hand nach seiner Schwester aus.

»Okay.« Mimi lächelte.

Gemeinsam schritten die Force-Zwillinge Arm in Arm zur Party des Jahres.

12

Einige Blocks entfernt, in der exotischen dreigeschossigen Wohnung, die aufgrund ihrer unglaublichen Extravaganz den Namen *Penthouse des Rêves** trug, stand Forsyth Lewellyn mit seiner Tochter Bliss vor seinem Tresor. Dieser lag versteckt hinter dem Schuhschrank seiner Frau. Er drehte den Knopf an der Stahltür – zwei Klicks nach links, drei Klicks nach rechts – und trat zurück, als die zehn Zentimeter dicke Sicherheitstür aufschwang.

»Dad, was soll das Ganze?«, fragte Bliss ungeduldig. Sie hielt Miss Ellie im Arm, ihren Chihuahua. Miss Ellie war ihr Seelentier und verdankte seinen Namen einer Figur aus *Dallas*. »Ich bin mit Jaime um acht in der Lobby verabredet, wir müssen los.«

*Penthouse der Träume

Wie versprochen, hatte Mimi Bliss mit Jaime Kip verkuppelt, rein freundschaftlich natürlich. Jaime hatte absolut kein Interesse an Bliss und umgekehrt war es genauso. Er hatte vorgeschlagen, sich in der Lobby des St. Regis Hotels zu treffen, da sie beide mit ihren Familien kamen. Bliss wurde das Gefühl nicht los, dass Jaime nur deshalb eingewilligt hatte, sie als Ballpartner zu begleiten, um Mimi endlich loszuwerden. Mimi konnte ziemlich aufdringlich sein, wenn sie wollte.

Bliss verschränkte die Arme und schaute sich in dem gigantischen Ankleidezimmer von Bobi Ann um, das in erster Linie dazu diente, Gäste während der rituellen Wohnungsbesichtigungen zu beeindrucken. Bliss betrachtete ihr Spiegelbild. Sie hatte sich schließlich doch entschlossen, das grüne Dior-Kleid zu tragen. Ihr Vater und ihre Stiefmutter hatten nur überwältigt nach Luft geschnappt, als sie es ihnen vorführte.

»Mein Schatz, du bist so wunderschön!«, hatte Bobi Ann geflüstert und ihre Stieftochter in ihre knochigen Arme geschlossen, ein Gefühl, als würde man von einem Skelett umarmt.

Bobi Ann lobte Bliss' Schönheit immer überschwänglich, während sie ihre leibliche Tochter Jordan, ein unscheinbares Pummelchen, ständig heruntermachte. Jordan, die mit elf Jahren noch zu jung für den Ball war, hatte hereingesehen, während Bliss angekleidet wurde, und sich ihr eigenes Urteil gebildet: »Du siehst aus wie ein Flittchen.«

Bliss hatte ein Kissen nach ihrer flüchtenden Schwester geworfen.

Später dann hatte ihr Vater sie beiseite genommen und zum Safe geführt. Nun öffnete er verschiedene wildledergefütterte Schubfächer, alle exakt nach Bobi Anns Wünschen von Hand gefertigt. Bliss blickte auf die zahlreichen, funkelnden Edelsteindiademe ihrer Stiefmutter, die Halsketten, Ringe und Broschen. Es war wie in einem Juwelierladen.

Ihr Vater nahm eine lange schwarze Samtschachtel aus einem der unteren Fächer. »Das gehörte deiner Mutter«, sagte er und präsentierte ihr eine Kette mit einem massiven, beinahe faustgroßen Smaragd. »Also, deiner richtigen Mutter. Nicht Bobi Ann.«

Bliss verschlug es die Sprache.

»Ich möchte, dass du diese Kette heute Abend trägst. Es ist ein wichtiger Augenblick für unsere Familie. Du würdest das Andenken deiner Mutter ehren«, sagte Forsyth.

Bliss wusste wenig über ihre Mutter. Sie hatte aus einem Grund, den Bliss nicht kannte, ihren Zyklus vorzeitig beendet. Bliss war in dem Bewusstsein aufgewachsen, dass alles, was ihre Mutter betraf, eine schmerzvolle Angelegenheit war, über die ihr Vater nicht gern sprach. Sie konnte sich kaum an sie erinnern, und die wenigen Fotos, die es gab, waren bereits so ausgeblichen, dass ihre Gesichtszüge unscharf und kaum noch zu erkennen waren. Wenn Bliss nach ihr fragte, sagte ihr Vater nur: »Greif auf deine Erinnerungen zurück«, und: »Du wirst deine Mutter wiedersehen, wenn die Zeit reif dafür ist.«

Die Hündin auf Bliss' Arm wurde plötzlich wild und aggressiv. Sie knurrte den Stein an und schnappte danach.

»Miss Ellie! Aus!«

»Ruhe!«, donnerte Forsyth.

Mit einem Satz sprang die Hündin aus Bliss' Armen und flüchtete mit eingeklemmtem Schwanz zur Tür hinaus.

»Du hast sie erschreckt, Daddy!«, sagte Bliss vorwurfsvoll, während ihr Vater ihr die Kette umlegte. Sie betrachtete den Edelstein, der sich in ihr Dekolleté schmiegte. Er lag schwer auf ihrer Haut. Sie wusste nicht, ob er ihr gefiel oder nicht. Er war so groß. Hatte ihre Mutter wirklich so etwas getragen?

»Der Stein heißt *Rose von Luzifer* oder *Luzifers Fluch*«, erklärte Forsyth mit einem Lächeln. »Kennst du die Legende?«

Bliss schüttelte den Kopf.

»Es heißt, als Luzifer aus dem Himmel verstoßen wurde, sei der Edelstein aus seiner Krone gebrochen.

Der Name des Smaragdes war *Rose von Luzifer*, der Morgenstern. In anderen Geschichten nennt man ihn sogar den *Heiligen Gral.*«

Bliss wusste nicht, was sie davon halten sollte. Ihre Mutter hatte ein Juwel besessen, dessen Geschichte mit den Silver Bloods verbunden war?

»Natürlich«, sagte Forsyth kopfschüttelnd, »ist es nur eine Geschichte.«

In diesem Augenblick betrat Bobi Ann den Raum – in einem entsetzlichen Kleid, worin sie aussah, als hätte ihr jemand Metalliclack auf die Haut gesprüht.

»Wie gefalle ich dir?«, fragte sie ihren Ehemann mit kokettem Augenaufschlag.

Bliss und ihr Vater wechselten einen vielsagenden Blick.

»Du siehst wunderschön aus, Darling«, sagte Forsyth mit einem frostigen Lächeln. »Wollen wir? Der Wagen wartet.«

Vor dem Hotel hatte sich eine geschlossene Front von Fotografen aufgebaut und eine wachsende Menge Schaulustiger wurde von einem Sicherheitszaun und zahlreichen Polizeibeamten zurückgehalten. Immer, wenn eine schwarze Limousine vorfuhr, gab es ein wahres Blitzlichtgewitter.

»Dann mal los!«, sagte Bobi Ann entzückt, als sie aus dem Auto stieg und sich bei ihrem Mann unterhakte.

Aber die Paparazzi interessierten sich nur für Bliss.

»Bliss! Hier drüben! Bliss! Einmal zu mir! Bliss, hierher!«

»Was trägst du da?«

»Lächeln!«

»Wer hat das Kleid entworfen?«

Ein paar Fotografen und Reporter waren höflich genug, den Senator und seine Ehefrau nach ihrer Meinung über den Ball zu fragen, aber ganz offensichtlich war Bliss die Attraktion. Sie strahlte nach allen Seiten und genoss die Aufmerksamkeit.

Es waren nur zehn Schritte vom Bordstein bis zum Hotel, aber Bliss brauchte über eine halbe Stunde, um hineinzugelangen.

»Der reine Wahnsinn«, bemerkte sie zufrieden, als sie endlich die Lobby erreicht hatte und ihren Partner schon ungeduldig an der Rezeption warten sah.

Der Ballsaal des St. Regis hatte sich in ein glitzerndes Winter-Wunderland verwandelt. Die Kristallleuchter waren mit Perlen geschmückt und überall blühten die fantastischen American-Beauty-Rosen, auf den schweren Festtafeln und in den riesigen Girlanden über den Türstürzen. Ein schneeweißer Teppich auf dem Marmorfußboden führte vom Empfang direkt in den Ballsaal.

»Senator und Mrs Forsyth Lewellyn«, verkündete der Herold, als Bliss' Vater und Bobi Ann oben auf der

Treppe erschienen. Das Licht der Scheinwerfer erfasste sie und es ertönte ein kurzer Trommelwirbel.

»Mr James Andrew Kip. Miss Bliss Lewellyn.«

Zu viert betraten sie gemessenen Schrittes den Saal.

Die beiden fünfzigköpfigen Orchester waren einander gegenüber zu beiden Seiten des Raums platziert und spielten einen heiteren Walzer, als sich die Blue Bloods in all ihrer Pracht präsentierten – die Herren elegant und seriös in ihren Fracks, die Damen übernatürlich schlank und traumhaft schön in ihren festlichen Ballkleidern. Es war ein bezaubernder Anblick. Das *Komitee* hatte sich diesmal selbst übertroffen.

Jaime brachte Bliss zu ihrem Tisch, verabschiedete sich höflich und verschwand für den Rest des Abends. Bliss fand Mimi mit ihren Eltern am Empfang.

»Wow, seht euch das an!«, sagte Mimi. Natürlich hatte sie sofort Bliss' Kette im Visier. »Was für ein Stein!«

»Er hat meiner Mutter gehört«, erklärte Bliss. Sie erzählte Mimi die Geschichte von *Luzifers Fluch.*

Mimi nahm den Edelstein in die Hände und fuhr über die kühle, glatte Oberfläche. Kaum hatte sie ihn berührt, als sie auch schon in die Zeit der Letzten Schlacht zurückversetzt wurde: der Tag der Verbannung aus dem Paradies, Trompetenklänge in der Ferne, Michael mit dem goldenen Schwert, die Kälte ... und schließlich das bittere Erwachen auf der Erde, unsterblich und süchtig nach Blut.

»Oh!«, Mimis Blick verklärte sich, noch immer umklammerte ihre Hand den Stein. Dann ließ sie ihn plötzlich los, als hätte sie sich daran verbrannt.

Bliss war entsetzt. Sie wusste, dass mit Mimi etwas geschehen war, dass der Stein wohl schreckliche Erinnerungen in ihr geweckt haben musste. Aber wenn sie selbst ihn berührte, passierte gar nichts. Es war einfach nur ein Juwel, ein lebloses Schmuckstück. *Luzifers Fluch.* Sie schauderte.

»Das ist ja wie in *Titanic*, das *Herz des Ozeans*«, sagte Mimi heiser. »Versprich mir, dass du ihn nicht irgendwo ins Meer wirfst.«

Bliss versuchte zu lachen. Doch der Stein – fünfundfünfzig Karat – lastete schwer auf ihrer Brust.

Rose von Luzifer. Luzifers Fluch. Luzifer, der Prinz der Silver Bloods. Sein wertvollster Besitz hing um ihren Hals wie eine Schlinge. Sie zitterte. Ein Teil von ihr wollte sich das Ding von der Kehle reißen und so weit wegschleudern wie nur irgend möglich.

13

Das Haus der van Alens war einst das größte und majestätischste Wohnhaus in ganz New York gewesen. In zahllosen Generationen waren aus der Familie Staatspräsidenten, Nobelpreisträger, Hollywoodstars, Künstler und Schriftsteller hervorgegangen. Doch jetzt war das Gebäude nur noch ein Schatten seiner selbst: Der Putz bröckelte ab, auf den Mauern prangten Graffiti, das Dach war undicht und die Wände hatten Risse. Die Familie war über die Jahre hinweg nicht mehr in der Lage gewesen, es instand zu halten.

Skyler schleppte ihre Reisetasche die Eingangstreppe hinauf und läutete.

Hattie, die treue Dienerin ihrer Großmutter, öffnete und ließ sie herein.

Das Wohnzimmer war genauso dunkel und abweisend, wie sie es verlassen hatte. Seit Jahren hatten Skyler und Cordelia nur ein Viertel des riesigen Hauses bewohnt – die Küche, das Esszimmer und ihre beiden eigenen Zimmer. Alle anderen Räume waren verschlossen und unbenutzt, was Skyler immer Cordelias Geiz zugeschrieben hatte. Auf Anweisung ihrer Großmutter waren beinahe alle Möbel im Haus mit Leinentüchern abgedeckt worden, die Vorhänge waren zugezogen und ganze Flügel des Hauses galten als tabu.

Skyler kam es manchmal so vor, als bewohnte sie ein muffiges, altes Museum, angefüllt mit antikem Kram und teuren Kunstwerken, die hinter Schloss und Riegel gehalten wurden.

Als Skyler ihr Zimmer betrat, wurde sie von Beauty mit freundlichem, tiefem Bellen begrüßt und erst in diesem Augenblick fühlte sie sich wirklich zu Hause.

Sie fragte sich, was sie heute Abend anziehen sollte. In der Einladung hatte etwas von Krawattenzwang gestanden, woraus Skyler schlussfolgerte: Anzug und Frack für die Herren, lange Abendkleider für die Damen. Sie erinnerte sich dunkel, wie Cordelia sich immer für den Jubiläumsball zurechtgemacht hatte und irgendwelche steifen, altmodischen Ballkleider trug mit Handschuhen, die bis zu den Ellbogen reichten. Vielleicht würde sie ja etwas Passendes für sich im Schrank ihrer Großmutter finden.

Sie hatte Cordelias Zimmer seit dem schicksalhaften Abend des Angriffs nicht mehr betreten. Sie fürchtete sich davor. Bei dem Gedanken daran, wie sie ihre Großmutter in einer Blutlache gefunden hatte, packte sie das blanke Entsetzen. Ihr einziger Trost war die Tatsache, dass Cordelia den Angriff überstanden hatte, ohne völlig leer gesogen worden zu sein. Skyler hatte noch genügend Blut ihrer Großmutter zur Aufbewahrung ins Medizinische Institut von Dr. Pat schaffen können, damit es für eine Reinkarnation, einen nächsten Zyklus, reichte. Dr. Pat war Olivers Tante und kümmerte sich um die besonderen Belange der Blue Bloods.

Hattie steckte den Kopf zur Tür herein und sah Skyler unschlüssig vor dem Schrank ihrer Großmutter stehen. »Suchen Sie etwas, Miss Skyler?«, fragte sie.

»Ich brauche etwas zum Anziehen, Hattie. Für den Ball heute Abend.«

»Mrs Cordelia besaß viele Kleider.«

»Ja.« Skyler zog die Stirn kraus, nahm verschiedene Bügel aus dem Schrank und betrachtete die Kleider, die darauf hingen. Sie waren schrecklich altmodisch, mit Puffärmeln und Schößchen. Einige, die aus den frühen Achtzigern stammten, hatten geschmacklose Schulterpolster. »Ich glaube nicht, dass ich hier etwas finde.«

»Miss Allegra hatte ebenfalls zahlreiche Abendkleider«, sagte Hattie.

»Meine Mutter? Ihre Garderobe ist immer noch hier?«

»Aber ja, in ihrem Zimmer in der dritten Etage.«

Allegra van Alen war im selben Haus aufgewachsen und Skyler wünschte sich – nicht zum ersten Mal –, dass ihre Mutter für sie da wäre.

Hattie führte sie die Treppe hinauf in den nächsten Stock, zu einem Zimmer ganz am Ende des Gangs.

Skylers Herz pochte vor Aufregung.

»Es ist ein Jammer um Miss Allegra«, sagte Hattie, als sie die Tür öffnete. »Das Zimmer ist noch genauso wie damals, als sie achtzehn war. Bevor sie mit Ihrem Vater fortgelaufen ist, um ihn zu heiraten.«

Das Zimmer war unberührt. Skyler war verblüfft, nirgends Spinnweben in den Ecken zu finden und keine Staubschicht auf den Möbeln. Sie hatte eine Krypta erwartet, ein Mausoleum, doch es war ein heller, freundlicher Raum mit italienischen Laken auf dem Bett und weißen Gardinen vor den frisch geputzten Fenstern.

»Mrs Cordelia hat immer darauf bestanden, dass es sauber gehalten wird. Falls Ihre Mutter einmal aufwachen sollte.«

Skyler trat an Allegras Kleiderschrank und öffnete eine der Türen.

Sie griff hinein und zog einen Bügel mit einem schlichten Longshirt heraus.

»Bist du sicher, dass sie auch Ballkleider hatte?«

»Aber ja. Sie ist an ihrem sechzehnten Geburtstag auf dem Jubiläumsball präsentiert worden«, erklärte

Hattie. »Es war ein Kleid von Chanel. Es muss da sein.«

Skyler sah geduldig Bügel für Bügel durch. Schließlich fand sie ganz hinten im Schrank den schwarzen Kleidersack mit dem Doppel-C-Logo.

Sie legte ihn auf das Bett und öffnete langsam den Reißverschluss.

»Wow!«, hauchte sie, während sie das Kleid vorsichtig von seiner Hülle befreite und emporhielt. Es schimmerte golden, hatte ein enges, trägerloses Korsett-Oberteil und bauschte sich von der Taille abwärts in voluminösen Falten. Das Kleid war einer Prinzessin würdig.

Skyler hielt es an ihren Körper. Es würde ihr passen, das wusste sie.

Als Skyler den Ballsaal betrat, schien die Welt auf einmal stillzustehen. Die anderen Gäste starrten sie an. Sie fühlte sich unbehaglich im grellen Licht der Scheinwerfer und wusste nicht recht, was sie als Nächstes tun sollte. Man hörte ein paar Leute nach Luft schnappen.

Auch Jack Force konnte die Augen nicht von ihr abwenden.

Wie alle hier im Saal hatte er einen kurzen Moment lang geglaubt, Gabrielle, Allegra van Alen, wäre zurückgekehrt.

14

Der Jubiläumsball, früher einmal Patrizierball genannt, wurde nach alter Tradition so ausgerichtet, wie er schon im späten achtzehnten Jahrhundert stattgefunden hatte, als die Blue Bloods eine bedeutende Rolle in der Gesellschaft zu spielen begannen. Das Zehn-Gänge-Menü, das nur zum Tanzen unterbrochen wurde, servierte man sogar noch immer auf denselben Goldrandtellern und Silbertabletts wie vor zweihundertfünfzig Jahren. Auch der Champagner wurde noch immer aus denselben Kristallkelchen getrunken.

Doch trotz all der Köstlichkeiten auf ihrem Teller rührte Mimi ihr Essen kaum an. Stattdessen stand sie auf und sah sich unter der vornehmen Gesellschaft um. Alle bedeutenden Familien, jeder, der Rang und Namen hatte, war anwesend. Einige der Gäste waren extra aus dem Ausland angereist. Eine große, reiche Blue-Blood-

Familie, die sich vor Jahrhunderten in China niedergelassen hatte, war gerade aus Schanghai eingetroffen. Ihre beiden Töchter, zwei mandeläugige, langbeinige Schönheiten, würden unter den Jugendlichen sein, die beim heutigen Ball präsentiert wurden.

Doch den Forces brachte man den größten Respekt entgegen. Mimi wurde wie eine Prinzessin bewundert und genoss die Aufmerksamkeit in vollen Zügen.

Sie suchte ihren Bruder. Jack war fast den ganzen Abend über an ihrer Seite gewesen, dann aber während des Essens plötzlich verschwunden. Dabei sollten sie gerade heute zusammenbleiben. Denn in dieser Nacht würde die Gemeinschaft der Vampire zur Kenntnis nehmen, dass sie einander wiedergefunden hatten und dass sie, wenn es an der Zeit war, ihr unsterbliches Gelübde erneuern würden.

Wo war er nur?

Sie sandte ihre Gedanken durch den ganzen Raum und wartete auf ein Zeichen von ihm. Ah, dort, am Ehrentisch! Er unterhielt sich mit einem Freund aus der Fußballmannschaft, Bryce Cutting. Auf einmal unterbrach er sein Gespräch und schaute mit einem strahlenden Lächeln in ihre Richtung.

Sie lächelte ebenfalls und winkte ihm zu, doch er winkte nicht zurück. Verärgert wandte sie sich ab. Interessierte er sich überhaupt noch für sie? Erst in diesem Augenblick bemerkte sie, wer direkt hinter ihr auf der Treppe stand und die Aufmerksamkeit des ganzen Ballsaals auf sich zog.

Skyler van Alen.

In einem Kleid, für das Mimi sterben würde.

Skyler fand ihren Platz neben den mürrischen Eltern von Angie Carondolet. Es war offensichtlich, dass die Carondolets sich durch ihre Gesellschaft herabgewürdigt sahen. Sie sprachen Skyler ihr Beileid aus und beachteten sie dann nicht weiter. Skyler entdeckte Bliss an einem der vorderen Tische und winkte ihr zu.

»Komm rüber!«, formte Bliss mit den Lippen.

Skyler raffte ihre Röcke und ging hinüber, um sich zu ihr zu setzen. Die beiden Mädchen umarmten sich herzlich.

»Sky, ich muss dir was erzählen – von Dylan«, sagte Bliss.

»Oh?« Skyler zog eine Augenbraue hoch.

»Ich glaube, er ist ...« Doch bevor Bliss weitererzählen konnte, trat ein Junge an den Tisch und forderte sie zum Tanzen auf. »Ich erzähl's dir später«, sagte sie zu Skyler, bevor sie im Getümmel auf der Tanzfläche verschwand.

Skyler nickte. Als sie deprimiert an ihren Tisch zurückkehrte, überlegte sie, was Bliss ihr wohl hatte erzählen wollen. Bliss war ihre einzige Freundin im Saal. Und überhaupt, was tat sie, Skyler, hier? Warum war sie eigentlich gekommen? Wegen Cordelia? Um den Namen der van Alens zu ehren? Nein. Sie musste ehrlich sein. Sie hatte Jack Force wiedersehen wollen. Aber es war die reinste Qual.

Da war er, an der Seite seiner Schwester. Die beiden schwebten durch den Ballsaal, als wären sie an der Hüfte zusammengewachsen. Jack hatte den Arm um Mimis schmale Taille geschlungen.

Vorhin hatte Skyler am Nachbartisch einige von den Ältesten und den Wächtern miteinander tuscheln gehört ... über einen Bund, ein unsterbliches Gelübde, das die beiden einander geben sollten.

Der nächste Gang wurde serviert. Das Essen sah lecker aus, aber auf der Zunge kam es Skyler fade und pappig vor.

»Jack«, flüstere Mimi ihm leise ins Ohr, während sie durch den Saal glitten. »Es ist Zeit. Man erwartet von uns, dass wir die Quadrille anführen.« Mimi dachte wie üblich praktisch und beschloss zu ignorieren, was sie zuvor gesehen hatte. Sie war eine Meisterin der Selbsttäuschung. Wenn irgendetwas sie störte, leugnete sie einfach dessen Existenz. Ihrer Auffassung nach war Skyler van Alen eine vorübergehende, wenn auch ärgerliche Vernarrtheit Jacks.

Bei Jack hingegen erweckte der Anblick Skyler van Alans ein Gefühl, das er seit Monaten vergeblich niederzuringen versuchte, Gewissensbisse, die er nur zu gern abgeschüttelt hätte. Warum berührte es ihn so stark, wenn er Skyler ansah? War es die Ähnlichkeit mit Allegra? Sollte das alles sein? Oder war da doch noch etwas anderes ... etwas, worauf er nicht vorbereitet gewesen war, was er nicht erwartet hatte? Er schüttelte den Kopf. Er schämte sich vor sich selbst. Sein Platz war an der Seite seiner Schwester. Er musste einfach nur so tun, als würde Skyler überhaupt nicht existieren.

Jack geleitete seine Schwester zum Rand der Tanzfläche, wo sie bereits von drei anderen jungen Paaren erwartet wurden.

Es gehörte zur Tradition des Jubiläumsballs, dass die Jugendlichen, die präsentiert wurden, den Tanz eröffneten.

Nach Mimis Meinung war *Quadrille* eine ziemlich hochtrabende Bezeichnung für einen gewöhnlichen Volkstanz. Dennoch genoss sie es, wie Jack sie elegant in die Drehung führte. Schließlich standen alle vier Damen untergehakt vor den übrigen Tanzpaaren, genau so, wie es sein sollte.

Nach der Quadrille blieben die jungen Vampire in der Mitte des Saales stehen und warteten darauf, dem Publikum formell präsentiert zu werden. Dazu nannte der Regis sie sowohl bei ihren jetzigen, als auch bei ihren alten, wahren Namen.

Dehua Chen wurde ausgerufen und eine der grazilen Chinesinnen trat vor.

»Dein wahrer Name lautet: *Xi Wangmu.*«

Der Engel der Unsterblichkeit.

»Demin Chen.« Ihre Schwester war die Nächste.

»Dein wahrer Name lautet: *Kuan Yib.*«

Der Engel der Barmherzigkeit.

Weitere junge Blue Bloods wurden aufgerufen.

Schließlich standen die Force-Zwillinge im Rampenlicht. Mimi drückte die Hand ihres Bruders.

»Madeleine Force.« Sie trat erhobenen Hauptes vor.

»Dein wahrer Name lautet: *Azrael.*«

Der Engel des Todes.

»Benjamin Force.« Jack neigte demütig den Kopf.

»Dein wahrer Name lautet: *Abbadon.*«

Der Engel der Zerstörung.

Die Zwillingsengel der Apokalypse. Dies war ihre unsterbliche Bestimmung. Dies war ihr Platz innerhalb der Vampirgemeinschaft. Die mächtigsten Blue Bloods nach den Erzengeln. Luzifers ehemalige Befehlshaber, die dem Himmelsprinzen nach seinem Sturz den Rücken gekehrt hatten. In Rom hatten sie die feindlichen Silver Bloods gnadenlos gejagt und vernichtet. Nur dank ihnen war es den Blue Bloods gelungen, das letzte Jahrtausend zu überleben.

Jack lächelte Mimi an und beide verneigten sich tief.

15

Der Jubiläumsball war zu Ende und alle waren sich einig, dass es ein wunderbarer Abend gewesen war, auf dem erhebliche Spendengelder zusammengekommen waren. Wieder einmal hatte die Summe den Rekord des Vorjahres gebrochen.

Überall im Ballsaal des St. Regis Hotels ertönte nun das Piepen eingehender Textnachrichten. Für die auserwählten Vampir-Teens fing der Abend erst an.

Afterparty. Angel Orensanz Center, Mitternacht.
Maskenpflicht. Eintritt kostenlos.

Ein Raunen ging durch die Menge an der Garderobe und in den Fahrstühlen, sowohl unter den Eingeladenen als auch unter jenen, die ihrer Enttäuschung Luft machten, weil sie nicht eingeladen waren.

»Ziehst du dich noch um?«, erkundigte sich Bliss bei Mimi, während sie ihr durch die Ausgangstür folgte.

»Bist du verrückt? Ich werde dieses Kleid tragen, bis man es mir vom Leib reißt«, scherzte Mimi. »Komm mit nach oben. Wir haben ein tolles Sortiment an Masken da.«

Mimi war bester Laune. Der Ball hatte zwar auch schon Spaß gemacht, aber jetzt war Partytime!

Skyler trat hinaus auf den Bürgersteig und zog ihren schwarzen Pelzmantel, ein Erbstück Cordelias, fester um die Schultern. Julius, der Chauffeur ihrer Großmutter, wartete geduldig im Wagen auf sie.

»Wohin, Miss Skyler?«

Sie wollte gerade »nach Hause« sagen, als ihr Telefon klingelte. Oliver vermutlich. Nein, es war eine SMS von einer unterdrückten Rufnummer.

Es war eine Einladung ins *Angel Orensanz Center*. Mit Maskenpflicht.

Was sollte das bedeuten?

»Hast du die Nachricht auch bekommen?«, rief Cicely ihr zu. Sie saß im Auto nebenan und lehnte sich aus dem offenen Fenster zu Skyler herüber. Cicely gehörte zu Mimis Gefolge und Skyler überlegte, ob sie überhaupt mit ihr reden sollte.

»Äh, ja.«

»Bis später dann!«, sagte Cicely fröhlich. »Tolles

Kleid übrigens!«, fügte sie bewundernd hinzu. »Meine Mom sagt, es ist ein echter Chanel-Klassiker.«

Aha. Manchmal kamen Skyler ihre Mitschülerinnen so beschränkt vor. Wenn man auf bestimmte Art und Weise gekleidet war und die *richtigen* Dinge besaß – eine Designerhandtasche, das neueste Handy oder eine teure Uhr –, dann war das Leben viel einfacher. Skyler hatte niemals solche Sachen gehabt. Cordelia war immer geizig gewesen, und so hatte sich Skyler damit abfinden müssen, das Mädchen in den Secondhandklamotten zu sein.

Aber das Kleid und die Tatsache, dass es von einem bekannten Designer stammte, hatten Cicelys Einstellung ihr gegenüber schlagartig geändert. Für heute Abend zumindest.

»Nach Hause, Miss Skyler?«, fragte Julius.

Sie hatte Oliver versprochen anzurufen, sobald der Ball vorüber wäre. Eigentlich hatte sie ja nur ein paar Minuten bleiben und gleich nach dem Essen gehen wollen. Doch jetzt war es schon beinahe halb zwölf. Bestimmt macht ihm sowieso noch der Jetlag zu schaffen, dachte Skyler. Vermutlich würde er inzwischen vor dem Fernseher eingeschlafen sein und ohnehin nicht mehr mit ihr rechnen.

Die SMS musste sich auf diese Afterparty beziehen, über die alle anderen Kids redeten. Es ging das Gerücht um, dass Mimi Force eine Orgie veranstalten wollte.

Sollte sie hingehen? Wenn Mimi dort war, war Jack unter Garantie auch da. Skyler dachte daran, wie attraktiv er in seinem Frack ausgesehen hatte – und wie ihm die Augen übergegangen waren, als sie plötzlich im Rampenlicht stand. Skyler wusste einfach nicht, woran sie bei Jack war. Noch vor wenigen Monaten war er ganz versessen darauf gewesen, die Wahrheit über die Silver Bloods herauszufinden. Warum interessierte ihn das Thema plötzlich nicht mehr? Oder gab es doch noch eine Chance, ihn davon zu überzeugen, sich mit ihr in den Kampf zu stürzen? Sie fühlte sich so allein, seitdem ihr Großvater seine Hilfe verweigert hatte. Aber mit Jack an ihrer Seite ... Sie fasste einen Entschluss.

»Lass uns nach Hause fahren, Julius, aber nur für eine Minute«, entschied Skyler. »Ich muss etwas abholen. Ein Souvenir aus Venedig. Dann fahren wir zum *Angel Orensanz Center.*«

Verlobungsanzeige

Englischer Lord will Vanderbilt-Erbin ehelichen
Frühere Verlobte nach wie vor vermisst

Hiermit wird offiziell die Verlobung von Lord Alfred Burlington, Graf von London und Devonshire, mit Caroline Vanderbilt, Tochter von Admiral und Elizabeth Vanderbilt, bekannt gegeben, nachdem seine frühere Verlobte Maggie Stanford, Tochter von Tiberius und Dorothea Stanford, weiterhin als vermisst gilt.

Maggie Stanford ist unter mysteriösen Umständen in der Nacht des Patrizierballs verschwunden, der über ein Jahr nach ihrer offiziellen Verlobung mit Lord Burlington im Hause von Admiral Vanderbilt stattfand. Die Verlobung wurde vor acht Monaten gelöst, da von Maggie Stanford nach wie vor jede Spur fehlt.

Das Hochzeitsdatum wurde noch nicht festgesetzt.

Aus dem Archiv des **New York Herald**, 24. November 1871

16

Wie viele andere Gäste war Bliss bei ihrer Ankunft auf der Afterparty überwältigt. Das imposante Gebäude war von Tausenden Kerzen erleuchtet, die lange, düstere Schatten auf die Wände warfen. Mimi hatte Recht gehabt: Es war ein wundervoller Ort und bei Kerzenlicht zu tanzen war gruselig und romantisch zugleich.

Bliss rückte ihre mit Federn und Juwelen besetzte Maske zurecht. Es war ein wenig anstrengend, die Leute um sie herum nur durch die schmalen Sehschlitze zu beobachten. Skyler war schon da. Gut. Bliss erkannte sie an ihrem Kleid. Sie hatte ihr die Nachricht ohne Mimis Wissen weitergeleitet.

Der DJ spielte einen düsteren Song von *Bauhaus*, der zu dem Ambiente wunderbar passte: »*Burning from the inside ...*«

Ein Junge im weißen Anzug kam auf Bliss zu, sein Gesicht war hinter einer traurigen Pierrot-Maske verborgen.

Er deutete zur Tanzfläche.

Sie nickte und folgte ihm. Er streckte die Hände nach ihr aus und sie schlüpfte in seine Umarmung.

»Du hast überlebt«, flüsterte er.

»Was meinst du?«

»Ich hätte dich ungern ertrinken lassen.« Er lachte leise.

»Du ...«

Er legte einen Finger an seine Lippen – oder vielmehr auf die Lippen der Pierrot-Maske.

»Ich hab dich vermisst ...«, sagte Bliss.

Dylan! Er musste es sein! Er hatte sie gefunden! Wie clever von ihm, sie auf einem Maskenball zu treffen, wo ihn niemand erkennen konnte.

»Ich war nicht lange fort«, sagte er ernst.

»Trotzdem, ich hatte Angst um dich ...«

»Brauchst du nicht. Alles wird gut.«

»Sicher?«

»Ja.«

Bliss tanzte überglücklich. Er war wieder da! Er war zu ihr zurückgekommen.

Das Lied war zu Ende. Der Junge mit der Maske verneigte sich. »Es war mir ein Vergnügen!«

»Warte ...!«, rief Bliss, aber er war schon in der Menge

verschwunden. Als sie um sich blickte, sah sie ein Dutzend Jungen in ebensolchen Anzügen. Doch keiner von ihnen trug die Maske mit dem traurigen Clownsgesicht.

Skyler ging frustriert von Raum zu Raum. Sie hätte doch Oliver anrufen sollen und sei es nur, um einen Begleiter zu haben. Diese Party hier war bei Weitem nicht so exklusiv wie der Jubiläumsball. Ihr fiel auf, dass einige ihrer menschlichen Klassenkameraden, die es irgendwie geschafft hatten, an eine Einladung zu kommen, ziemlich nervös wirkten. Als wären sie sich nicht sicher, dass sie auch erwünscht waren. In den meisten Fällen konnte Skyler die Menschen leicht von den Vampiren unterscheiden: Blue Bloods glühten förmlich in der Finsternis.

Tief in den Schatten hinter den Säulen machten sich verschiedene Paare die Dunkelheit zunutze, um sich zu küssen. Allerdings hatte »küssen« bei den Blue Bloods eine etwas andere Bedeutung. Skyler konnte die tiefen, saugenden Geräusche hören, als sich die jungen Vampire an ihren menschlichen Vertrauten bedienten, sie spürte das Pulsieren des Blutes, während der Lebenssaft von einem Wesen zum anderen wanderte. Danach glühten die Blue Bloods noch stärker und die Menschen wirkten leer und verbraucht.

Skyler wusste, dass ihr das eines Tages auch bevorstand. Sie würde den Heiligen Kuss mit einem menschlichen Vertrauten zelebrieren müssen. Der Gedanke erregte und ängstigte sie gleichermaßen.

Die vornehme Atmosphäre des Jubiläumsballs hatte ungezügelter Ausgelassenheit Platz gemacht. Einige Kids tanzten dicht aneinandergeschmiegt zu der Musik, die der DJ auflegte. Es drängten sich massenhaft schwitzende Teenager auf der Tanzfläche.

Skyler hielt sich etwas abseits. Sie passte nicht in diese Gesellschaft. Sie hatte keine Freunde hier.

Die venezianische Maske, die sie trug, bedeckte ihr ganzes Gesicht. Sie wünschte sich, sie abnehmen zu können, denn es war heiß darunter und ihre Nase juckte.

Schließlich bahnte sie sich einen Weg zu einer entlegenen Ecke hinter einem der Lautsprecher, wo sie ein wenig ausruhen und darüber nachdenken wollte, was sie als Nächstes tun sollte.

Aber ein Junge folgte ihr in die Nische. Wie aufregend!, dachte Skyler. Während man die Mädchen trotz ihrer Masken an ihren Ballkleidern wiedererkannte, waren die Jungen wirklich nicht zu unterscheiden, weil ihre Anzüge alle ähnlich waren. Diesem hier verlieh eine schwarze Seidenmaske, die Augen, Nase und Haar bedeckte, ein geradezu verwegenes Aussehen.

»Magst du keine Partys?«, fragte er und setzte sich neben sie auf eine brüchige Steinbank.

Skyler lachte. »Offen gesagt, ich hasse sie.«

»Ich auch.«

»Ich weiß nie, was ich sagen oder machen soll.«

»Sieht so aus, als hätte das Ganze was mit Tanzen zu tun. Und mit Trinken. Auf die eine oder andere Art und Weise ...«

Er war also ein Vampir. Skyler überlegte, wer er sein mochte und warum er sich ausgerechnet mit ihr unterhielt.

»Das ist wahr«, stimmte sie zu.

»Aber du hast es vorgezogen, dich lieber nicht zu amüsieren.«

»Ich bin eben eine Rebellin«, sagte sie sarkastisch.

»Glaub ich nicht.«

»Nein?«

»Du bist schließlich hier oder etwa nicht? Du hättest ja nicht kommen müssen.«

Er hatte Recht. Es gab nur einen Grund, warum sie gekommen war, derselbe Grund, weshalb sie den Ball besucht hatte – um Jack wiederzusehen. Sie musste es sich eingestehen: Jedes Mal, wenn sie Jack Force sah, begann etwas in ihr zu pulsieren, zu schwingen, zum Leben zu erwachen ...

»Um ehrlich zu sein, ich bin wegen eines Jungen hier«, sagte sie.

»Welcher Junge?«, hakte er nach.

»Das spielt keine Rolle.«

»Warum nicht?«

»Weil ... Weil es kompliziert ist«, stieß Skyler hervor.

»Komm schon!«

»Er ... Er ist nicht interessiert«, sagte sie und dachte an Jack und Mimi und an ihren Bund. Was immer Skyler für ihn empfand, war irrelevant. Er hatte das auf der Beerdigung ihrer Großmutter klargestellt. Er fühlte sich seiner Familie gegenüber verpflichtet. Sie wurde das Bild der beiden nicht los, wie sie dagestanden und ihre wahren Namen erfahren hatten: Azrael und Abbadon. Ihre Verbundenheit war beinahe körperlich spürbar gewesen. Zwei der mächtigsten Vampire hatten sich offenbart.

Wie kam sie, Skyler van Alen, dazu, sich zwischen die beiden zu stellen? Sie war ja nicht einmal ein reinblütiger Vampir.

»Woher weißt du, dass er nicht interessiert ist?«, fragte er ernst.

»Ich weiß es einfach.«

»Vielleicht würdest du eine Überraschung erleben.«

Der Junge rückte näher an sie heran. Hinter der Maske sah sie grüne Augen aufblitzen. Ihr Herz setzte einen Schlag lang aus.

»Überrasch mich«, flüsterte sie.

Als Antwort hob er behutsam ihre Maske an, sodass ihre Lippen freilagen. Er beugte sich herab, schob auch seine Maske ein Stück hoch und presste seinen Mund auf den ihren.

Skyler schloss die Augen. Der einzige Junge, den sie jemals geküsst hatte, war Jack Force gewesen. Sie erkannte das Gefühl wieder und doch war es ganz anders. Fordernder. Intensiver. Sie zog seinen Duft ein und genoss den Moment, als sich ihre Zungenspitzen berührten. Sie hätte ihn für immer küssen mögen.

Und plötzlich war es vorbei.

Sie öffnete die Augen, ihre Maske war verrutscht. Was war passiert? Wo war er auf einmal?

»Hey!«

Skyler fuhr herum. Mimi Force stand vor ihr. Ihre Maske war lediglich mit Make-up aufgemalt.

»Hast du meinen Bruder irgendwo gesehen?«

Mimi hatte sich anfangs aufgeregt, dass es auf der Party von Red Bloods nur so wimmelte, schrieb es dann aber ihrer eigenen unwiderstehlichen Popularität zu. Also brachte es sie auch nicht aus der Fassung, in Skyler noch jemanden vorzufinden, der nicht eingeladen war.

Bevor Skyler antworten konnte, materialisierte sich Jack an der Seite seiner Schwester. Auch seine Maske war nur aufgemalt.

»Hier bin ich«, sagte er lässig. »Oh, hi, Skyler, wie war's in Venedig?«

»Klasse«, sagte Skyler und rang nach Fassung.

»Cool.«

»Komm schon, Jack, das Feuerwerk fängt gleich an«, sagte Mimi und zog ihn am Ärmel.

»Bis später«, sagte Jack zu Skyler.

Sie fühlte sich benommen. Sie war so fest davon überzeugt gewesen, dass es Jack war, den sie geküsst hatte, so sicher, dass er sich hinter der schwarzen Maske verborgen hatte! Aber sein natürliches Verhalten, seine sachliche Freundlichkeit ließen sie an ihrer Vermutung zweifeln. Wenn es jedoch nicht Jack gewesen war, wer hatte sie dann geküsst?

Schlagartig wurde sie sich bewusst, dass am folgenden Tag die Weihnachtsferien anfingen und dass sie Jack Force zwei Wochen lang nicht sehen würde.

17

Der Winter fiel über New York mit mehreren heftigen Stürmen her. Danach war die Stadt einige Tage von einer glitzernden Schneeschicht bedeckt, die sich schließlich in hässlichen Matsch verwandelte. Besonders kühne New Yorker sprangen über die dreckigen Pfützen hinweg, andere stapften mit grimmiger Entschlossenheit in salzverkrusteten Gummistiefeln hindurch.

Skyler war dankbar für die Kälte, weil das Wetter ihre gegenwärtige Laune widerspiegelte. Die Feiertage waren für die van Alens immer eine ruhige Zeit gewesen. Am Weihnachtsabend hatten sie und Cordelia den Gottesdienst in St. Bartholomäus auf der anderen Seite der Stadt besucht und danach um Mitternacht eine bescheidene Mahlzeit eingenommen.

So wie jedes Jahr verbrachte Skyler auch diesmal den

Weihnachtstag bei ihrer Mutter im Krankenhaus. Julius und Hattie hatten an diesem Tag frei, um bei ihren Familien sein zu können, deshalb fuhr sie mit dem Bus. Bei ihrer Ankunft war das Krankenhaus praktisch verlassen gewesen. Lediglich ein verschlafener Pförtner saß am Eingang und durch die Gänge liefen ein paar Schwestern, die ihre Schicht so schnell wie möglich hinter sich bringen wollten. Immerhin hatte sich die Belegschaft die Mühe gemacht, alles etwas weihnachtlich zu schmücken. Es hingen Adventskränze an jeder Tür, ein einsamer Weihnachtsbaum mit braunen Nadeln stand in der Mitte der Schwesternstation, daneben eine Menorah mit elektrischen Kerzen.

Skylers Mutter schlief wie üblich. Nichts hatte sich verändert. Skyler legte ein Päckchen auf den Tisch neben dem Bett. Nach den Feiertagen würde es ungeöffnet seinen Platz im Schrank finden, bei den übrigen Geschenken, die Skyler Allegra im Laufe der Jahre mitgebracht hatte.

Skyler zog den Mantel aus, schüttelte den Schnee ab und stopfte Mütze und die Handschuhe in den Ärmel. Wenn Cordelia noch am Leben gewesen wäre, hätte sie inzwischen das Weihnachtsessen ausgepackt: Tupperboxen gefüllt mit Truthahn in Soße, von Hattie zubereitet, dazu Schinken und warme Brötchen. Auch heute hatte Hattie für Skyler das traditionelle Mahl eingepackt. Aber es ohne Cordelia einzunehmen, war einfach nicht dasselbe: Niemand war da, der Skyler wegen ihrer Tischmanieren ermahnte oder an den Schwestern herumnörgelte, der statt der üblichen Plastik-Krankenhausteller Porzellangedecke verlangte.

Skyler schaltete den Fernseher ein und begann zu essen, während sie eine weitere Wiederholung von *Ist das Leben nicht schön* ansah. Der Film verfehlte nie seine Wirkung, sie noch depressiver zu machen, als sie ohnehin schon war, denn für Allegra war kein Happy End in Sicht.

Oliver hatte Skyler eingeladen, den Tag mit ihm und seiner Familie zu verbringen, aber sie hatte abgelehnt. Was immer sie auf dieser Welt noch an Familie besaß, befand sich in diesem gottverlassenen Krankenhauszimmer. Und hier gehörte sie her.

Die großen Häuser und weitläufigen Apartments am anderen Ende der Stadt auf der *Upper East Side* waren verlassen. Die Forces hatten sich bereits mit ihrem Privatflugzeug auf ihre alljährliche Urlaubsreise begeben, nachdem sie ihr Gepäck schon in ihre Villa auf den Antillen vorausgeschickt hatten. Dort wollten sie die erste Ferienwoche verbringen. Die Ski-Ausrüstung war hingegen schon zu der Hütte in Aspen gesendet worden, wo sie sich während der zweiten Ferienwoche aufhalten würden. Die Lewellyns waren nach Texas geflogen, um dort ihre Familie zu besuchen. Sie würden sich später in Aspen mit den Forces treffen, um gemeinsam Silvester zu feiern.

Sogar Olivers Familie hatte über einen Strandurlaub auf dem Familienbesitz in Tortola nachgedacht, doch er bestand darauf, in der Stadt zu bleiben, damit er in Skylers Nähe war.

Er hatte sich vorgenommen, Skyler am zweiten Feiertag mit einer Ladung Geschenken zu überfallen. Sie verbrachten diesen Tag schon seit Jahren gemeinsam. Oliver brachte für ihre kleine Weihnachtsfeier immer knuspriges Baguette mit, französische Butter – die einzig wahre, wie er betonte –, mehrere Büchsen echten russischen Kaviars und Champagner aus dem Weinkeller seiner Eltern.

Doch am Morgen des Sechsundzwanzigsten, gerade als Oliver den Picknickkorb gefüllt hatte und sich allmählich auf den Weg machen wollte, erreichte ihn ein panischer Anruf von Hattie.

»Mr Oliver, kommen Sie schnell, bitte!«, flehte sie.

Oliver sprang unverzüglich in ein Taxi. Als er die verfallene Stadtvilla erreichte, fand er dort eine vollkommen aufgelöste, verzweifelte Hattie, die aufgeregt ihre Schürze in den Händen knetete und den Tränen nahe war. Sie führte ihn die Treppe hinauf zu Skylers Zimmer.

»Die Miss ist nicht zum Frühstück heruntergekommen. Ich dachte, sie schläft einfach nur aus, bis Beauty zu mir kam und mich quasi die Treppe hochgezerrt hat. Da sah ich sie dann hier liegen, aber ich konnte sie nicht aufwecken. Gott steh mir bei, sie sieht genauso aus wie Miss Allegra und ich hab solche Angst, weil sie sich nicht bewegt. Ich glaube, sie atmet auch nicht mehr, deshalb habe ich Sie angerufen, Mr Oliver.«

Beauty lag winselnd am Fuß des Bettes. Als Oliver eintrat, sprang die Hündin auf und leckte ihm Gesicht und Hände.

»Das hast du richtig gemacht, Hattie«, sagte Oliver. Er rüttelte Skyler an der Schulter und fühlte ihren Puls. In der Ausbildung zum Conduit hatte er gelernt, dass Vampire ihren Herzschlag bis zu einer kaum noch fühlbaren Frequenz senken konnten, um Energie zu sparen. Doch Skyler war erst fünfzehn Jahre alt und ihre Verwandlung war noch nicht abgeschlossen. Es war zu früh für sie, in den Sparmodus zu gehen. Obwohl ...

Plötzlich hatte Oliver einen schrecklichen Gedanken. Was, wenn Skyler von einem Silver Blood angegriffen worden war? Mit zitternden Händen gab er die Telefonnummer seiner Tante Dr. Pat ins Handy ein.

Sie redete es Oliver aus, einen Rettungswagen zu rufen oder sie ins Krankenhaus zu fahren. »Sie würden nicht wissen, was sie mit ihr tun sollen. Bring sie hierher, in meine Praxis. Ich erwarte euch.«

Als Oliver mit der leblosen Skyler im Arm eintraf, standen Dr. Pat und ihr Team schon bereit. Sie schoben ein Krankenhausbett auf den Gang und Oliver legte seine Freundin darauf.

»Bitte sag mir, dass sie wieder gesund wird!«, flehte er die Ärztin an.

Dr. Pat untersuchte Skylers Hals. Keine Bissstellen. Kein Anzeichen der Abscheulichen. »Ich denke schon. Es sieht nicht so aus, als hätte sie ein Silver Blood angegriffen. Sie sollte sich erholen. Sie ist immerhin unsterblich. Ich will sehen, was ich für sie tun kann.«

Oliver hockte in Dr. Pats Wartezimmer auf einem besonders unbequemen Plastikstuhl. Seine Tante hatte eine Vorliebe für moderne Möbel. Die Praxis erinnerte daher eher an die Lobby eines angesagten Hotels als an eine Arztpraxis.

Nach einigen angsterfüllten Stunden kam Olivers Tante endlich aus dem Behandlungszimmer.

Dr. Pat wirkte müde und niedergeschlagen. »Komm rein«, sagte sie zu ihrem Neffen. »Sie ist wach. Ich habe ihr eine Transfusion gegeben. Das hat geholfen, fürs Erste zumindest.«

Skyler sah in dem Krankenhausbett noch schmaler und zerbrechlicher aus als sonst. Sie trug ein Nachthemd und ihr Gesicht war kreidebleich. Olli konnte ihre blauen Adern durch die transparente Haut schimmern sehen.

»Tja, hallo, Dornröschen«, sagte Oliver mit belegter

Stimme und versuchte, sich nicht anmerken zu lassen, wie besorgt er war.

»Wo bin ich?«, fragte Skyler.

»Du bist in meiner Praxis, Kind«, sagte Dr. Pat ernst. »Du warst im Ruhezustand. Das sollte dir normalerweise erst sehr, sehr viel später passieren können. Es ist ein anderes Wort für den *Verlängerten Schlaf*, etwas, das Vampire tun, wenn sie ihren Zyklus aus freien Stücken beenden wollen.«

»Ich hab Kopfschmerzen. Und mein Blut ... es fühlt sich komisch an. Eklig.«

»Ich musste dir eine Transfusion geben. Du hattest zu wenig rote Blutkörperchen. Es wird sich noch eine Weile lang komisch anfühlen, so lange, bis das neue Blut sich mit dem alten vermischt hat.«

»Oh.« Skyler schauderte.

»Oliver, würdest du uns jetzt entschuldigen?«

»Schön zu sehen, dass du wieder okay bist«, sagte Oliver und drückte Skylers Schulter. »Ich warte dann draußen.«

Nachdem Oliver fort war, leuchtete Dr. Pat in Skylers Pupillen. Sie notierte etwas in der Patientenakte, während Skyler geduldig auf die Diagnose wartete.

Dr. Pat untersuchte Skyler gründlich. »Du bist fünfzehn Jahre alt, nicht wahr?«, fragte sie schließlich.

Skyler nickte.

»Wurdest du schon ins *Komitee* berufen?«

Wieder nickte Skyler.

»Wie ich schon sagte: Du hattest sehr wenig rote Blutkörperchen. Aber deine Werte sind extrem hoch, fast wie die eines voll entwickelten Vampirs. Dass dein Körper in den Ruhezustand gefallen ist, bedeutet, er produziert nicht genügend Abwehrstoffe.«

»Was heißt das?«

»Die Verwandlung geht bei dir zurzeit drunter und drüber.«

»Wie bitte?«

»Die Verwandlung ist ein Prozess, in dem deine Blue-Blood-Zellen, also deine Vampir-DNA, den Körper übernehmen. Deine Fangzähne wachsen und normales Essen versorgt dich nicht mehr ausreichend mit Nährstoffen. Du brauchst menschliches Blut. Die Erinnerungen kommen wieder und deine besonderen Kräfte entfalten sich.«

Skyler nickte.

»Aber bei deinen Blutwerten stimmt etwas nicht. Die Vampirzellen beginnen zu dominieren, aber es ist kein normaler, allmählicher Prozess, in dem dein menschliches Ich von dem unsterblichen abgelöst wird – so wie eine Schlange die Haut wechselt. Ich bin mir nicht sicher, aber ich glaube fast, dass deine menschliche DNA sich der Vampir-DNA widersetzt. Gegen sie ankämpft. Und um dem entgegenzuwirken, wehrt sich deine

Vampir-DNA umso härter und verdrängt die menschlichen Blutkörperchen vollkommen. Dein Körper hat darauf mit Schock reagiert und ist in den Ruhezustand gefallen. Ist irgendetwas Besonderes passiert? Gab es einen Auslöser, ein traumatisches Erlebnis?«

Skyler schüttelte den Kopf. In der Nacht zuvor war rein gar nichts passiert.

»Es kann manchmal eine verspätete Reaktion sein. Vielleicht liegt es an deinem gemischten Blut«, mutmaßte Dr. Pat. Sie kannte die Umstände von Skylers Geburt, sie war Allegras Hebamme gewesen. »Da du das erste Halbblut bist, gibt es noch keine Nachforschungen darüber, was passiert, wenn sich menschliche DNA mit Vampirblut mischt. Wir werden das im Auge behalten müssen.«

18

Eine Woche nach der *Episode*, wie Oliver den Notarztbesuch bei Dr. Pat nannte, fühlte sich Skyler noch immer ein wenig benommen. Oliver hatte ihr angeboten, sie am ersten Tag nach den Ferien zur Schule zu begleiten, und Skyler, die normalerweise abgelehnt hätte, hatte kleinlaut zugestimmt. Schließlich war Oliver ihr Conduit, es war seine Aufgabe, auf sie aufzupassen, und diesmal ließ sie ihn gewähren.

Das Frühjahrssemester an der Duchesne Highschool wurde mit einer Versammlung eröffnet, bei der die Direktorin alle Schüler zu einem neuen, aufregenden Schulhalbjahr willkommen hieß. Danach würde es für alle Kaffee, Kakao und Rosinenhörnchen geben. Oliver und Skyler setzten sich auf ihre Stammplätze in der letzten Reihe der Kapelle.

Die Schüler erzählten sich gegenseitig von ihren

Ferien. Die meisten Mädchen sahen gebräunt und erholt aus und reichten Handys mit Fotos herum, die sie im Bikini an den Stränden der Bahamas oder der Antillen zeigten. Skyler sah Bliss Lewellyn zusammen mit Mimi Force Arm in Arm hereinkommen, als wären sie die besten Freundinnen.

Mimis Haar war von der Sonne noch heller geworden und Bliss' tiefrote Locken wallten üppig über ihre Schultern. Jack folgte den beiden langsam, die Hände in den Taschen seiner Cargohose vergraben. Sein Gesicht war gebräunt, was ihn nur noch anziehender machte.

Oliver bemerkte, wen Skyler ansah, sagte aber nichts. Sie wusste, wie es an ihm nagte, dass sie in Jack verknallt war. Es verletzte ihn. Sie legte ihm liebevoll eine Hand auf die Schulter. Wenn Oliver nicht da gewesen wäre, hätte sie womöglich ... ja, was? Sich für immer verabschiedet? Ihrer Mutter als Komapatientin im Krankenhaus Gesellschaft geleistet? Sie verstand das alles immer noch nicht richtig. Was bedeutete es, dass ihre Vampirzellen die menschlichen bekämpften? Würde sie immer in zwei Richtungen hin- und hergerissen sein?

Der ständige Blutdurst, den sie in Venedig verspürt hatte, war durch die Transfusion etwas abgeklungen. Vielleicht war es das gewesen, was ihr gefehlt hatte: Blut. Vielleicht konnte sie ja von Transfusionen leben, statt zu saugen. Sie würde Dr. Pat fragen, ob das eine denkbare Alternative war. Sie fand es einfach abartig, Oliver immer mit dem Hintergedanken anzusehen, wie lecker er wäre. Er war ihr bester Freund und kein Snack!

Bliss Lewellyn sah sich um und begegnete Skylers Blick. Die beiden Mädchen winkten einander schüchtern zu. Bliss hätte gern das Gespräch fortgesetzt, das sie auf dem Ball begonnen hatten, und Skyler von Dylans Rückkehr erzählt, aber bislang hatte sich keine Gelegenheit ergeben.

Die Feiertage waren eine beängstigende Zeit für Bliss gewesen. Die Blackouts und Albträume waren mit aller Gewalt zurückgekehrt. Der Heiligabend war am schlimmsten gewesen: Sie erwachte mit einem fürchterlichen Schmerz in der Brust, der ihr den Atem raubte. Sie war schweißgebadet gewesen und die Bettwäsche klatschnass.

Noch furchterregender war, dass das Monster aus ihren Albträumen im Schlaf zu ihr sprach.

Blisssss ...

Blisssss ...

Blisssss ...

Es sagte immer bloß ihren Namen und trotzdem liefen ihr eiskalte Schauer über den Rücken. Doch es war ja nur ein Traum gewesen, sonst nichts. Es gab kein

Monster, das sie verletzen konnte. Das alles war nur Teil ihrer Verwandlung. Ihre Erinnerungen kamen zurück und sprachen zu ihr, so hatte es das *Komitee* vorausgesagt. Ihr Bewusstsein aus vergangenen Zeiten erwachte.

Bliss biss die Zähne zusammen und setzte sich gerade hin.

Neben ihr gähnte Mimi hinter vorgehaltener Hand. Für sie waren die beiden Ferienwochen nahezu himmlisch gewesen. Sie hatte auf der Reise nicht nur einen, sondern gleich zwei leckere menschliche Vertraute aufgerissen und sich an ihnen gestärkt.

Jetzt fühlte sie sich, als ob ihr die ganze Welt gehörte. Sie freute sich auf das neue Semester. Eine neue Jahreszeit war auch immer ein Grund, wieder shoppen zu gehen. Doch wie Bliss stand auch Mimi Ängste aus. Unter anderem befürchtete sie, heute nicht mehr rechtzeitig zu ihrer Lieblingsboutique zu kommen, bevor sie schloss.

Bliss zwang sich, der Halbjahresrede der Direktorin zuzuhören, als die Türen der Kapelle aufflogen.

Alle fuhren herum, um zu sehen, wer der Störenfried war.

Ein Junge stand auf der Schwelle.

Ein sehr, sehr attraktiver Junge.

»Oh, äh, 'tschuldigung. Wollte ich nicht. Mir ist die Klinke aus der Hand gerutscht«, sagte er.

»Aber nein, schon in Ordnung. Komm rein, Kingsley. Du kannst dich gleich hier in die erste Reihe setzen«, sagte die Direktorin und winkte ihn nach vorn.

Der Junge grinste. Er schlenderte lässig den Gang hinunter. Sein schwarzes Haar glänzte, eine Locke fiel ihm schwungvoll über das linke Auge. Er trug eine arrogante Selbstsicherheit zur Schau, die zu seinem traumhaften Dressman-Aussehen passte. Sein weißes Hemd hing locker über engen, schwarzen Jeans, als wäre er gerade einem CD-Cover entsprungen.

Wie all die anderen Mädchen konnte auch Bliss den Blick nicht von ihm abwenden.

Als ob er ihren Blick gespürt hätte, drehte er den Kopf in ihre Richtung. Er sah ihr direkt in die Augen.

Und zwinkerte ihr zu.

19

Der Neue hieß Kingsley Martin und die weibliche Schülerschaft der Duchesne Highschool war sich einig: Sogar sein Name war sexy. In dem Augenblick, als er auftauchte, hatte er einen Flächenbrand unter den Mädchen entfacht. Innerhalb einer Woche waren seine sportlichen Leistungen bereits legendär. Man hatte ihn umgehend für die Lacrosse-, die Fußball- und die Rudermannschaft der Schule verpflichtet. Darüber hinaus war er auch noch schulisch eine Leuchte. Er hatte den verknöcherten Englischlehrer mit seiner Interpretation von Dantes *Inferno* erschlagen, worin er die Hölle mit modernen Fast-Food-Restaurants verglich. Und in Mathe hatte er eine komplizierte Aufgabe in Rekordzeit gelöst.

Wenn sie ihn sahen, wurden den Mädchen die Knie weich. Er war umwerfend attraktiv. Kingsley vereinte

Hollywood-Glamour mit feiner europäischer Finesse und einem Hauch Verderbtheit in sich. Der neue Junge sah nach *Spaß* aus.

Und gleichzeitig verkam Jack Force zu einem alten Hut. Die Mädchen waren alle schon mit ihm in die Vorschule gegangen. Kingsley stellte eine neue, verwegene und geheimnisvolle Alternative dar.

Als Bliss und Mimi nach dem Mittagessen in der Mädchentoilette vor dem Spiegel standen, erzählte Mimi alles, was sie über Kingsley herausgefunden hatte.

»Er ist auf jeden Fall ein Blue Blood«, sagte Mimi und formte ein O mit dem Mund, um sich die Lippen nachzuziehen.

»Was du nicht sagst!«, antwortete Bliss. Natürlich war er ein Vampir! Das wusste sie von dem Augenblick an, als sie ihn zum ersten Mal gesehen hatte. Sie hatte noch nie einen Blue Blood getroffen, der seinen Vampirstatus so herauskehrte. Es überraschte sie, dass er nicht vor der versammelten Schule seine Fangzähne ausgefahren hatte.

»Ich hab ihn auf dem Jubiläumsball getroffen«, sagte Mimi. »Seine Familie ist gerade erst hergezogen, aber er ist praktisch überall aufgewachsen: Hongkong, New York, Kapstadt. Sie sind mit irgendeiner Königsfamilie verwandt. Er hat auch einen Titel, benutzt ihn aber nicht.«

»Müssen wir uns vor ihm verneigen?«, fragte Bliss spöttisch.

Mimi runzelte die Stirn. »Das ist kein Witz. Seine Familie ist *wichtig*. Großgrundbesitzer, königliche Berater und so weiter.«

Bliss verkniff es sich, die Augen zu verdrehen. Manchmal war Mimi dermaßen versnobt, dass es überhaupt keinen Spaß mehr machte!

Sie verließen die Toilette und rannten direkt in ihr Gesprächsobjekt hinein. Kingsley kam gerade aus dem Raum, in dem sich die Schließfächer befanden, und trug ein dickes, ledergebundenes Buch unterm Arm. Er sah verwegen und unglaublich charmant aus. Seine Augen begannen zu leuchten, als er die beiden sah.

»Ladys«, sagte er mit einer Verbeugung.

Mimi grinste. »Na sowas, wir haben gerade über dich gesprochen.«

»Nur Gutes, will ich hoffen«, sagte er und sah Bliss geradewegs in die Augen.

»Das ist meine Freundin Bliss, ihr Vater ist Senator«, sagte Mimi und stieß Bliss mit dem Ellbogen an.

»Ich weiß«, sagte Kingsley und sein Lächeln wurde noch breiter.

Bliss rang um Fassung. Wenn er sie so ansah, kam sie sich vor, als hätte sie keine Kleider am Leib.

Die Klingel ertönte zum zweiten Mal, was bedeutete, dass der Unterricht in fünf Minuten anfangen würde.

»Ich muss los. Kogan ist zwar senil, aber er kann wirklich fies sein«, sagte Mimi und eilte zur Treppe.

»Ach, sorg doch einfach dafür, dass er die Klappe hält«, sagte Kingsley. »Oder weißt du nicht, wie das geht?«

»Wovon redest du?«, fragte Bliss.

Mimi lachte nervös. »Er redet von Gedankenkontrolle, du weißt schon. Kingsley, du Scherzkeks, dir ist aber klar, dass wir das bei Lehrern nicht dürfen? Das ist gegen den Kodex. Wenn die Wächter dahinterkommen, gibt es Ärger ...« Es war den Blue Bloods ausdrücklich verboten, ihre übermenschlichen Kräfte einzusetzen, bevor sie volljährig waren. Und selbst dann schrieb der Kodex der Vampire klare Regeln vor: Menschen waren keine Marionetten, mit denen man nach Belieben verfahren konnte. Sie waren zu respektieren. Von Blue Bloods wurde erwartet, dass sie Frieden, Schönheit und Licht in die Welt brachten und nicht, dass sie ihre Überlegenheit ausnutzten, um zu herrschen und zu tyrannisieren.

»Wächter, Gelächter«, antwortete Kingsley nur und machte eine abfällige Handbewegung. »Die wissen doch nicht, was los ist. Glaubst du immer noch, dass sie deine Gedanken lesen können?«, zog er sie auf.

»Du bist witzig! Lass uns später weiterreden«, sagte Mimi und ging davon.

»Ich muss dann auch los«, sagte Bliss nervös.

»Warte mal!«

Bliss hob die Augenbrauen.

»Du gehst mir aus dem Weg«, sagte Kingsley schlicht. Es war keine Anschuldigung, sondern eine Feststellung. Er wechselte das schwere Buch, das er auf der Hüfte trug, von rechts nach links.

Bliss warf einen kurzen Blick darauf. Es sah nicht nach einem Schulbuch aus. Es glich vielmehr einem der alten Bücher aus dem Archiv, wie die, in denen Oliver nach den *Croatan*, den Abscheulichen, recherchiert hatte.

»Wovon redest du? Ich hab dich doch gerade erst kennengelernt.«

»Hast du es etwa schon vergessen?«, fragte Kingsley geheimnisvoll.

»Was vergessen?«

Kingsley musterte Bliss von oben bis unten, von ihrem tiefroten Haar bis zu ihren neuen Schuhen. »Das grüne Kleid hat mir gefallen. Und die Halskette natürlich auch. Beides passt perfekt zu dir. Obwohl, nass und triefend mochte ich dich eigentlich noch lieber. So hilflos.«

»Du warst der Junge im Park?!«, keuchte Bliss. Der Junge, der sie gerettet hatte, war Kingsley gewesen, nicht Dylan?

Das heißt, dachte sie, und es gab ihr einen Stich ins Herz, dass Dylan wirklich tot ist?

»Du warst eine sehr hübsche Seejungfrau«, sagte Kingsley.

Bliss' Gedanken rasten. Das bedeutete also auch, dass es Kingsley gewesen war, mit dem sie auf der Afterparty getanzt hatte. Der Junge mit der Pierrot-Maske.

»Was ist mit Dylan geschehen?«, flüsterte Bliss und Grauen überkam sie. Sie war sich so sicher gewesen, dass Dylan lebte. Aber wenn er nicht derjenige gewesen war, der sie aus dem See gerettet und mit ihr auf der Afterparty getanzt hatte ... dann musste sie sich eingestehen, dass sie sich an einen Traum geklammert hatte. Er war für immer fort.

»Wer ist Dylan?«

»Egal«, sagte Bliss, während sie versuchte, mit der schrecklichen Wahrheit zurechtzukommen und die Tatsachen zu verkraften. »Wie hast du das gemeint an dem Abend, als du sagtest, du wärst nicht lange fort gewesen? Wir kannten uns doch vorher gar nicht ... oder?«

Kingsley sah sie plötzlich ernst an. »Ah, sorry. Du kommst nicht ganz mit, was? Du hast mich nicht wiedererkannt, oder? Tut mir echt leid. Als wir getanzt haben, dachte ich, du wüsstest, wer ich bin. War wohl ein Irrtum.«

»Aber wer bist du denn?«, fragte Bliss.

Kingsley trat ganz nahe an sie heran und flüsterte ihr ins Ohr: »Ich bin genau wie du.«

Das letzte Klingelzeichen ertönte. Kingsley hob die Augenbrauen und grinste. »Bis später, Bliss!«

Sie ließ sich gegen die Wand sinken. Ihre Knie zitterten. Das Herz raste in ihrer Brust. Er hatte so dicht neben ihr gestanden, dass sie glaubte, noch immer seinen Atem auf ihrer Wange zu spüren.

Wer war Kingsley wirklich? Woher kannte er sie? Und würde sie jemals herausfinden, was Dylan tatsächlich zugestoßen war?

20

Als Skyler am Freitagmorgen das Wohnzimmer betrat, um zu frühstücken, bemerkte sie sofort, dass etwas anders war. Es war hell. Der Raum war in gleißendes Licht getaucht. Die Vorhänge waren zurückgezogen und die Sonnenstrahlen, die durchs Fenster fielen, blendeten Skyler. Auch die Leinentücher über den Möbeln waren verschwunden.

Lawrence van Alen stand mitten im Zimmer und studierte ein altes Porträt, das über dem Kamin hing. Im Flur standen altmodische Lederkoffer und eine große, abgewetzte Reisetruhe.

Hattie und Julius sprangen um Lawrence herum und gestikulierten aufgebracht. Hattie bemerkte Skyler als Erste. »Miss Skyler! Ich konnte ihn nicht aufhalten, er hatte einen Schlüssel. Er hat gesagt, das Haus gehört ihm, und dann hat er einfach die Vorhänge aufgerissen und uns angewiesen, die Möbelschoner zu entfernen. Er sagt, er wäre Ihr Großvater. Aber Mrs Cordelia war doch Witwe!«

»Ist schon gut, Hattie. Alles in Ordnung. Julius, ich regele das, geht ihr nur«, beruhigte Skyler das Personal. Die Bedienstete und der Chauffeur warfen dem Eindringling noch einen misstrauischen Blick zu, befolgten aber Skylers Worte und verließen den Raum.

»Was willst du hier?«, fragte Skyler, an Lawrence gewandt. »Ich dachte, du wolltest dich aus allem raushalten?« Sie versuchte, Ärger zu empfinden, aber alles, was sie fühlte, war Erleichterung. Ihr Großvater! Hatte er seine Meinung geändert?

»Ist das nicht offensichtlich?«, fragte Lawrence. »Ich bin zurück. Deine Worte haben mich tief getroffen, Skyler. Ich konnte nicht weiterleben mit dem Wissen, wie feige ich war. Vergib mir, es ist lange her, dass Cordelia und ich diesen Pakt geschlossen haben. Ich hätte niemals geglaubt, dass jemand kommen und nach mir suchen würde.«

Er ging zu dem Fenster hinüber und blickte über den zugefrorenen Hudson River. Skyler hatte ganz vergessen, dass die Aussicht von ihrem Wohnzimmer so großartig war. »Ich konnte dich nicht in dein altes Leben zurückkehren lassen, vollkommen allein. Ich bin lange genug im Exil gewesen. Es ist an der Zeit, dass New York sich wieder an die Macht und den Ruhm des Namens van Alen erinnert. Und ich bin gekommen, um dich großzuziehen. Schließlich bist du meine Enkeltochter.«

Statt zu antworten, warf Skyler sich in seine Arme und drückte ihn fest an sich. »Cordelia hatte doch Recht, was dich betraf. Ich wusste es!«

Doch bevor sie weiterreden konnte, klingelte es mehrfach laut und anhaltend an der Haustür.

Skyler sah ihren Großvater verwundert an. »Erwartest du jemanden?«

»Momentan nicht. Anderson kommt erst in einer Woche nach, sobald er meine Haushalte in Venedig aufgelöst hat.« Er schaute finster drein. »Anscheinend hat sich meine Rückkehr nach New York schon herumgesprochen.«

Hattie wollte öffnen, aber Lawrence winkte sie fort. »Ich mache das«, sagt er, während er die Haustür aufriss. Vor ihnen standen mit ernsten, entschlossenen Gesichtern Charles Force und einige der Wächter vom *Komitee.*

»Ah, Lawrence.« Charles Force lächelte verkniffen. »Du beehrst uns mal wieder mit deiner Anwesenheit?«

»Charles.« Lawrence nickte.

»Dürfen wir eintreten?«

»Aber bitte doch«, sagte Lawrence großzügig. »Skyler, ich vermute, die Herrschaften sind dir alle bekannt.

Charles, Priscilla, Forsyth, Edmund, das ist meine Enkeltochter Skyler.«

»Ja, äh, hallo«, sagte Skyler und fragte sich, weshalb ihr Großvater so tat, als schauten die Wächter mal eben auf einen Freundschaftsbesuch vorbei.

Die Wächter ignorierten Skyler.

»Lawrence, das tut mir alles sehr leid«, sagte Priscilla Dupont sanft. »Ich wurde überstimmt.«

»Es ist schon in Ordnung, meine Liebe. Ich muss sagen, es freut mich, dich wohlauf zu sehen. Es ist lange her seit Newport.«

»Zu lange«, entgegnete Priscilla.

»Genug davon«, unterbrach sie Charles gereizt. »Lawrence, ich erinnere mich nicht, dass deine Verbannung aus dem Rat der Ältesten aufgehoben worden wäre. Du musst vor dem Rat der Ältesten zur offiziellen Vernehmung erscheinen. Wenn du uns bitte folgen würdest.«

»Was geschieht hier?«, schrie Skyler, als zwei Wächter Lawrence' Arme an beiden Seiten packten. »Wohin bringen sie dich?«

»Hab keine Angst, Enkeltochter«, sagte Lawrence. »Wenn ich keine andere Wahl habe, gehe ich eben freiwillig. Charles, ich werde keinen Widerstand leisten. Skyler, ich bin bald zurück.«

Charles Force schnaubte. »Das wird sich erst noch zeigen.«

Skyler musste hilflos mitansehen, wie man ihren Großvater zur Tür hinaus und in eine der schwarzen Limousinen beförderte, die vor dem Haus warteten. Ihr war zum Heulen zumute. Gerade als endlich Hilfe eingetroffen war, wurde sie ihr auch schon wieder genommen. Bitter enttäuscht kehrte sie in das Wohnzimmer zurück.

Hattie steckte den Kopf herein. »Ist er fort? Na, Gott sei Dank!«

»Er wird wiederkommen«, sagte Skyler und ging hinüber zu dem Porträt, das Lawrence betrachtet hatte. Es war ein Hochzeitsbild aus dem frühen achtzehnten Jahrhundert, das jahrelang unter einem Tuch verborgen gewesen war. Es zeigte Cordelia in ihrem Hochzeitskleid, sie sah zugleich hübsch und streng aus. Der Mann an ihrer Seite in Frack und Zylinder trug die unverwechselbaren, raubvogelartigen Züge des jungen Lawrence van Alen.

Hochzeitsanzeige

Lord Burlington heiratet Miss Caroline Vanderbilt

Heute wurden die offiziellen Einladungen zur Hochzeit von Miss Caroline Vanderbilt, Tochter von Admiral und Elizabeth Vanderbilt, und Lord Burlington versandt. Die Feierlichkeit wird am Abend des Freitags, dem 24. Februar, um sechs Uhr, im Hause der Eltern der Braut in der Fifth Avenue stattfinden. Die Stadt wird durch den ehrwürdigen Mr Cushing vertreten sein. Die Schwester der Braut, Miss Ava Vanderbilt, und der Marquis von Essex werden Trauzeugen sein. Nach der Zeremonie ist ein Empfang vorgesehen. Unter den achthundert geladenen Gästen werden auch der Gouverneur von New York und der Bürgermeister von New York City sein. Lord Burlington ist Börsenmakler und arbeitet in New York und London. Er ist der älteste Sohn des Duke und der Duchess von Devonshire. Braut und Bräutigam werden sich gleich nach der Feier auf ihre Hochzeitsreise zum indischen Subkontinent begeben.

Aus dem Archiv des **New York Herald**, 10. Februar 1872

21

Der Junge schwankte gefährlich auf dem Balkongeländer der Bibliothek im dritten Stock. Bei schönem Wetter wurde der Platz *Club Duchesne* genannt, weil die Schüler hier ihr Frühstück einnahmen und dabei, um sich zu bräunen, ihre Jeans aufrollten, Blusen aufknöpften, so weit es erlaubt war, oder – im Falle der Jungen – ihre T-Shirts auszogen.

Doch nun, Mitte Januar, war die Tür, die zum Balkon hinausführte, normalerweise verschlossen. Aber an diesem Tag hatte sie jemand geöffnet und einen arktischen Luftzug in die Bibliothek hineingelassen. Und dieser Jemand turnte jetzt draußen auf einer fünf Zentimeter breiten Eisenbrüstung.

Jack kam gerade ahnungslos aus dem Schulgebäude, als er in die aufgebrachte Menschenmenge geriet, die sich auf dem Schulhof unter dem Balkon versammelt hatte. Er sah Skyler zur Seitentür herauskommen. Sie schien besorgt zu sein und unterhielt sich aufgebracht mit ihrem Freund Oliver.

Er wandte die Augen ab und wünschte sich, dass *er* derjenige wäre, bei dem sie Trost suchen würde. Dann folgte sein Blick dem der anderen. Er schaute hinauf und sah den Jungen auf der Brüstung stehen. Es war ein neuer Schüler, ein Red Blood. Sein Gesichtsausdruck war leer.

»Spring!«, kreischte Soos Kemble und kicherte hysterisch.

»Was meint er, was er da tut?«, fragte ein anderes Mädchen, gleichzeitig entsetzt und aufgeregt.

Jack bemerkte, dass die Situation seine Mitschüler offenbar amüsierte. Die Hälfte der Kids *wollte* anscheinend, dass der Junge abstürzte. Dann würde nämlich die Schule für den Rest des Tages ausfallen.

»Komm schon! Bring's endlich hinter dich! Ich hab keinen Bock auf die Mathearbeit heute Nachmittag!«, rief jemand.

Jacks feine Ohren fingen plötzlich eine geflüsterte Unterhaltung auf, die irgendwo hinter einem Gebüsch stattfand.

»Lass ihn eine Pirouette drehen!«, hörte er Mimis Stimme.

Jack trat ein paar Schritte zurück, sodass er hinter die Hecke blicken konnte, und sah, wie Kingsley mit der

Hand winkte. Daraufhin sprang der Junge hoch und vollführte auf dem Geländer eine elegante Drehung. Die Menge schnappte nach Luft, doch er landete sicher wieder auf den Füßen. Er wirkte merkwürdig gelassen, als sei ihm die Gefahr, in der er sich befand, gar nicht bewusst ...

Jack beobachtete Kingsley scharf. In dem Moment war ihm klar, was da vor sich ging. Kingsley benutzte die Fähigkeit der Gedankenkontrolle, um den Jungen zu manipulieren, so wie ein Marionettenspieler die Puppen tanzen ließ.

Auf den Meetings des *Komitees* hatte man ihnen harte Strafen angedroht, sollten sie je ihre Kräfte bei Red Bloods anwenden, ohne dass es sich um einen Notfall handelte. Jack fühlte rasenden Zorn in sich aufsteigen. Dieser arrogante Idiot. Kingsley brachte sie alle in Gefahr.

»Gib ihn frei!«, befahl Jack mit erhobener Hand und funkelte Kingsley wütend an.

»Hey, Kumpel, wir machen doch nur 'n bisschen Spaß«, sagte Kingsley. Ein weiterer Wink seiner Hand und der Junge erwachte aus seiner Trance.

Er schrie laut auf, als er sich plötzlich auf dem Balkongeländer wiederfand. Er schwankte, sein linker Fuß rutschte ab ...

»Martin! Bring ihn sicher da runter! Sofort!«

»Wenn du drauf bestehst«, sagte Kingsley, den das

Spiel inzwischen sowieso schon zu langweilen begann. Der Junge fand die Balance wieder und kletterte sicher vom Geländer auf die Terrasse hinunter.

»*Modo caeco*«, flüsterte Jack und sandte damit einen Vergessenszauber über alle Menschen, die zugesehen hatten, damit sie sich an das Spektakel nicht mehr erinnerten.

Dann stellte er Kingsley zur Rede. »Das war dumm und gefährlich, um nicht zu sagen grausam und peinlich!« Noch nie in seinem Leben war er so sauer gewesen. Und dass Mimi daneben gestanden hatte, machte das Ganze nur noch schlimmer! War er eifersüchtig? Oder war er nur wütend und enttäuscht, dass seiner Schwester solch fieses Verhalten offenbar imponierte?

»Sei doch kein Spielverderber, Force«, sagte Kingsley. »Es ist ja keinem was passiert.«

»Genau, Jack, lass gut sein«, sagte Mimi. »Dem Kleinen wär nichts geschehen.«

»Darum geht es nicht, Mimi«, sagte Jack. »Die Wächter werden davon erfahren.«

»Ach, die Wächter!« Kingsley lachte und fragte dann höhnisch: »Hör mal, warum verpfeifst du mich nicht höchstpersönlich? Oder identifizierst du dich schon so sehr mit den Red Bloods, dass du vergessen hast, dass dein Blut blau ist?«

Jack errötete bis in die Haarspitzen.

»Ihr Forces, oder wie immer ihr euch heutzutage

nennt, ihr wärt nichts ohne meine Familie, ohne die Opfer, die wir gebracht haben«, stieß Kingsley hervor. »Wenn du deine Worte jemals bereust, weißt du, wo du mich findest, Force.« Er drehte sich um und marschierte davon.

»Jack, es war nur ein Scherz«, sagte Mimi und legte ihrem Bruder die Hand auf die Schulter, um ihn zu beschwichtigen.

»Lass mich!« Jack schüttelte sie ab und lief Richtung Schulgebäude davon.

Verärgert folgte Mimi ihm. »Jack, warte, komm schon!«

Doch Jack drehte sich nicht um. Seine Ohren brannten vor Scham, weil Kingsley ihn öffentlich gedemütigt hatte. Hätte er sich besser nicht einmischen sollen? Aber war es denn nicht seine Pflicht gewesen, Kingsley aufzuhalten? Hatte er denn wirklich keinen Humor, wie seine Schwester sagte? Und davon abgesehen, wovon redete Kingsley? Welche Opfer hatten die Martins gebracht?

Er würde seinen Vater danach fragen müssen.

22

Oliver hatte für Skyler im Chemielabor den Platz neben sich frei gehalten. Er reichte ihr die Schutzbrille und sie streifte sich ihren Kittel über. »Was machen wir heute?«, fragte sie und rückte die Brille zurecht. Oliver hatte seine bereits aufgesetzt. Die ganze Klasse sah wie eine Schweißertruppe aus. Mimi beschwerte sich quer durch den Raum, dass die Brille einen roten Fleck auf ihrer Nase hinterließ, aber es interessierte niemanden.

»Stellen wir wieder Bonbons her?«, fragte Skyler.

Oliver überprüfte den Bunsenbrenner und zündete ihn an. Eine kleine bläulich rote Flamme flackerte auf. »Jepp.«

Noch vor Kurzem waren sie von Mr Anthony unterrichtet worden, dem unkonventionellsten und charismatischsten Chemielehrer überhaupt. Doch leider war

Mr Anthony über die Winterferien entlassen worden, weil er eine unglückliche Affäre mit einer Schülerin gehabt hatte, die auch noch schwanger geworden war.

Mit Mr Anthony verschwanden leider auch seine spannenden Experimente und die Schüler mussten sich wieder mit dem langweiligen Mr Kogan abfinden. Nun arbeiteten sie schon seit zwei Wochen daran, eine chemische Reaktion zwischen Wasserstoff und Fruktose zu erzeugen – auch bekannt als Bonbonherstellung mittels Wasser und Zucker.

Skyler wollte gerade einen Wasserbecher über den Bunsenbrenner stellen, als Mr Kogan verkündete, dass sie die Stunde heute anders beginnen würden.

»Ich möchte, dass ihr – *röchel* – eure Laborpartner wechselt. Die Klasse ist in letzter Zeit sehr undiszipliniert und deshalb – *röchel* – muss ich euch von euren Freunden trennen. Die Schüler, die links stehen, treten jetzt bitte jeweils an den Nachbartisch. Von nun an werden wir jede Woche die Arbeitspartner wechseln.«

Oliver und Skyler sahen einander gequält an. »Bis nachher dann«, sagte er, als Skyler ihre Sachen einsammelte und zum Nachbartisch hinüberging, wo Kingsley Martin stand.

Die riesige Plastikbrille auf seiner Nase schien seine Attraktivität noch zu unterstreichen. Kingsley könnte Polyesterhosen und einen mexikanischen Schnurrbart tragen, er würde immer noch scharf aussehen. Skyler wusste kaum etwas von ihm, obwohl viel über ihn getratscht wurde, und am Morgen war sie Zeugin der gefährlichen und blöden Aktion auf dem Balkongeländer geworden.

»Tut mir leid wegen deines Großvaters«, sagte er zur Begrüßung.

Skyler versuchte, ihren Schreck zu verbergen. Schließlich war Kingsley ein Blue Blood. Möglicherweise waren Kingsleys Eltern hohe Tiere im Rat der Ältesten und er wusste sogar etwas über Lawrence' Anhörung.

»Er wird's schon schaffen«, sagte sie knapp, während sie darauf wartete, dass das Wasser zu kochen begann.

»Oh, da bin ich mir sicher. Ich wollte, ich könnte dabei sein und zusehen, wie Lawrence und Charles diesen Streit miteinander ausfechten. Wie in alten Tagen.«

»Mmh.« Skyler nickte. Sie wollte sich auf kein Gespräch einlassen. Bisher hatte sie nicht einmal Oliver von Lawrence' Ankunft in New York erzählt. Was das anging, war sie abergläubisch. Was, wenn das *Komitee* ihn postwendend nach Italien zurückschickte? Dann hätte sie alles umsonst erzählt.

»Sag mal, hängst du immer noch an dem Jungen?«

»Wie bitte?«, fragte Skyler, ein Reagenzglas in der Hand.

»Schon gut.« Kingsley zuckte unschuldig mit den Achseln. »Wenn du nicht darüber reden willst.«

Als er sich auf das Experiment konzentrierte, studierte Skyler sein Profil. Mimi hatte gesagt, er wäre auf dem Jubiläumsball gewesen. Könnte er ... könnte er der Junge mit der Maske gewesen sein, der sie auf der Afterparty geküsst hatte? Unbewusst tastete sie nach ihren Lippen. Wenn er dieser Junge war, dann bedeutete das wohl, dass sie ihn zugleich abstoßend und anziehend fand ... Oliver behauptete ja immer, dass Begierde aus Abneigung entstand.

Sie spähte durchs Klassenzimmer zu Oliver hinüber und sah, wie er das Gesicht verzog, als seine Arbeitspartnerin Mimi Force die Fruktose zu einer grässlich süß-verkohlt stinkenden Katastrophe verbrannte.

Sie sah, wie ihm das hellbraune Haar über die Augen fiel, und dachte daran, dass sie sich in Venedig nichts sehnlicher gewünscht hatte, als sein Blut zu schmecken.

War das dasselbe wie körperliche Anziehung? Was empfand er wohl für sie?

Skyler legte ihre perfekt geratenen Bonbons auf den Tisch und fing den Blick eines anderen Jungen auf.

Jack Force. Sofort zog sich ihr der Magen zusammen.

Plötzlich wusste Skyler, dass sie sich selbst etwas vormachte. Sie mochte vielleicht mit dem Gedanken *spielen*, in Kingsley oder Oliver verknallt zu sein. Doch im Grunde ihres Herzens wusste sie, dass sie nur eine einzige Hoffnung hegte, wer sie geküsst haben könnte: Jack.

23

Als Skyler aus der Schule nach Hause kam, war Lawrence noch immer nicht zurück. Sie bat Julius, das Gepäck ihres Großvaters, das verloren herumstand, in Cordelias Zimmer zu schaffen. Hattie hatte das Abendessen vorbereitet und Skyler nahm den Teller mit hinauf in ihr Zimmer, um es vor dem Computer zu verdrücken. Cordelia hätte dergleichen nie zugelassen. Sie hatte stets darauf bestanden, dass Skyler ihr Abendessen ordentlich am Tisch einnahm. Aber Cordelia war nicht mehr da und konnte ihr demnach nichts mehr vorschreiben.

Skyler ließ Beauty den leeren Teller ablecken, las ihre E-Mails und unternahm den halbherzigen Versuch, Hausaufgaben zu machen, konnte sich aber auf nichts konzentrieren. Ihre Gedanken kreisten ständig um Lawrence.

Schließlich trug sie ihren Teller in die Küche hinunter und half Hattie, den Geschirrspüler zu bestücken. Es war bereits neun Uhr. Ihr Großvater war also schon seit über zwölf Stunden fort. Wie lange konnte so eine Vernehmung wohl dauern?

Kurz vor Mitternacht hörte sie endlich jemanden die Haustür aufschließen. Es war Lawrence. Er sah erschöpft aus. Die Furchen in seinem Gesicht schienen tiefer geworden zu sein. Skyler hatte den Eindruck, er wäre um Jahrzehnte gealtert.

»Was ist passiert?«, fragte sie beunruhigt. Beim Geräusch des Schlüssels im Schloss war sie von der Fensterbank aufgesprungen, auf der sie vor sich hin gedöst hatte. Sie liebte das Wohnzimmer so, wie es jetzt war, von Möbelschonern und Schutzdecken befreit. Hattie hatte ein gemütliches Feuer im Kamin gemacht und Skyler hatte die Aussicht auf den Fluss genossen.

Lawrence legte seinen verbeulten Filzhut aufs Regal und sank in einen der antiken Sessel vor dem Kamin. »Ich finde wirklich, Cordelia hätte etwas mehr investieren können, um dieses Haus instand zu halten«, knurrte er. »Schließlich habe ich ihr durchaus einen Notgroschen dagelassen.«

Cordelia hatte Skyler immer den Eindruck vermittelt, dass ihnen das Geld ausgegangen wäre und dass sie mit dem bisschen, was sie noch besaßen, ihren Lebensunterhalt finanzieren mussten: Schulgeld, Essen,

Wohnen und die Löhne der beiden Bediensteten. Alles, was darüber hinausging – neue Klamotten, Geld fürs Kino oder Restaurantbesuche –, mussten sie sich angeblich vom Munde absparen.

»Großmutter sagte immer, wir wären pleite«, entgegnete Skyler.

»Gemessen daran, wie wir früher mal gelebt haben, sicher. Aber die van Alens sind keineswegs bankrott. Ich habe mir heute die Konten angesehen. Cordelia hat weise investiert und es hat sich ausgezahlt. Wir sollten in der Lage sein, dieses Haus zu renovieren.«

»Du bist auf der Bank gewesen?«, fragte Skyler ein wenig erschrocken.

»Ich hatte einiges an Besorgungen zu erledigen, ja. Es ist lange her, dass ich in der Stadt war. Wundervoll, wie die Welt sich verändert hat. Man vergisst das, wenn man sich so zurückzieht. Ich habe zahlreiche Freunde wiedergetroffen. Cushing Carondolet hat darauf bestanden, dass ich mit ihm in unserem alten Club zu Mittag esse. Tut mir leid, ich wollte eher zurückkommen, aber ich musste herausfinden, was Charles in meiner Abwesenheit alles angestellt hat.«

»Aber was ist denn nun beim *Komitee* passiert?«

Lawrence nahm eine Zigarre aus der Schachtel und zündete sie umständlich an. »Ach, die Vernehmung?«

»Ja doch«, sagte Skyler ungeduldig. Es irritierte sie, dass ihr Großvater so sorglos schien.

»Nun, sie haben mich ins Archiv gebracht«, sagte Lawrence, »und ich musste vor dem Rat der Ältesten sprechen. Wächter, Älteste. Unsterbliche wie ich.« Unsterbliche waren Vampire, denen es gestattet war, denselben Körper über Jahrhunderte zu behalten, sie waren vom Zyklus der Reinkarnation ausgenommen. Im Gegensatz zu den übrigen Vampiren war somit auch ihre menschliche Hülle und nicht nur ihre Seele unsterblich.

»Ich habe noch nie so einen armseligen Haufen gesehen.« Lawrence verzog abfällig den Mund. »Forsyth Lewellyn ist *Senator*, wusstest du das? In Plymouth damals war er nur Michaels Lakai. Es ist eine Schande. Und absolut gegen den Kodex. So war es nicht immer, weißt du. Es gab Vorschriften. Nach dem Desaster in Rom hatten wir beschlossen, keine Machtpositionen unter den Menschen mehr zu übernehmen.«

Skyler nickte. Cordelia hatte ihr davon erzählt.

»Und sie haben die Carondolets aus dem Rat der Ältesten ausgeschlossen, wie Cushing mir erzählte. Weil sie ein *Suffragium Fidei Causa* beantragt haben.«

»Was ist das?«

»Sie wollen, dass Charles Force die Vertrauensfrage stellt, damit es Neuwahlen gibt«, sagte Lawrence, zog die Schuhe aus und hielt die Füße vor das Feuer.

»Aber ich dachte, Michael – Charles – ist für immer und ewig Regis?«

»Das muss nicht der Fall sein«, sagte Lawrence und strich die Zigarrenasche in einem kleinen Aschenbecher ab, den er aus der Jackentasche hervorgeholt hatte.

»Nein?«

»Nein. Der Rat der Ältesten ist keine Demokratie. Er ist aber auch keine Monarchie. Es herrscht die Übereinkunft, dass die Handlungskompetenz des Regis infrage gestellt werden kann, wenn der Rat befindet, dass er uns nicht weise leitet. Dann können Neuwahlen stattfinden.«

»Ist das denn schon einmal geschehen?«

»Ja.« Lawrence sank so tief in den Sessel, dass nur noch der Rauch seiner Zigarre sichtbar war. »Damals in Plymouth.«

»Was ist passiert?«

»Ich habe verloren.« Lawrence zuckte mit den Achseln. »Sie haben Cordelia und mich aus dem Rat verbannt. Seitdem besitzen wir kein Stimmrecht mehr. Wir haben uns ihren Regeln gebeugt, aber später haben wir beschlossen, uns von der Gemeinschaft ganz loszusagen.«

»Warum?«, fragte Skyler.

»Cordelia hat dir ja erzählt, dass wir annahmen, ein hochrangiges Mitglied des Ältestenrats unterstütze die Silver Bloods. Ich habe ihr damals gesagt, dass es sicherer für sie wäre, wenn ich eine Zeit lang verschwinde.

So konnte ich unsere Nachforschungen fortsetzen, ohne dass das *Komitee* etwas davon mitbekam. Wir hielten das für die beste Entscheidung. Aber, ach, dass ich nicht hier war, als Allegra ihrem Kummer erlag! Oder als du geboren wurdest! Und meine Arbeit ist bislang ebenfalls fruchtlos gewesen. Ich bin der Bestätigung meiner Befürchtungen keinen Schritt nähergekommen.«

»Aber was ist passiert, warum haben sie dich einfach gehen lassen?«

Lawrence lachte kurz auf. »Sie hatten vergessen, dass ich *freiwillig* ins Exil gegangen bin. Ich glaube, sie haben nicht damit gerechnet, dass ich jemals zurückkommen würde. Sie hatten keine andere Wahl. Sie mussten mich laufen lassen. Ich habe nie gegen den Kodex verstoßen. Es gab also keinen Grund, meine Rückkehr zu verbieten. Nur, weil ich so lange fort war, haben sie darauf bestanden, mich zu verhören.«

»Was wollten sie dann von dir? Sie hatten kein Recht, dich zu verhaften.«

»Nun, letztendlich musste ich versprechen, dass ich die Führung des Rats der Ältesten nicht anzweifele, so wie ich es früher getan habe. Sie haben mir sogar wieder meinen Platz im Rat eingeräumt unter der Voraussetzung, dass ich nicht erneut meine Vermutung bezüglich der Silver Bloods zur Sprache bringe. Laut Charles hat man die Bedrohung durch die *Croatan* unter Kontrolle, wenn sie denn überhaupt existiert haben sollten, was er nach wie vor bezweifelt.«

»Nur, weil in den letzten Monaten niemand gestorben ist«, sagte Skyler.

»Ja, sie sind so blind wie eh und je. Die Silver Bloods sind zurückgekehrt. Es ist genau so gekommen, wie Cordelia und ich es schon vor vielen Jahren vorausgesagt haben.«

»Aber jetzt, wo du wieder hier bist, kommt doch alles in Ordnung, nicht wahr?«, fragte Skyler hoffnungsvoll. Momentan war ihr die *Croatan*-Geschichte egal. »Du bist zurück und sie können nichts dagegen tun.«

Lawrence sah besorgt ins Feuer. »Nicht ganz. Ich habe leider schlechte Neuigkeiten für dich.«

Skylers Zuversicht war plötzlich verschwunden.

»Charles hat mich darüber informiert, dass er dich zu adoptieren gedenkt.«

»Was? Warum?« Charles Force wollte sie adoptieren? Was gab ihm das Recht dazu? Das musste ein übler Scherz sein!

»Unglücklicherweise ist er, so wie die Dinge nun einmal liegen, dein Onkel. Als Allegra es abgelehnt hat, sich in diesem Zyklus mit ihm zu verbinden, kehrte er der Familie van Alen den Rücken. Mehr noch, er hat alles getan, um diese Familie zu zerstören, und verleugnete sogar deine Mutter. Er konnte ihr nie vergeben, dass sie deinen Vater geheiratet hat. Er hat sie aus seinem Herzen verbannt. Er nahm sogar einen anderen Namen an.«

Skyler dachte daran, wie oft sie Charles Force am Bett ihrer Mutter kniend gesehen hatte. Er besuchte Allegra regelmäßig und Skyler hatte belauscht, wie er Allegra anflehte, *ihm* zu vergeben.

»Dennoch ist er dein letzter lebender Verwandter – abgesehen von mir natürlich. Aber was mich betrifft, gibt es wegen meines Aufenthalts im Exil in diesem Zyklus keine Aufzeichnung über meine Existenz. Offiziell gibt es mich gar nicht. Den Unterlagen nach bin ich 1872 gestorben und ich danke nur Gott und den Schweizer Banken, dass ich noch Zugriff auf meine Konten habe! Es sind alles Nummernkonten, sonst würden wir nicht mehr an das Geld herankommen. Und Charles hat jetzt entschieden, dass ich nicht der Richtige bin, um dich aufzuziehen.«

Obwohl Skyler von Cordelia wusste, dass Charles Force ihr Onkel war, hatte sie sich dennoch bisher geweigert, diese Tatsache zu akzeptieren. »Aber ich kann nicht ... ich meine, er ist nicht ... ich kenne ihn kaum.«

»Keine Sorge, ich werde es nicht zulassen. Allegra würde sich nichts sehnlicher wünschen, als dass du dich von ihm fernhältst«, sagte Lawrence.

»Warum hasst er dich so sehr?«, fragte Skyler und ihre großen blauen Augen füllten sich mit Tränen.

Lawrence war zurückgekehrt und wieder schlossen die Mächtigen – um nicht zu sagen die Forces – sich zusammen, um sie von ihm zu trennen. Skyler dachte darüber nach, wie sie sich so eine Adoption vorstellen sollte – mit Mimi und Jack unter einem Dach zu leben, mit ihrer Cousine und ihrem Cousin. Mimi würde es *großartig* finden, so viel war sicher ... Und Jack, was würde er davon halten?

»›Denn der Sohn verachtet den Vater, die Tochter setzt sich wider die Mutter‹«, zitierte Lawrence die Bibel. »Ach, ich habe meinen Sohn immer enttäuscht.«

Rätselhaftes Verschwinden der Maggie Stanford

Seit zwei Jahren kein Lebenszeichen der jungen Frau

Die näheren Umstände bezüglich des Verschwindens von Maggie Stanford, die heute achtzehn Jahre alt wäre, sind noch immer ungeklärt. Das Mädchen wird seit der Nacht des Patrizierballs vor zwei Jahren vermisst. Bei der Polizei liegen bis zum heutigen Tage keinerlei Hinweise vor, die auf eine Entführung oder ein anderes Verbrechen schließen lassen. Der Vater des Mädchens, Mr Tiberius Stanford, erlag schon bald nach Maggies Verschwinden seinem Kummer. Mrs Dorothea Stanford befindet sich seit einiger Zeit in psychisch labilem Zustand und leidet unter starken Halluzinationen. Sie beschuldigt Nachbarn und Freunde, ihr den Aufenthaltsort ihrer Tochter zu verschweigen und sie von der Heimkehr abzuhalten. Der New York Herald interviewte Mrs Stanford zu Hause. Sie hält an der Meinung fest, dass Maggie entführt worden sei.

Der New York Herald hat außerdem herausgefunden, dass sich das Mädchen vor seinem Verschwinden ein Jahr lang in der Nervenheilanstalt St. Dymphna aufgehalten hat und dort wegen eines nicht bekannten Leidens behandelt wurde.

Sachdienliche Hinweise bezüglich der Vermissten und ihres Aufenthaltsortes sind umgehend der Polizei zu melden.

Aus dem Archiv des **New York Herald**, 30. September 1872

24

Die Redaktion des *Chic*-Magazins befand sich in einem hochmodernen Gebäude aus Glas und Stahl auf dem Times Square. Die Lobby war ein freundlicher, marmorgefliester Raum mit einem plätschernden Springbrunnen in der Mitte. Eine Armee von Sicherheitsleuten in blauen Uniformen saßen an den Empfangstischen.

Bliss war gleich nach der Schule hergekommen und wartete nun geduldig in eben dieser Lobby, bis der Wachmann mit der Casting-Chefin telefoniert hatte und sie durchwinken würde. Die Farnsworth-Modelagentur hatte sie vermittelt. Ihr Gesicht war frisch gewaschen und ungeschminkt, wie die Agentur es verlangte. Bliss war sehr gefragt, seitdem sie für die *Stitched*-Kampagne unter Vertrag genommen worden war, und ihre Fotos in dem umwerfenden Dior-Kleid waren als Krönung ihrer steilen Karriere rund um den Globus gegangen. Sie war mittlerweile sogar populärer als Mimi. Bliss hatte bereits mehrere Shootings gehabt, darunter auch eines für einen Outdoor-Ausstatter und zwei Doppelseiten in der *Kiss*. Bei *Chic* zu landen, wäre der Gipfel des Ruhmes. Bliss machte das Modeln Spaß, sie liebte den großen Auftritt.

»Skyler van Alen«, hörte sie jemanden hinter sich sagen.

»Skyler! Bist du auch zum Casting hier?« Bliss war angenehm überrascht, sie zu sehen.

»Bin ich.« Skyler lächelte. Seit dem Tod ihrer Großmutter hatte sie alle Angebote für weitere Shootings – auch sie war seit der *Stitched*-Kampagne ein begehrtes Model – abgelehnt. Doch Linda Farnsworth hatte sie überredet, den *Chic*-Termin anzunehmen, und Skyler hatte zugestimmt. Vielleicht lenkte sie das von der schrecklichen Tatsache ab, dass Charles Force sie adoptieren wollte.

Wie üblich trug Skyler ihr Secondhand-Outfit: ein verwaschener Sweater, dazu eine alte Jacke, Leggins und Turnschuhe. Doch an Skyler wirkte selbst dieser Look attraktiv.

»Ihr Mädels könnt hochgehen«, sagte der Wachmann endlich und ließ sie durch das automatische Drehkreuz.

Das *Chic*-Büro war in der zehnten Etage und Skyler

und Bliss fühlten sich ein wenig eingeschüchtert von der makellosen Umgebung. Im Wartebereich hingen große Poster mit den berühmtesten *Chic*-Titelseiten – eine Galerie der meistgefeierten Schönheiten des zwanzigsten und einundzwanzigsten Jahrhunderts.

Eine großmütterliche Empfangsdame bat sie, in weißen Sesseln Platz zu nehmen.

Die Mädchen unterhielten sich leise über neutrale Themen: Schultratsch, Klassenarbeiten, warum es in der Cafeteria plötzlich Hotdogs gab ... Beide vermieden bewusst das Thema Dylan. Skyler befürchtete, dass es Bliss zu naheging, und Bliss war der Meinung, dass es dazu nichts mehr zu sagen gab, seitdem sich herausgestellt hatte, dass der Junge, der sie aus dem See gerettet hatte, Kingsley gewesen war.

»Du gibst dich viel mit Kingsley ab«, sagte Skyler, nachdem Bliss erwähnt hatte, dass er sie zu einer Party in dem neuen, angesagten Club *Desaster* mitgenommen hatte.

»Jepp.« Bliss biss sich in den Daumen. Sie hockte ganz vorn auf der Kante des Ledersessels, als wagte sie es nicht, sich bequemer hinzusetzen. Auf dem Schoß lag ihre schwarze Bewerbungsmappe. »Er ist cool.«

Bliss hatte immer noch nicht herausgefunden, wer oder was Kingsley für sie in ihrer Vergangenheit gewesen war, aber sie musste gestehen, dass sich die Gegenwart mit ihm ziemlich lustig gestaltete. Er schien es sich in den Kopf gesetzt zu haben, dass Bliss seine Freundin war, und sie verbrachten den Großteil ihrer Freizeit miteinander. Kingsley wurde immer zu den besten Partys eingeladen und mit ihm an ihrer Seite fühlte sie sich nicht länger wie eine Außenseiterin. Davon abgesehen stärkte ihre wachsende Berühmtheit ihr Selbstbewusstsein gegenüber den berühmten Stammgästen der New Yorker Nachtclubs. Sogar Mimi hatte säuerlich angemerkt, dass es sie krank mache, immerzu Bliss' Namen fett gedruckt in den Zeitungskolumnen zu finden.

»Wie geht's Oliver?«, fragte Bliss.

»Gut«, antwortete Skyler knapp. In Wahrheit hielt ihr Oliver in letzter Zeit ein wenig zu viel Abstand, nachdem er zuvor so aufmerksam gewesen war. Vielleicht war es eine Reaktion darauf, dass sie sich von ihm zurückzog, oder er hatte Bedenken, was die veränderte Natur ihrer Beziehung anging. Die Verwandlung vom besten Freund zum Conduit war nicht gerade einfach zu bewerkstelligen.

Eine große schlanke Brünette kam durch die Glastür auf sie zu.

»Bliss? Skyler?«, fragte sie.

»Chantal?«, fragte Skyler zurück.

»Nein, ich bin Keaton, Chantals Assistentin.«

»Buster oder Diane Keaton?«, scherzte Skyler.

Keaton ignorierte sie. »Chantal verspätet sich, sie ist

momentan noch in einer Besprechung, aber sie hat mich gebeten, euch schon mal hereinzuholen«, sagte sie herablassend.

Sie führte die beiden durch einen Raum, wo Mädchen in ausgefallenen Outfits und Zehn-Zentimeter-Pumps durch ein Labyrinth von Regalen stöckelten und rollbare Kleiderständer an den Wänden parkten.

In Chantals Büro türmten sich Bewerbungsmappen und eine Wand war zugepinnt mit Hochglanzfotos von Models. Auf dem Schreibtisch lagen ein Ausdruck des Covers für den nächsten Monat sowie die Korrekturfahnen der Februarausgabe.

»Wartet hier«, befahl Keaton, »und fasst ja nichts an.«

Skyler und Bliss taten wie geheißen, obwohl Bliss sich zu gern ein Glas Wasser geholt hätte und Skyler auf die Toilette musste. Doch die Atmosphäre bei *Chic* war so einschüchternd und Keaton so humorlos, dass beide sich nicht trauten, das Büro zu verlassen.

Eine Stunde später traf Chantal endlich ein. Bliss hatte eine weitere langbeinige Schönheit erwartet, aber Chantal war eine kleine, gedrungene und verkniffen dreinblickende Frau mit Bubikopf und Brille. Sie trug ein weites Sweatshirt und ausgeleierte Jeans, dazu bequeme japanische Turnschuhe (allerdings die aus der begrenzten Auflage, wie Bliss fachmännisch erkannte, und daher sündhaft teuer).

»Hi, Mädels«, sagte sie knapp und rief dann sofort: »Keaton! Meine Kamera! Hatte ich nicht gesagt, du sollst sie bereithalten?«

Sie setzte sich an den Schreibtisch und blätterte rasch die Bewerbungsmappen der beiden Mädchen durch. »Ja, das kenn ich«, murmelte sie. »Hübsch. Oh. Nicht schlecht. Genau so. Das hier weniger.« Dann schloss sie die Mappen wieder und bat die Mädchen, vor der einzigen freien Wand, die es in ihrem Büro gab, zu posieren, um ein paar Aufnahmen machen zu können. Bliss war als Erste dran.

Alles reine Routine. Doch plötzlich wurde Bliss im Blitzlichtgewitter kreidebleich und schlug der Länge nach hin.

»Du meine Güte, ist sie etwa magersüchtig? Ich meine, das sind ja die meisten Mädchen, aber das darf ihr natürlich nicht beim Shooting passieren«, sagte Chantal eher verärgert als beunruhigt.

»Nein, das ist sie nicht«, sagte Skyler besorgt. Sie kniete nieder und legte Bliss eine Hand auf die Stirn. »Es ist ein bisschen heiß hier drin.«

Bliss stöhnte auf und trat wild um sich. »Nein ... geh weg ... nein ...«

»Vor Ort wird's noch heißer sein«, sagte Chantal ungerührt. »Gott behüte, dass sie mir nicht auch noch auf den Teppich kotzt.«

Skyler starrte sie an, wütend darüber, dass die Agentin sich scheinbar mehr Sorgen um ihre Büroeinrichtung machte als um Bliss.

»Bliss? Bliss? Bist du okay?«, fragte Skyler und half ihrer Freundin auf die Füße. Bliss sah blinzelnd um sich. »Skyler?«, fragte sie mit kehliger Stimme.

»Ja.«

»Ich muss hier raus!«

»Keaton wird euch nach draußen begleiten. Ich gebe Linda Farnsworth dann Bescheid«, sagte Chantal. Das Telefon klingelte und sie griff zum Hörer. Nachdem die Bedrohung plötzlichen Erbrechens abgewendet war, interessierte sich die Agentin offenbar nicht mehr für die Mädchen.

Skyler half Bliss aus dem Büro. »Ganz vorsichtig.« Sie rief den Fahrstuhl.

»Ich hatte ein Blackout«, sagte Bliss zerknirscht, »schon wieder.«

»Schon wieder?«

»Es passiert mir in letzter Zeit ständig.« Bliss erzählte Skyler von den Albträumen, die sie hatte, und davon, wie sie an irgendwelchen Orten aufwachte, ohne zu wissen, wie sie dort hingelangt war. »Ich komme zu mir und bin woanders, keine Ahnung wo. Ich vermute mal, das gehört alles zur Verwandlung.«

»Ja, mir ist das auch schon passiert. Nicht so krass wie das, was du beschreibst, aber vor ein paar Wochen hatte ich etwas Ähnliches wie ein Blackout. Ich war im

Ruhezustand, hat Dr. Pat gesagt.« Während sie in den Fahrstuhl stiegen, erzählte Skyler Bliss von ihrem Erlebnis.

»Meine Flashbacks sind ziemlich kurz und danach erinnere ich mich an nichts«, erklärte Bliss. Sie wirkte erleichtert, nicht die Einzige zu sein, der diese Dinge zustießen.

»Vermutlich müssen wir einfach nur lernen, damit umzugehen.«

»Kingsley sagt, dass es Tricks gibt, um damit fertig zu werden. Er will mir welche zeigen.«

Der Fahrstuhl kam in der Lobby an, und als sich die Türen öffneten, trat Jack Force ein. An seinem Jackenaufschlag war ein Besucherausweis befestigt.

»Oh, hey«, sagte er verlegen.

»Sag jetzt nicht ...«, Bliss grinste. »Jack Force, das Supermodel!«

»Scht!«, machte Jack und lächelte verschämt. »Es war nicht meine Idee. Aber sie brauchen Jungs für ein bevorstehendes Shooting. Chantal ist mit meiner Mutter befreundet, nur deshalb bin ich hier.«

»Wir kommen gerade von Chantal«, erzählte ihm Bliss und verhinderte damit eine peinliche Gesprächspause, denn Skyler traute sich offenbar nicht, etwas zu sagen, und vermied es sogar, Jack anzusehen.

»Dann vermute ich mal, dass ich euch Mädels beim Shooting sehe«, sagte Jack grinsend.

»Ach nein«, sagte Bliss, »glaub ich eher nicht. Ich bin zusammengeklappt, als Chantal ein paar Probeaufnahmen machen wollte, und Skyler kam gar nicht mehr an die Reihe, weil sie mich nach draußen begleitet hat. Ich denke, wir haben keine Chance mehr, genommen zu werden.«

Als sich die Fahrstuhltüren schlossen, war schwer zu sagen, wer enttäuschter aussah, Jack oder Skyler.

25

In der ersten Etage, hinter dem Tempel von Dendur, zwischen den Sarkophagen in der Alt-Ägyptischen-Abteilung gibt es ein Schlangenarmband aus Gold und Lapislazuli, das einst Hatschepsut gehörte. Ich möchte, dass du es mir bringst«, sagte Lawrence, eine Stoppuhr in der Hand. Er stand mit Skyler in seinem Arbeitszimmer, einem von vielen Räumen, die nach seiner Rückkehr wieder geöffnet und bewohnbar gemacht worden waren.

Lawrence hatte Baufirmen und Architekten beauftragt, das Haus in alter Pracht zu rekonstruieren, und der Krach der Arbeiter – Bohren, Klopfen, Hämmern – wurde allmählich zur gewohnten lästigen Geräuschkulisse. Doch Lawrence' Arbeitszimmer war schallgedämpft und still wie ein Grab.

Es war der dritte Tag von Skylers Ausbildung. Vor einer Woche hatte Lawrence empört herausgefunden, dass das *Komitee* so gut wie nichts unternahm, um den jungen Vampiren beizubringen, wie sie ihre Kräfte kontrollieren und benutzen konnten. Skyler hatte ihm erzählt, dass sie nichts anderes taten, als Bücher zu lesen und zu meditieren.

Er zog fassungslos die Augenbrauen hoch. »Niemand hat mit euch den *Velox*-Test gemacht?«

Skyler schüttelte den Kopf. »Was ist das?«

»Oder euch die Grundlagen der Gedankenübertragung beigebracht?«

»Nein.« Skyler schüttelte erneut den Kopf.

»Und keiner von euch hat auch nur den blassesten Schimmer, wie man den Angriff eines Silver Bloods pariert?«, fragte Lawrence gereizt.

»Äh, nein.«

Lawrence war schwer beunruhigt. Und da die Uhr tickte – der Adoptionsantrag von Charles Force wurde gerade von den zuständigen Behörden geprüft und sie wussten nicht, wie viel Zeit ihnen noch miteinander blieb –, hatte Lawrence das Training selbst in die Hand genommen.

»Wenn du herausfinden willst, wie du die Silver Bloods besiegen kannst und weshalb sie zurückgekehrt sind, musst du erst einmal lernen, deine Vampirfähigkeiten und dein Vampirwissen richtig einzusetzen.«

Also hatte Skylers Großvater beschlossen, mit dem *Velox*- oder Geschwindigkeitstest anzufangen.

»Schnell zu sein ist nicht genug«, sagte Lawrence. »Du musst so flink sein, dass du für das menschliche Auge nicht zu erfassen bist und keinen Alarm auslöst. Viele Red Bloods halten das für *Unsichtbarmachen.* Aber das ist es in Wirklichkeit gar nicht. Wir sind einfach nur so schnell, dass die Menschen uns nicht sehen können. Wenn du erst einmal Meister in der Kunst des *Velox* bist, wirst du in der Lage sein, dich augenblicklich überall dorthin zu versetzen, wo du sein willst. Die unglaubliche Geschwindigkeit der Silver Bloods ist eine ihrer größten Stärken. Also musst du schneller sein als sie, wenn du überleben willst.«

Nun musste Skyler beweisen, was sie gelernt hatte, und das Armband der Hatschepsut aus dem *Metropolitan Museum of Art* entwenden, ohne dabei erwischt zu werden.

»Und los!«, rief Lawrence und hielt die Stoppuhr hoch.

Skyler verschwand. Doch bevor der Zeiger auch nur eine Sekunde vorgerückt war, war sie wieder da.

»Schon besser«, sagte Lawrence. Noch vor einigen Tagen hatte sie volle zwei Minuten gebraucht, um eine ähnliche Aufgabe zu erledigen.

Skyler hielt das Armband in die Höhe. Sie hatte das

Schloss der Vitrine so rasch geknackt, dass die Alarmanlage keinen Einbruch registriert hatte.

Lawrence erlaubte sich ein kleines Lächeln. »Und jetzt bring's wieder zurück!«

Am nächsten Tag war Skyler erschöpft von der Lektion, verbarg das aber. Es war nicht die Zeit, Schwäche zu zeigen. Sie wollte vorankommen und wenn ihr Großvater erfuhr, wie viel Kraft sie der Unterricht kostete, würde er das Training gewiss abbrechen. Das wollte Skyler aber auf keinen Fall riskieren, denn sie war begierig, die *Animadversio*, die »schnelle Wahrnehmung«, zu lernen.

»Die Vampirgabe des *Animadversio* ist Gegenstand zahlreicher Mythen und Missverständnisse«, erklärte Lawrence. »Die Menschen glauben, unser Wissen sei unendlich, dabei haben wir nur ein perfektes fotografisches Gedächtnis. Wenn du diese Fähigkeit trainierst, dann wirst du so wie ich in der Lage sein, jedes Buch, das du je in deinem Leben gelesen hast, auswendig zu zitieren. Die Bibliothek von Alexandria ist der Menschheit vor Jahrhunderten verloren gegangen. Aber dankenswerterweise war ich damals ein begeisterter Leser«, sagte Lawrence und tippte sich an den Kopf. »Es ist alles hier drin.«

»Warum müssen wir so viel wissen? Wie hilft es uns, die Silver Bloods zu besiegen?«, fragte Skyler.

»Die Silver Bloods legen keinen Wert auf das Lernen. Diejenigen aber, die nicht aus der Geschichte lernen, sind dazu verurteilt, sie mit allen Fehlern zu wiederholen. Es ist also unabdingbar, dass wir die Geschichte der Welt studieren, um Hinweise auf die Aktivitäten der Silver Bloods zu finden. Vielleicht werden wir so eines Tages das Geheimnis ihrer immerwährenden Existenz ergründen.«

Er deutete auf die gesamte, dreißigbändige Ausgabe der *Encyclopedia Britannica.* »Mach eine mentale Momentaufnahme von jeder einzelnen Seite. Katalogisiere sie in deinem Gedächtnis. Bei deiner Geschwindigkeit sollte dich das keine fünf Minuten kosten. Aber ich gebe dir eine Stunde.« Lawrence verließ das Arbeitszimmer und schloss die Tür hinter sich.

Nach der verabredeten Stunde kam er zurück und fand Skyler dösend auf der Couch.

»Fertig?«

»Seit fünfundfünfzig Minuten.« Skyler grinste.

»Schön. Definiere das ägyptische Wiederauferstehungsritual.«

Skyler schloss die Augen und sprach mit langsamer, gleichförmiger Stimme, als würde sie vorlesen: »Das Ritual, die Verstorbenen auf ihre Auferstehung vorzubereiten, wird an Statuen der Verstorbenen, an der Mumie selbst oder an Gottesstatuen in einem Tempel vollzogen. Ein wichtiges Element der Zeremonie ist das

Öffnen des Mundes, damit die Mumie atmen und essen kann. Dagegen ist der Brauch, bei dem ...«

»Ausgezeichnet«, unterbrach Lawrence sie. »Das machst du sehr gut für dein Alter. Wirklich sehr gut. Beeindruckend. Ich hatte befürchtet, dass deine Vampirkräfte durch dein gemischtes Blut verkümmert sein könnten, aber sie sind eher noch ausgeprägter.«

»Großvater?«, fragte Skyler zögernd, während sie ihm half, die Bände der Enzyklopädie an ihren Platz ins Regal zurückzustellen.

»Ja?«

»Wenn wir Vampire das alles können, warum müssen wir dann zur Schule gehen? Ich meine, ist das wirklich nötig?«

»Natürlich«, antwortete Lawrence. »Was wir hier tun, ist bloß Auswendiglernen. In der Schule werden ganz andere Kompetenzen vermittelt: Konfliktfähigkeit, soziales Engagement, der Umgang mit Menschen. Wir dürfen uns nicht von der Masse absondern. Die Blue Bloods müssen ihren Platz in der Welt verstehen lernen, bevor sie versuchen können, etwas zu bewegen. Du magst in der Lage sein, die gesamte Enzyklopädie herzubeten, doch ein Kopf ohne Herz, ohne Vernunft ... ist vollkommen sinnlos.«

Skyler freute sich jeden Tag auf die Nachmittagslektionen bei Lawrence. Dem härtesten Test unterzog er sie am Ende der Woche.

»Du hast schon von Gedankenkontrolle gehört«, sagte Lawrence. »Es ist die Gabe, Menschen zu manipulieren.«

»Ja«, sagte Skyler. »Eine der gefährlichsten Künste, hat Priscilla Dupont gesagt. Am besten sollen wir sie nicht ausprobieren, bevor wir volljährig sind.«

»Das ist albern. Du musst sie *jetzt* erlernen, um selbst nicht manipulierbar zu sein. Denn Gedankenkontrolle wirkt auch bei Blue Bloods. Es ist eine der schlimmsten Methoden der Silver Bloods.«

Skyler schauderte.

»Du musst sie erst erlernen, um dich selbst dagegen verteidigen zu können. Wir sollten einen Schritt nach dem anderen machen«, entschied Lawrence. »Zur Gedankenkontrolle gehören vier Elemente. Erstens die Telepathie, also die Fähigkeit, Gedanken zu lesen. Um sie zu beherrschen, muss man sich auf die Energie der betreffenden Person konzentrieren und deren Quelle ergründen. Ein Gedanke ist wie ein Puzzle; nur richtig zusammengesetzt ergibt er einen Sinn. Anderson, komm bitte einmal her!«

Der weißhaarige Conduit betrat den Raum. »Ja?«

»Anderson ist trainiert, Gedankenkontrolle zu widerstehen. Das ist das A und O, wenn jemand ein guter

Conduit sein will. Es kann schließlich nicht angehen, dass der Assistent eines Vampirs manipulierbar ist.«

In den folgenden Stunden saßen Skyler und Anderson sich am Tisch gegenüber. Lawrence zeigte Anderson Spielkarten und Skyler sollte herausfinden, welche es waren.

Was dachte er? Sie konzentrierte sich auf ihn, doch alles, was sie wahrnahm, war ein grauer Nebel.

»Herzkönigin?«, fragte Skyler ins Blaue hinein. »Kreuzzehn?«

Es war die Karodrei.

Und so ging es weiter. Der graue Nebel verzog sich nicht. Skyler war deprimiert. Nach ihren Erfolgen beim *Velox*-Test und im *Animadversio* war sie davon überzeugt gewesen, die Gedankenkontrolle ebenso einfach meistern zu können.

Anderson durfte gehen und Skyler blieb mit ihrem Großvater allein zurück.

»Es ist schwer«, tröstete Lawrence sie, schob die Karten zusammen und steckte sie sorgfältig zurück in die Packung.

Skyler nickte. »Es scheint so leicht zu sein«, sagte sie und erzählte ihm, dass sie Olivers Gedanken mühelos lesen könnte.

»Er ist ungeschützt. Erinnere mich daran, dass wir ihn auch trainieren müssen, wenn er ein guter Conduit werden soll.«

Skyler nickte. Die anstrengende Lektion hatte sie viel Kraft gekostet. Sie fühlte sich müde und benommen.

»Alles in Ordnung mit dir?«, fragte Lawrence besorgt.

Skyler winkte ab. Sie würde es ihrem Großvater gegenüber nie zugeben, aber manchmal war sie nach den Tests so fertig, dass sie kaum noch stehen konnte.

26

Ihr Zusammentreffen im Archiv war reiner Zufall. Skyler war hier, um auf Lawrence' Anweisung hin so viele Bücher wie möglich zu lesen, und Jack, um die Pflichtlektüre für die Schule zu studieren. Skyler freute sich, ihn an einem der Schreibtische zu finden.

»Oh, hey.« Er grinste, strich sich mit der Hand durchs Haar und lud sie ein, sich zu ihm zu setzen. »Was hast du da? *Der Prozess?*«

Sie nickte. Sie nahmen den Roman von Kafka gerade in Deutsch durch. Es war eines der Bücher, die sie schon auswendig kannte.

»Blöde Liebesgeschichte, findest du nicht?«, fragte er, während er in den vergilbten Seiten seines Buches blätterte, das schon sehr abgegriffen war und zahlreiche Eselsohren hatte.

»Liebesgeschichte?« Skyler verzog das Gesicht.

»Handelt es nicht eher von der Tyrannei der Justiz? Von der Absurdität der Bürokratie? Wir erfahren schließlich niemals, weswegen er angeklagt ist.«

»Ich bin anderer Meinung. Kafka wollte nicht, dass das Buch veröffentlicht wird. Wer kann da schon sagen, wovon es wirklich handelt?«, sagte Jack mit Spott in der Stimme. »Ich interpretiere es so, dass es um die gescheiterte Verlobung mit Felice Bauer geht. Um einen Mann, dessen Liebe zerbrochen ist ...«

»Oh Jack ...« Skyler seufzte. Sie wusste nicht, ob er sie auf den Arm nahm oder nicht, aber sie genoss den Schlagabtausch. Bislang war sie sich nicht sicher gewesen, wie sie das, was sich im letzten Schulhalbjahr zwischen ihnen angebahnt hatte, noch retten könnte. Ob es sich dabei nur um Freundschaft oder vielleicht auch um mehr handelte, darüber wollte Skyler gar nicht genauer nachdenken. Doch jetzt sah es so aus, als hätte Jack durchaus nichts dagegen, ihr näherzukommen. Nicht, dass es von Bedeutung gewesen wäre. Er war schließlich immer noch Mimis Bruder.

»Vielleicht steht in meinem Exemplar ja was anderes als in deinem«, sagte Jack und schob ihr sein Buch zu. »Lass uns die Bücher tauschen ...«

Langweilige alte Kaschemme, dachte Mimi, als sie Kingsley die Treppe ins Archiv hinunter folgte.

Sie hatte sich mit ihm angefreundet, weil sie seinen

makabren Sinn für Humor und seinen Hang zu Gemeinheiten teilte. Der Vorfall mit dem Jungen auf dem Balkongeländer war der Beginn ihrer Allianz gewesen. Kingsley repräsentierte alles, was Mimi an einem Vampir bewunderte: Macht, Überlegenheit, Rücksichtslosigkeit.

Sie waren sich einig, dass das *Komitee* viel zu vorsichtig war und zu strenge Regeln aufstellte. Warum sollten sie ihre Kräfte nicht einsetzen und ihre Überlegenheit ausnutzen, um die Red Bloods zu beherrschen? Wozu war es gut, die Gedanken eines Menschen lesen zu können, wenn man keinen materiellen oder ideellen Nutzen daraus zog? Warum durfte man nur einen Vertrauten haben, um sich an seinem Blut zu stärken? Wem nützte es, wenn man falsche Bescheidenheit an den Tag legte und so tat, als wäre man ein normaler Sterblicher?

Kingsley hatte Mimi gebeten, mit ihm ins Archiv zu kommen, weil er ihr etwas Cooles zeigen wollte. Jetzt war er zwischen den Regalen verschwunden, um es zu holen.

Sie sah sich in dem höhlenartigen, alten Saal um. Ein paar jämmerliche Menschen, ehemalige Conduits, die keine Vampirfamilien mehr hatten, denen sie dienen konnten, arbeiteten emsig an ihren Pulten.

Mimi setzte sich an einen der langen Lesetische in der Mitte des Raums und wartete.

Dabei schnappten ihre feinen Ohren eine Unterhaltung hinter einem Bücherregal auf.

»Hier geht es nicht um Liebe, Jack«, sagte ein Mädchen. »Ich glaube, du liegst falsch.«

»Sicher? Sieh es dir lieber noch mal an, vielleicht hast du nicht genau genug gelesen«, entgegnete er.

Mimi biss vor Wut die Zähne zusammen. Das war doch schon wieder dieses Van-Alen-Mädchen, das da mit ihrem Bruder sprach! Sie stand auf, ging um das Regal herum und räusperte sich.

Jack und Skyler rückten sofort voneinander ab.

»Ich, äh ... bis später«, sagte Skyler, nahm ihre Bücher und ging zu einem anderen Schreibtisch.

»Hallo.« Jack wandte sich lächelnd seiner Schwester zu. »Ich wusste gar nicht, dass du den Weg hierher kennst.«

»Unterschätz mich nicht, Benjamin Force. Nur zu deiner Information, ich bin eine begeisterte Leserin«, schnaubte Mimi.

Jack grinste. »Lügnerin«, flüsterte er.

»Du bist der Lügner«, wisperte sie zurück.

Er machte eine versöhnliche Geste. »Verzeih mir.«

»Aber immer«, hauchte Mimi und ihre Miene wurde weich.

»Ich geh dann. Wir sehen uns zu Hause«, sagte Jack und stand auf.

»Tschüss!« Mimi sah ihm nach. Obwohl Jack ihr

gegenüber liebevoll und aufmerksam war, machte sie sich Sorgen. Anscheinend durfte sie Skyler nicht unterschätzen. Dieses Mädchen hatte etwas an sich, was ihren Bruder aus dem Gleichgewicht brachte, sie konnte es fühlen. Zwar spürte sie auch seinen Wunsch, den Bund mit ihr, Mimi, zu erneuern, doch es war beinahe so, als müsste er sich dazu zwingen, sich in sie zu verlieben. Warum? So war es in den Jahrhunderten zuvor nie gewesen. Bisher hatten sie in jedem Zyklus ohne Schwierigkeiten zueinandergefunden.

Für einen Moment bröckelte Mimis überhebliche Fassade und sie wirkte wie ein ängstliches kleines Mädchen. *Was, wenn er mich verlässt und unseren Bund nicht erneuert, wenn die Zeit reif dafür ist? Was wird dann mit uns geschehen?*

Mimi schauderte bei dem Gedanken an Allegra van Alen, die in ihrem Krankenhausbett lag, für die Welt praktisch gestorben.

Sie durfte nicht zulassen, dass einem von ihnen dasselbe zustieß, weder ihr noch Jack.

»Du machst ein Gesicht, als hättest du ein Gespenst gesehen«, sagte Kingsley und legte ein dickes Buch vor Mimi auf den Tisch.

Mimi hatte sich schnell wieder gefasst und warf ihm ein entwaffnendes Lächeln zu. »Durchaus möglich.« Sie blickte auf den ledergebundenen Band hinab.

»Was ist das?«

»Etwas, das wir eigentlich nicht anschauen dürften. Es ist ein altes Buch mit verbotenen Zauberformeln. Du hast doch schon von dieser *Croatan*-Sache gehört, den Silver Bloods, nicht wahr?«, fragte er.

»Ja«, sagte Mimi gedehnt. »Aber es heißt, dass es sie gar nicht mehr gibt.«

»Richtig.« Kingsley grinste verschlagen. »Aber nur, weil sie aufsässig geworden sind.«

»Was meinst du damit?«

»Die Silver Bloods waren einst die Sklaven der Blue Bloods. Nach der Verstoßung aus dem Himmel wurden alle, die immer noch Luzifer folgten, eine Zeit lang von Michael und Gabrielle kontrolliert und überwacht. Aber irgendwann haben sie sich gegen die Blue Bloods aufgelehnt. Sie begannen, sie zu jagen, und wurden dadurch selbst zu Gejagten. Der Krieg dauerte Jahrhunderte. Und jetzt sind sie angeblich verschwunden. Aber es gibt einen Weg, sie zurückzuholen.«

»Was meinst du damit?«, fragte Mimi und dachte bei sich, dass Kingsley mit diesen Dingen etwas zu ungezwungen umging. Schließlich waren die Silver Bloods kein Witz. Die meisten Blue Bloods brachten es nicht einmal fertig, über sie zu reden.

»Es ist möglich, einen Silver Blood aus der Dunkelheit zu rufen, weißt du. Ihn deinem Willen zu unterwerfen«, antwortete Kingsley.

»Ich weiß nicht, ob ich das überhaupt hören will«, sagte Mimi. »Das ist mir eine Spur zu heftig.«

»Ach komm schon, das wird lustig.« Mit lustig beschrieb Kingsley jede Art von Unsinn. Offensichtlich war der Gebrauch eines gefährlichen, alten Zauberspruchs für ihn ebenso aufregend, wie in einem Ferrari mit zweihundertfünfzig Sachen über den Highway zu rasen. Das war zwar auch keine gute Idee, aber etwas, mit dem man später angeben konnte.

»Nicht mit mir.« Mimi schüttelte den Kopf. Doch auch, wenn sie nicht an der Sache mit dem Silver Blood interessiert war, ließe sich in dem Buch ja vielleicht die eine oder andere Formel finden, die ihr irgendwie von Nutzen sein könnte.

Ars Obscura. Die Dunkle Kunst.

Sie schlug die erste Seite auf und begann zu lesen.

27

Allegra van Alen war wach. Sie saß aufrecht im Bett, das feine, blonde Haar fiel ihr über die Schultern.

Ihre grauen Augen waren weit geöffnet, groß und leuchtend.

Sie sprach mit leiser, gehetzter Stimme: »Hüte dich, Skyler. Hüte dich.«

Entsetzt wachte Skyler auf. Sie fand sich im Zimmer ihrer Mutter im Krankenhaus wieder, aber sie hatte keine Ahnung, wie sie hierhergekommen war. Es war schon nach Mitternacht, und das Letzte, was sie noch wusste, war, dass sie über einem Buch eingeschlafen war.

Sie konnte sich nicht erinnern, wie sie ihr Zimmer verlassen hatte und mit dem Bus zum Krankenhaus gefahren war. Sie musste schlafwandelnd hergelangt sein – oder sie hatte ein Blackout gehabt, so wie Bliss.

Skyler ging zu ihrer Mutter. Allegra schlief still und friedlich wie immer. War es nur ein Traum gewesen? Aber er schien ihr so real. Ihre Mutter war wach gewesen und hatte sie gewarnt, sie solle sich hüten. Wovor?

»Ach Mom«, sagte Skyler und streichelte Allegras kalte Wange. Sie vermisste sie noch immer. Skyler küsste ihre Mutter auf die Stirn, stand auf, löschte das Licht und verließ den Raum.

Am nächsten Abend lud Lawrence Skyler ein, mit ihm in seinem alten Club zu essen. Der *Abenteurer*-Club war im frühen achtzehnten Jahrhundert von Blue Bloods als Verein und Versammlungsort für Weltreisende gegründet worden, die sich über ihre Forschungsergebnisse, Theorien zu Naturphänomenen und geografische Entdeckungen austauschen wollten. Er lag zentral auf der *Fifth Avenue*, gegenüber des *Knickerbocker*-Clubs, und nur wenige Minuten vom *Metropolitan Museum of Art* entfernt – in der Nähe zweier Blue-Blood-Einrichtungen also, die seit einigen Jahren auch immer mehr Red Bloods in ihre Reihen aufnahmen.

Aber der *Abenteurer*-Club war noch immer eine Vampir-Hochburg, und sei es nur deshalb, weil die Menschen weniger Interesse an ökologischen, denn an sozialen Belangen hatten. Es brachte einfach kein Prestige ein, zu einem Kreis langweiliger alter *Abenteurer* zu gehören.

Der Speisesaal des Clubs war voller Mitglieder einflussreicher Familien. Lawrence wurde vom Oberkellner willkommen geheißen und begrüßte auf dem Weg zu ihrem Tisch zahlreiche Bekannte.

Im Club legte man großen Wert auf Tradition, selbst die Speisekarte hatte sich seit dem neunzehnten Jahrhundert nicht geändert. Seezunge *meunière*. Steak Diane. Kaninchenbraten.

Skyler nahm die Seezunge, Lawrence entschied sich für das Steak.

Ihr Essen wurde ihnen unter Silberhauben verborgen serviert.

»Voilà«, sagte der Kellner und deckte beide Teller gleichzeitig auf. »Bon appétit.«

Während Skyler ihren Fisch zerlegte, erzählte sie Lawrence, was in der Nacht zuvor geschehen war. »Ich hatte ein Blackout ... Ich bin aufgewacht und war im Krankenhaus, im Zimmer von Mom.«

»Blackout? Wie meinst du das?«, fragte Lawrence kauend.

»Du weißt schon: Man wacht woanders auf und weiß nicht, wie man dorthin gekommen ist, die übliche Geschichte.«

Lawrence legte sein Besteck beiseite. »Ich kenne nur

Flashbacks. Doch dabei haben sich Vampire immer unter Kontrolle.«

»Wirklich?«, fragte Skyler.

Lawrence nickte. »Was du beschreibst, ist ausgesprochen unüblich.«

»Unüblich?« Skyler war verwirrt. Aber Bliss passierte es doch ständig, so ungewöhnlich konnte es demnach nicht sein. Sie erzählte ihrem Großvater von Bliss.

Lawrence dachte darüber nach. »Vielleicht hat diese Generation von Vampiren eine neue genetische Eigenschaft, die das verursacht. Ich glaube nicht, dass wir uns Sorgen machen müssen, aber lass es mich wissen, wenn es wieder vorkommen sollte.« Er seufzte. »Und jetzt muss ich dir etwas sagen.«

Kam jetzt das, wovor Skyler sich die ganze Zeit gefürchtet hatte?

»Die Behörden haben Charles' Adoptionsantrag vorläufig zugestimmt. Die endgültige Verhandlung findet in einem Monat statt.«

Patientenakte

Nervenheilanstalt St. Dymphna

Name: *Margaret Stanford*
Alter: *16*
Aufnahme: *5. April 1869*

Gründe für die Aufnahme:
Verdacht auf Geistesgestörtheit

Seelische Verfassung:
Religiöse Besessenheit
Liebeskummer
Suizidgefahr
Wahnvorstellungen

Körperliche Verfassung:
Verletzungen aufgrund von Selbstverstümmelung und einem gescheiterten Selbstmordversuch (Patientin wurde eine Woche vor Aufnahme von Familienmitglied mit aufgeschnittenen Pulsadern gefunden.)
Epilepsie

Erbliche Vorbelastung:

Bei keinem Familienmitglied Anzeichen von Schwachsinn oder Hysterie.
Einziges Kind zweier noch lebender Eltern.

Vorgeschichte:

Epileptische Anfälle. Patientin klagt über Kopfschmerzen, Albträume, Blackouts. Unglückliche Liebebeziehung mit ungeeignetem jungen Mann führte zu Hysterie. Die körperliche Untersuchung ergab jedoch, dass die Patientin nicht schwanger ist.

Derzeitiger Zustand:

Auszug aus der ärztlichen Befragung bei Aufnahme der Patientin:

»Es ist so real. Ich kann ihm nicht entfliehen. Ich wache auf und spüre es mit jeder Faser meines Körpers. Er wird kommen, sagt er in meinen Träumen. Er kennt meinen Namen. Er sagt, er sei ein Teil von mir. Das ist alles, woran ich mich erinnern kann. Helfen Sie mir, Doktor, ich flehe Sie an! Ich muss von ihm loskommen.«

28

Das Shooting sollte eigentlich in Marrakesch stattfinden, aber der zuständige Assistent schien etwas verwechselt zu haben und buchte Montserrat. Nun musste die Karibikinsel für einen nordafrikanischen Staat herhalten. Nicht, dass es irgendjemanden interessiert hätte, die neueste Bikinimode ließ sich schließlich am Strand von Montserrat ebenso gut präsentieren.

Bliss hatte den Anruf von Linda Farnsworth, der Chefin ihrer Agentur, am Dienstag erhalten. Am Freitag saß sie bereits im Flugzeug und kam bei Sonnenuntergang am Strand an. Auch Skyler war ausgesucht worden, nachdem die beiden Models, die eigentlich gebucht worden waren, kurzfristig ausfielen.

Die Chefin von *Chic*, Patrice Wilcox, eine strenge, humorlose Frau, war selbst in der tropischen Hitze von Kopf bis Fuß schwarz gekleidet. Sie begrüßte die Models mit einem Lächeln, dünner als ihre Taille. »Das ist kein Urlaub, Leute. Das ist Arbeit. Ich erwarte euch alle morgen Früh um acht Uhr am Set.«

Doch das sahen die Models anders. Während Patrice ihnen eine Lektion in Pünktlichkeit erteilte, zwinkerte Jonas Jones, der Fotograf, den Mädchen hinter dem Rücken seiner Chefin zu. »Margueritas an der Bar in fünf Minuten«, formte er mit den Lippen.

Um Mitternacht saß die gesamte Crew – außer Patrice Wilcox –, bestehend aus Jonas und seinen beiden süßen Assistenten, einem Haufen schnatternder, junger Models, inklusive Skyler und Bliss, noch immer an der Strandbar und feierte.

Bliss und Skyler beeindruckten die Red Bloods in der Truppe damit, dass sie jeden unter den Tisch tranken.

Skyler sah hinaus auf den dunklen Strand. Die Küste wurde vom Vollmond in sanftes Licht getaucht und die Wellen plätscherten leise. Es war ein romantischer Anblick.

Bei ihrer Ankunft hatte sie gehofft, von Jack Force begrüßt zu werden. Doch zu ihrer Enttäuschung war er nicht unter den männlichen Models gewesen.

Gerade in dem Augenblick, als sie sich wünschte, er könnte diese herrliche Karibiknacht mit ihr verbringen, berührte jemand ihren Arm. Skyler wandte sich um und da war er: Jack Force saß auf dem Barhocker neben ihr.

»Was trinkst du?«, fragte er. »Nichts allzu Ausgefallenes, hoffe ich«, sagte er so selbstverständlich, als wäre es erst gestern gewesen, dass sie sich im Archiv unterhalten hatten.

»Es ist ein ziemlich schreckliches Gebräu. Eine Mischung aus Kokosnussrum und Ananassaft, aber keine *Piña Colada.* Willst du kosten?«, fragte sie und reichte ihm ihr Glas.

Jack nahm einen Schluck und verzog das Gesicht. »Grauenhaft.«

»Ich hab dich gewarnt.«

»Für mich bitte auch einen«, sagte er zu dem Barmann.

»Tapferer Junge!« Sie prostete ihm zu.

Jack rührte in seinem Drink. »Wie geht es eigentlich Lawrence?«

»Gut.« Skyler überlegte, ob Jack wusste, dass sein Vater vorhatte, sie zu adoptieren. Doch sie wollte dieses heikle Thema lieber nicht ansprechen.

»Glaubst du immer noch, dass sie zurückgekommen sind?«, fragte Jack. Er meinte die Silver Bloods.

»Ich muss«, sagte Skyler schlicht. »Es ist die einzige Erklärung für Dylan – und für das, was Cordelia zugestoßen ist.«

Jack sah auf sein Glas hinunter und schüttelte es, dass die Eiswürfel klirrten. »Das *Komitee* glaubt nicht daran. Die Krise von Rom ist vorüber, Luzifer wurde durch Michael selbst vernichtet. Wie sollten sie zurückkehren können?«

»Ich weiß es nicht«, sagte Skyler, »aber ich glaube, dass das *Komitee* falsch liegt.«

Jack wollte gerade antworten, als ihnen jemand mit heiserer Stimme vom anderen Ende der Bar zurief: »Skyler! Jack! Wir brauchen noch Mitspieler für die Scharade, los, kommt rüber!«

Am nächsten Tag reiste das ganze Team zu einem einsamen Naturreservat auf einer entlegenen Seite der Insel. Die Crew hatte große Umkleidezelte aufgebaut, in denen die Models vor der Hitze Schutz fanden. Bliss kam aus ihrem Zelt und trug einen Zebrastreifenbikini, darüber einen durchsichtigen Seidenkaftan und juwelenbesetzte Riemchensandalen.

»Wo sind die Papageien?«, fragte Jonas hinter der Kamera. Bliss sollte mit zwei bunt gefiederten Aras fotografiert werden, die sich aber weigerten, auf Bliss' Armen Platz zu nehmen.

Schließlich machte der Fotograf die Aufnahmen mit Bliss unter einem Baum, *neben* den Vögeln.

»Gott sei Dank, ist das vorbei«, knurrte Bliss, als sie durch das hohe Gras zurück ins schützende Umkleidezelt stöckelte.

Skyler war als Nächste dran. Sie trug einen schwarzen einteiligen Badeanzug von Gucci, der aus nur zwei

Stoffträgern bestand, die in Höhe des Bauchnabels zu einem schmalen V zusammenliefen. Ihre Brustwarzen waren zwar verdeckt, doch sie fühlte sich trotzdem nackt.

»Ich erwarte hier eine *Blaue-Lagune*-Szene«, erklärte Jonas. »Heiß, scharf, sexy und trotzdem unschuldig.«

Skyler ließ sich in das kühle Becken unter dem Wasserfall gleiten.

»Fertig?«, fragte Jack Force von der anderen Seite des Bassins her.

Sie nickte. Sie hatte gewusst, dass sie und Jack Partner am Set sein würden, trotzdem ließ der Anblick seines gebräunten, athletischen Körpers sie erröten.

Besonders, als Jonas sie ermahnte, näher aneinanderzurücken. »Habt ihr mich nicht verstanden? Das ist die *Blaue Lagune*! Ihr seid besessen voneinander! Versucht, das zu zeigen! Jack, leg ihr die Hand auf den Schenkel. Skyler, lehn dich zurück, damit eure Körper sich berühren. So! Schon besser!«

»Entschuldigung«, sagte Jack, als er Skyler an sich zog.

»Gehört alles zu den Härten dieses Jobs«, sagte Skyler und versuchte, nicht zu zeigen, wie sehr sie seine Nähe genoss.

Die Kamera klickte.

»Weiter so!«, brüllte Jonas.

An diesem Abend lud Jonas die gesamte Crew zum Essen in ein Outdoor-Restaurant ein. Bliss fand sich neben Morgan wieder, einem der beiden gut aussehenden Fotoassistenten. Morgan hatte ihr schon das ganze Wochenende über eine Menge Aufmerksamkeit geschenkt. Er ging auf die Rhode Island School of Design, war neunzehn Jahre alt und verfügte über ein schier endloses Arsenal an dreckigen Witzen. Bliss kicherte unentwegt. Er schenkte ihr einen Drink nach dem anderen ein, ohne zu merken, dass Bliss gegen die Wirkung des Alkohols immun war.

Bliss lehnte sich in ihrem Korbstuhl zurück und legte ihm die Beine in den Schoß. Nach den Wintermonaten in New York fühlte sie sich hier so frei. Vom Ozean her fuhr ihr eine kühle Brise durch das Haar. Keine Eltern, die nervten. Und das Beste war: Seit sie auf der Insel angekommen war, hatte sie keine Albträume mehr gehabt.

»Kleiner Spaziergang gefällig?«, schlug Morgan vor.

Bliss nickte. Mit anderen Worten hieß das wohl: »Kann ich dich abschleppen?«

Hand in Hand gingen sie am Strand entlang, Bliss tauchte die Füße ins Meer und genoss das kalte Wasser auf der Haut.

Die Lichter des Hotels wurden immer kleiner.

»Morgan ist doch eigentlich ein Mädchenname«, neckte sie ihn.

»Ach, wirklich?«, fragte er, hob sie empor und ließ sich mit ihr in den Sand sinken.

Sie wehrte sich halbherzig, als er ihre Arme auf den Boden presste.

»Ich lass dich nicht weg«, sagte er.

»Nein?«

Morgan begann, sie zu küssen, und Bliss erwiderte seine Küsse. Es war anders als mit Dylan, dachte sie. Dieser Junge war ein Mensch, ein Red Blood. Sie konnte spüren, wie das Herz in seiner Brust schlug, er *roch* nach Mensch. Und plötzlich wusste sie, was sie tun musste.

Er zog sein T-Shirt aus und warf es fort. Bliss half ihm, ihre Bluse aufzuknöpfen. Ihr ganzer Körper prickelte, als er die Hand unter ihr Bikinioberteil schob und es aufhakte. Sie drehte ihn auf den Rücken und setzte sich auf ihn, die Knie fest an seine Hüfte gepresst.

»Schön«, sagte er lächelnd.

»Findest du?«, fragte sie, beugte sich herunter und küsste ihn vom Bauchnabel aufwärts, bis sie zu der warmen, pulsierenden Stelle unterhalb seines Kiefers gelangte. Ihre Zunge wanderte langsam über seine Haut.

Er seufzte und nahm ihren Kopf in die Hände.

In diesem Moment fuhr sie ihre Fangzähne aus und begann zu saugen ...

29

Das *Komitee* behauptete, dass man, um mehr über die eigene Vergangenheit zu erfahren, nichts weiter tun musste, als die Augen zu schließen und zu meditieren. So würden die Erinnerungen an Tausende Lebenszyklen wiederkehren.

Mimi döste in der Einsamkeit ihres dunklen Zimmers auf dem Diwan, eine Maske auf den Augen, und begann, sich zu konzentrieren.

Die Visionen hätten nicht klarer sein können. In jedem bisherigen Leben sah sie sich und Jack zusammen, im Bund vereint, glücklich und verliebt. Sie analysierte die Geschichte ihrer letzten Reinkarnation in Plymouth, doch ohne Erfolg. Sosehr sie sich auch bemühte, sie konnte keinen Grund finden, weshalb Jack sich zurückzog, keinen Grund für sein Zweifeln, sein Zögern. Oder doch?

Mit plötzlichem Entsetzen erinnerte sie sich an den Jubiläumsball, an Jacks Blick, als er Skyler angesehen hatte. Damals hatte sie es als vorübergehende Vernarrtheit abgetan. Das war dumm von ihr gewesen. Sie verdrängte die Wahrheit schon zu lange. Dabei war der Grund für ihr Misstrauen die ganze Zeit direkt vor ihrer Nase gewesen: Skyler van Alen.

Das kleine Halbblut! Oder besser: Eine Blue Blood ohne Vergangenhcit. Sie war ein neuer Geist. Das hatte es noch nie gegeben. Es war der Reiz des Unbekannten, der Jack so sehr anzog. Warum erkannte sie das erst jetzt?

Skyler war in diesem Zyklus zum ersten Mal aufgetaucht. Und erst in diesem Zyklus wurde der Bund von Jack und Mimi auf die Probe gestellt.

Skyler interessierte ihn – so wie ihn einst Gabrielle interessiert hatte. Mimi riss sich die Maske von den Augen, schleuderte sie quer durchs Zimmer und traf ihren Chow-Chow Pookie, der protestierend aufjaulte.

Gabrielle! Es war immer Gabrielle! Selbst *vor* der Verstoßung war *sie* es gewesen. Gabrielle, die Tugendhafte, die Botin der Erlösung. Mimi und Jack hingegen waren Engel der Unterwelt, ihre Bestimmung war es, die Menschen an ihre Sterblichkeit zu erinnern. Und doch war Jack, Abbadon, immer vom Licht angezogen worden und hatte sich von seinem Glanz verführen lassen.

Mimi wusste, dass Jack schon seit Jahrhunderten unzufrieden war mit seiner Stellung unter den Blue Bloods und mit seinem Los haderte. Doch er war nun einmal der Engel der Zerstörung. Jack würde sich niemals seinen Pflichten entziehen, dessen war Mimi sich gewiss. Sie wünschte sich nur, er würde sein Schicksal akzeptieren, statt nach Höherem zu streben. Das hatte sie schon vor Jahrtausenden in Schwierigkeiten gebracht. Sie waren Luzifer gefolgt, als dieser sich gegen Gott erhob. Jack hoffte damals, dass er Gabrielles Herz gewinnen könnte, wenn er strahlte wie die Sonne, die sie so sehr liebte. Doch Gabrielle verschmähte ihn, und obwohl sie Michael auf der Erde verließ, hatte sie sich doch lieber mit einem Menschen verbunden, statt mit ihm, Abbadon, dem Engel der Dunkelheit.

Es gab keine Geheimnisse zwischen den Force-Zwillingen. Mimi hatte gelernt, mit der Tatsache zu leben, dass Gabrielles Gesicht seit Jahrtausenden durch Jacks Träume geisterte. Doch jetzt war die Anziehungskraft von der Mutter auf die Tochter übergegangen und das konnte sie nicht akzeptieren.

Mimi wusste, was sie tun musste, um ihren Bund zu retten, um sie beide zu retten.

Sie würde Skyler van Alen vernichten.

30

Heftige Schläge hämmerten gegen die Tür und ließen die dünnen Rattanwände des Hotelzimmers beben. Es war beinahe fünf Uhr morgens.

»Skyler, Skyler, wach auf!«

Skyler taumelte aus dem Bett und öffnete die Tür einen Spaltbreit. Sie sah Bliss draußen auf dem Flur stehen, in heller Panik. Sie trug noch immer die Sachen vom Vorabend, ihr Haar war zerzaust.

Skyler öffnete die Tür ganz. »Was ist los?«

»Oh, mein Gott, Skyler, du musst mir helfen, ich stecke total in der Klemme! Oh, Mist, es sieht schlimm aus, ich glaube, er ist tot«, sprudelte Bliss hervor und zitterte am ganzen Körper.

Skyler war plötzlich hellwach. »Tot? Wer ist tot?«

»Morgan ... der Assistent ... ich ... wir müssen uns beeilen!«

Während sie am Strand entlangrannten, erzählte Bliss ihrer Freundin die ganze Geschichte. »Ich hab's getan. Den *Osculum Sanctum.* Ich wollte es endlich hinter mich bringen, weißt du? Ich fand's schrecklich, die Einzige in unserem Jahrgang zu sein, die es noch nicht getan hat. Anfangs war es toll, es schien ihm echt zu gefallen – aber dann, ich weiß nicht, ich glaube, ich bin zu weit gegangen. Oh, nein, Skyler, wenn das *Komitee* das rauskriegt! Das gibt einen Riesen-, Riesen-, Riesenärger!«

Bliss führte Skyler zu der Stelle, wo sie und Morgan zusammen gewesen waren.

Der Junge lag reglos im Sand. Die beiden Bissstellen an seinem Hals waren blutverkrustet.

»Er atmet nicht mehr«, sagte Bliss nervös.

Skyler kniete sich nieder und versuchte, Morgans Puls zu fühlen. »Da ist nichts mehr zu machen.«

»Oh, mein Gott, sie werden mich umbringen! Kein Mensch ist jemals während des Heiligen Kusses gestorben! Noch nie!«

»Scht ... lass mich nachdenken ... Jack. Wir müssen Jack holen«, entschied Skyler.

»Jack? Warum?«

»Weil er sich auskennt. Morgan ist vielleicht gar nicht tot. Vielleicht passiert das mit Red Bloods nach dem Ritual. Vielleicht weiß Jack etwas, was wir nicht wissen.«

Jack war an der Tür, voll angezogen und hellwach, bevor Bliss auch nur zweimal geklopft hatte. Skyler bewunderte seine Schnelligkeit. Sie hätte wetten können, dass er beim *Velox*-Test ein Naturtalent war. Sie hatte nicht daran gedacht, in dieser Situation ihre Vampirgeschwindigkeit zu benutzen und war noch immer im Schlafanzug. Jack hörte sich Bliss' Geschichte an und befand sich innerhalb von Sekunden an der Seite des Jungen.

Er kniete sich in den Sand und legte ihm zwei Finger an den Hals, um den Puls zu überprüfen. »Er ist da ... man kann ihn spüren, sehr schwach zwar, aber definitiv vorhanden.«

»Oh, Gott sei Dank!« Bliss sank erleichtert zu Boden.

»Also kommt er wieder in Ordnung?«, fragte Skyler hoffnungsvoll.

»Der wird wieder«, bestätigte Jack. »Wahrscheinlich erinnert er sich nicht daran, was passiert ist, aber wenn er aufwacht, wird er nach dir suchen. Er wird von nun an immer zu derjenigen hingezogen sein, die ihn gekennzeichnet hat.«

»Warum?«

»Der Heilige Kuss schafft ein Band. Es bedeutet, dass er jetzt dir gehört. Kein anderer Vampir kann mehr von seinem Blut trinken, denn es wäre Gift für ihn.«

Das musste Bliss erst einmal verdauen. »Dann ist er

so etwas wie mein Lover?«, fragte sie. Das war nicht ihre Absicht gewesen.

»Wenn du so willst«, bestätigte Jack. »Es ist eine sehr ernste Angelegenheit, für beide Beteiligten.«

Bliss wurde rot. »Ich ...«

»Schon okay«, sagte Jack. Er hob den Jungen hoch. »Lasst ihn uns auf sein Zimmer bringen. Später wird er wahrscheinlich denken, dass er sich einen ganz üblen Kater zugezogen hat.«

»Danke, Jack«, sagte Skyler, nachdem Morgan und Bliss sicher in ihren Zimmern untergebracht waren. Sie legte die Hand auf seinen Unterarm, um ihre Worte zu unterstreichen und ihm zu zeigen, wie viel seine Hilfe ihr bedeutet hatte.

Jack lächelte, seine grünen Augen leuchteten in der Morgendämmerung. Skyler glaubte, noch niemals jemanden unter Druck so gelassen erlebt zu haben. Jack hatte einen beruhigenden Einfluss, er war der geborene Anführer. Es war ihm gelungen, Bliss zu beschwichtigen und sich gleichzeitig um Morgan zu kümmern.

Er legte seine linke Hand auf ihre. »Gern geschehen. Und sag Bliss, sie soll sich keine Sorgen machen. Wir alle machen Fehler.«

Seine Haut fühlte sich glatt und warm an und Skyler hätte am liebsten für immer so dagestanden, an den Türrahmen gelehnt, gemeinsam mit Jack. Doch er nahm seine Hand als Erster fort und zögernd zog sie auch die ihre zurück.

»Dann also ... gute Nacht«, murmelte er und nickte in Richtung der aufgehenden Sonne. Dann ging er mit leisen Schritten fort.

»Gute Nacht«, flüsterte Skyler. »Süße Träume!«

»Verlass dich drauf«, antwortete Jack.

Skyler lachte vor sich hin, als sie ihre Zimmertür aufschloss. Sie hatte geglaubt, dass Jack ihre letzten Worte nicht mehr hören würde, aber für einen Vampir mit extrafeinem Gehör gab es keine Geheimnisse.

Nur wenige Stunden später teilten sich Bliss und Skyler ein Taxi zum Flughafen. Ihr Flug sollte um neun Uhr starten und sie hatten beide nach der nächtlichen Störung nur zwei Stunden geschlafen.

»Bist du okay?«, fragte Skyler.

»Meine Güte, ich brauch 'ne Zigarette«, sagte Bliss und kramte in ihrer Handtasche. Sie fand eine und zündete sie sich an, während sie gleichzeitig das Fenster herunterließ.

»Willst du auch eine?«

Skyler schüttelte den Kopf.

»Ja, es geht mir gut«, sagte Bliss. »Obwohl ich mir irgendwie wünsche, ich hätte damit noch gewartet. Aber mir war gerade danach, weißt du? Weil Mimi die ganze Zeit davon redet – und all die anderen Mädchen geben auch ständig mit ihren menschlichen Vertrauten an. Ich hab mich so dumm gefühlt, unwissend, *jungfräulich* oder so.«

»Und? Wie war's nun?«, fragte Skyler.

»Ehrlich?«

»Ja.«

»Es war irre. Es ist, als ob du seine Seele verschlingen würdest, Skyler. Ich konnte sein ... Leben ... schmecken. Und danach habe ich mich großartig gefühlt. Es ist ein Hochgefühl, man ist high. Ich weiß jetzt, warum alle so begeistert davon sind«, gestand Bliss.

Das Taxi glitt auf der Küstenstraße entlang und die Mädchen blickten hinaus auf das ruhige, karibische Meer. Es war ein wunderschöner Anblick und dennoch freuten sich beide auf die Heimkehr in die schmutzigen, grauen Straßen von New York.

»Ich hab's noch nicht getan«, sagte Skyler und atmete tief durch.

»Kommt noch.« Bliss schnippte die Asche aus dem Fenster. »Aber lass dir eines gesagt sein – wenn du dir einen Vertrauten nimmst, dann jemanden, an dem dir was liegt. Das mit Morgan wollte ich eigentlich gar nicht. Ich kenne den Kerl ja kaum.«

Patientenakte

Nervenheilanstalt St. Dymphna

Name: Margaret Stanford
Alter: 16
Aufnahme: 5. April 1869

Bisherige Behandlung:
30. April 1869: Isolationstherapie empfohlen.
23. Mai 1869: Patientin spricht nicht an,
Isolationstherapie abgebrochen.
Patientin hat weiterhin Delirien, Halluzinationen und Albträume.
Stark ausgeprägte Selbstmordtendenzen.
Patientin ist gewalttätig und stellt eine Gefahr für sich selbst und andere dar.
Überweisung in eine geschlossene Anstalt empfohlen.

Gegenwärtiger Zustand:
Eine Woche vor der geplanten Überweisung begann die Patientin auf die Behandlung anzusprechen. Sie durfte daher für einige Wochen in unserer Einrichtung bleiben, während derer keine An-

zeichen für Halluzinationen, Hysterie oder Geistesgestörtheit bei ihr beobachtet werden konnten. Die Patientin beantwortet die Fragen ihrer Ärzte und scheint ganz und gar wiederhergestellt zu sein. Sofern der Prozess anhält, wird innerhalb von drei Monaten die Entlassung in ihre Familie empfohlen.

31

An der Duchesne Highschool war es üblich, dass die Schüler an jedem Valentinstag Rosen kauften, die dann vom Schülerrat in den Klassenräumen verteilt wurden. Die Rosen gab es in vier verschiedenen Farben: Weiß, Gelb, Rot und Rosa, deren Bedeutung von den Mädchen endlos analysiert und diskutiert wurde. Mimi hatte es immer so verstanden: Weiß stand für Liebe, Gelb für Freundschaft, Rot für Leidenschaft und Rosa für heimliche Verliebtheit. Jedes Jahr am Valentinstag war Mimi die Empfängerin der größten und kunstvollsten Bouquets. Einer ihrer menschlichen Vertrauten hatte ihr einmal fünfzig rote Rosen geschickt, um ihr seine unsterbliche Liebe zu zeigen.

In der ersten Unterrichtsstunde hockte Mimi auf ihrem Stuhl im Chemielabor und wartete auf die Blumenflut.

Endlich trafen die Abgesandten des Schülerrates mit ihren Körben ein. »Alles Gute zum Valentinstag!«, zirpten sie dem genervten Mr Kogan zu.

»Macht schon, damit wir fertig werden«, murrte er.

Viele Mädchen erhielten einige kleine Blumensträuße, meistens gelbe Rosen, was hieß, dass die Mädchen ihr Geld füreinander ausgegeben hatten, um sich gegenseitig eine Freude zu machen.

Skyler, die nach einigen Wochen nun endlich wieder auf ihrem angestammten Platz neben Oliver saß, erhielt ebenfalls ein hübsches gelbes Bouquet. Oliver hatte ihr auch schon im letzten Jahr eines geschickt und ganz sicher würde die Grußkarte auch diesmal seine saubere Handschrift tragen.

»Danke, Olli«, sagte sie lächelnd und schnupperte an den frischen Blumen.

»Und das ist für dich«, sagte die Schülerin, die die Blumen brachte, wobei sie Oliver einen Strauß rosa Rosen reichte.

Er errötete. »Rosa?«

»Eine heimliche Liebe?«, neckte ihn Skyler. Sie hatte beschlossen, ihm diesmal rosa Rosen zu schicken, weil sie einander immer gelbe schenkten und es einfach *zu* vorhersehbar geworden war. Warum das Ganze nicht ein bisschen aufpeppen?

»Ha. Richtig. Wusste ich's doch, dass die von dir sind, Skyler«, sagte Oliver, nachdem er die Karte herausgefischt hatte. Er las laut vor: »Oliver, willst du mein heimlicher Valentin sein? In Liebe, Sky.« Er tat das Kärtchen in den Umschlag zurück und konnte Skyler einen Moment lang nicht ansehen.

Skyler hätte jetzt zu gern gewusst, was er dachte. Doch Oliver hatte auch Unterrichtsstunden genommen und beherrschte die Technik des *Claustra*, was bedeutete, dass er seinen Geist vor ihr verschließen konnte. Skyler war nicht mehr in der Lage, seine Gedanken zu lesen.

Bliss, die neben Kingsley saß, erhielt zwei gleich große rote Blumensträuße. »Ich habe einen Rivalen, wie ich sehe«, sagte Kingsley affektiert.

»Nichts weiter. Ist von einem Jungen, den ich nicht mal richtig kenne«, murmelte Bliss. Natürlich war das zweite Bouquet von Morgan, der die Blumen von Rhode Island aus geordert hatte.

»Ich denke immerzu an dich. In Liebe, M.«, stand auf der Karte.

Kingsley übergab ihr seinen Strauß persönlich. »Ich wünschte, sie wären grün. Das würde dir besser stehen. Das Rot beißt sich mit deiner Haarfarbe.«

»Schon okay«, sagte Bliss. Sie wusste immer noch nicht, was sie eigentlich für Kingsley empfand. Wenn sie mit ihm zusammen war, hatte sie das Gefühl, Dylan zu betrügen.

Nachdem sie alle mittelgroßen Blumensträuße überreicht hatten, fuhren die Blumenboten die großen Geschütze auf. Drei der gigantischen Arrangements, Rosen von einem kräftigen Dunkelrot, waren allesamt an Mimi Force adressiert. Bald schon sah ihr Arbeitstisch aus wie eine Friedhofskapelle.

»Das war's dann wohl«, grollte Mr Kogan.

»Moment – einen haben wir noch«, sagte die Blumenbotin und holte das mit Sicherheit teuerste Bouquet von allen hervor: ein einen Meter hohes Arrangement von hundert Rosen in zartestem Weiß. Alle Mädchen waren sofort völlig aus dem Häuschen. Kaum ein Junge kaufte weiße Rosen. Das war eine zu klare Ansage. Doch mit diesem Strauß posaunte jemand regelrecht heraus, dass sein Herz erobert worden war.

Die Botin stellte die Blumen vor Skyler hin.

Mimi hob eine Augenbraue. Sie war diejenige, die die Rosenlotterie zu gewinnen hatte, nicht Skyler!

»Für mich?«, fragte Skyler ehrfürchtig.

Sie zog die Karte zwischen den Blüten hervor.

»Für Skyler, die keine Liebesgeschichten mag.« Die Karte war nicht signiert.

Mimi starrte auf ihre roten Sträuße. Die Blumen schienen unter ihrem Blick zu welken. Sie musste nicht lange überlegen, wer diesem Biest die leuchtend weißen Rosen geschickt hatte. Weiß für das Licht. Weiß für die Liebe. Weiß für die Ewigkeit.

Es war Zeit, ihren Plan auszuführen.

Sie ging an Skylers Tisch vorbei und gab vor zu stolpern. Als sie dann Halt an Skylers Stuhllehne suchte, griff sie gleichzeitig eine Strähne ihres dunklen Haars.

»Au!«, schrie Skyler.

»Pass bloß auf!«, fauchte Mimi und verbarg die Haarsträhne in der Hand.

Sie würde dieses Halbblut nicht mehr lange ertragen müssen.

32

Nachdem Skyler die Telepathie und damit die Grundlage der Gedankenkontrolle gemeistert hatte, ging sie zum nächsten Schritt über, der *Suggestion*. Das war die Fähigkeit, eine Idee in einen anderen Geist zu säen.

»So unterstützen wir das Streben der Red Bloods nach Vollendung und Schönheit«, verriet ihr der Großvater. »Doch den meisten Menschen missfällt die Vorstellung, dass sie manipuliert werden und ihre Ideen nicht von ihnen selbst stammen. Also nutzen wir die Suggestion, damit die Red Bloods weiterhin glauben, sie hielten die Zügel in der Hand. Ohne unser Eingreifen hätten die Menschen keine Sozialreform, kein Rentensystem, nicht einmal das Lincoln Center.«

Suggestion war noch komplizierter als Telepathie. Man musste es sehr geschickt angehen, sodass die Menschen keinen Verdacht schöpften. »Wenn die Red Bloods es jemals herausfänden, würden sie es uns natürlich sofort verbieten. Das wäre katastrophal.«

Am Abend zuvor hatte Lawrence sie gebeten, Anderson etwas zu suggerieren. Nach einigen Stunden, in denen Skyler sich vergeblich abmühte, stand Anderson plötzlich auf und sagte, dass er Lust auf eine Tasse Tee habe, ob sonst noch jemand eine wünsche?

Nachdem er fort war, sah Lawrence seine Enkeltochter scharf an. »Das warst du, nicht wahr?«

Skyler nickte. Die schlichte Forderung hatte sie beinahe vollkommen entkräftet.

»Gut. Morgen werden wir von Nachmittagsleckereien zu den entscheidenden Dingen übergehen.«

Am nächsten Tag in der Schule machte sich die Anstrengung der Suggestion bei Skyler immer noch bemerkbar. Als sie nach der dritten Stunde den Gang entlanglief, wurde ihr plötzlich schwindelig. Sie brach zusammen und wäre beinahe die Treppe hinuntergefallen, wenn Jack Force sie nicht aufgefangen hätte.

»Festhalten«, sagte er. »Bist du okay?«

Skyler öffnete die Augen. Jack sah sie besorgt an.

»Ich bin nur gestolpert.«

Die Mädchen auf der Treppe hinter ihnen tauschten wissende Blicke. Diese Ohnmachtsanfälle kamen an der Schule regelmäßig vor und waren ein verräterisches Zeichen von Magersucht. Natürlich litt Skyler van Alen an einer Essstörung! Schließlich sah jeder, dass dieses Miststück viel zu dünn war!

»Lass mich dich nach Hause bringen«, sagte Jack und hakte sie unter.

»Nein ... Oliver ... mein Conduit ... er kann ... es ist nichts Ernstes, ich hab nur so hart an der Gedankenkontrolle gearbeitet«, sagte Skyler, schon wieder halb ohnmächtig.

»Ich glaube, Oliver hält gerade ein Referat in Englisch«, sagte Jack. »Aber ich kann ihn herausrufen lassen, wenn du willst.«

Skyler schüttelte den Kopf. Nein, es war nicht fair, dass Oliver eine schlechte Note bekam, weil es ihr nicht gut ging.

»Komm, lass mich dich in ein Taxi setzen und sicher nach Hause bringen«, sagte Jack.

Lawrence saß in seinem Arbeitszimmer und schrieb, als Hattie an seine Tür klopfte. »Miss Skyler ist schon aus der Schule zurück, Sir. Es scheint etwas passiert zu sein.«

Lawrence eilte die Treppen hinunter und fand in der Lobby Jack mit seiner Enkeltochter im Arm. Jack erzählte, dass Skyler auf dem Heimweg im Taxi eingeschlafen war. »Ich bin übrigens Jack Force«, fügte er hinzu.

»Ja, ja, ich weiß, wer du bist, *Abbadon.* Leg sie erst einmal auf die Couch.«

Sie gingen gemeinsam ins Wohnzimmer und Jack platzierte Skyler vorsichtig auf dem samtbezogenen Diwan. Lawrence deckte sie mit einer Wolldecke zu.

Skylers Haut war so blass, dass sie fast transparent wirkte, und ihr Atem ging unregelmäßig. Lawrence legte ihr eine kühle Hand auf die Stirn und bat Hattie, ein Thermometer zu bringen. »Sie glüht«, sagte er mit gepresster Stimme.

»Sie ist in der Schule ohnmächtig geworden«, erklärte Jack. »Im Taxi kam sie mir wieder ganz in Ordnung vor, aber dann sagte sie, sie wäre müde und dann ... du siehst es ja selbst ...«

Die Falten auf Lawrence' Stirn vertieften sich.

»Sie sagte, sie hätte die Gedankenkontrolle geübt.« Jack sah Lawrence scharf an.

»Ja, wir haben die Suggestion trainiert.« Lawrence nickte. Er saß neben seiner Enkeltochter und schob ihr vorsichtig ein Thermometer zwischen die Lippen.

»Das ist gegen die Regeln des *Komitees*«, merkte Jack an.

»Ich kann mich nicht erinnern, dass du dich jemals besonders um Regeln geschert hättest, Abbadon«, sagte Lawrence und spielte damit auf ihre frühere Freundschaft an. »Du, der du mit uns in Plymouth geblieben bist auf Kosten deines guten Rufes.«

»Die Zeiten ändern sich«, murmelte Jack. »Wenn das, was du sagst, wahr ist, dann bist du selbst schuld an ihrem Zustand.«

Lawrence zog das Thermometer aus Skylers Mund. »Vierundvierzig«, sagte er sachlich. Eine Temperatur, die jeden Menschen umgebracht hätte, für einen Vampir jedoch immer noch im akzeptablen Rahmen war. »Eine Spur zu hoch«, bemerkte Lawrence, »doch mit genügend Ruhe durchaus zu kurieren.«

Ein paar Minuten später wachte Skyler auf und sah, wie Jack und ihr Großvater sie besorgt betrachteten. Skyler zitterte und zog sich die Wolldecke fester um die Schultern.

»Ist dir das schon einmal passiert, mein Liebling?«, fragte Lawrence.

»Ein paar Mal«, gestand Skyler leise.

»Nach den Lektionen?«

Skyler nickte. Sie hatte es nicht zugegeben, weil sie wollte, dass der Unterricht weiterging.

»Ich hätte das erkennen müssen. Das erste Mal – als du in den Ruhezustand getreten bist –, das war ein paar Tage, nachdem du mich in Venedig verfolgt hattest, nicht wahr?«

Skyler erinnerte sich an das, was Dr. Pat gesagt hatte: *Manchmal ist es eine verspätete Reaktion.*

»Das ist also der Grund dafür, dass du so schwach bist«, sagte Lawrence. »Ich muss mich selbst schelten, das Problem nicht eher erkannt zu haben. Es ist ganz einfach. Durch unsere Lektionen wurden deine Vampirzellen überbeansprucht, und da der Anteil deiner Red-Blood-Zellen von Anfang an zu niedrig war – wegen deiner speziellen Blutmischung –, wirst du immer schwächer. Es gibt nur eine Möglichkeit, deine Werte wieder zu normalisieren. Du musst dir einen menschlichen Vertrauten suchen.«

»Aber ich bin noch nicht alt genug!«, protestierte Skyler. »Ich sollte damit noch warten.«

»Das ist eine ernste Angelegenheit, Skyler. Ich habe schon deine Mutter an das Koma verloren, ich möchte nicht, dass es mir mit dir genauso ergeht. Du verfügst über außergewöhnliche Kräfte, von denen Vampire deines Alters nicht einmal zu träumen wagen. Das Trainieren dieser Kräfte schwächt dich daher auch viel mehr als andere Blue Bloods. Du kannst deine Verwandlung nicht verhindern, aber du kannst die Nebenwirkungen kontrollieren. Du *musst* dir einen Vertrauten nehmen, einen menschlichen Jungen. Um deinetwillen.«

»Aber wer ...«

Jack räusperte sich und Skyler bemerkte erst in diesem Moment, dass er noch immer da war. Er hatte sich ganz still verhalten, während ihr Großvaters sprach. »Ich glaube, ich sollte jetzt gehen, Lawrence. Mach's gut, Skyler.«

Die Zimmertür öffnete sich gerade in dem Augenblick, als Jack hinauswollte.

Oliver stand auf der Schwelle, verwirrt, Jack hier zu finden. »Ich hab gehört, dass Skyler von der Schule nach Hause gebracht worden ist. Ich habe mir Sorgen gemacht und bin gekommen, so schnell ich konnte.«

Die drei Vampire starrten ihn an – allesamt mit demselben Hintergedanken.

Oliver war ein menschlicher Junge. Ein Red Blood. Und Skyler brauchte einen Vertrauten ...

»Was ist?«, fragte Oliver, als niemand antwortete. »Rieche ich streng oder was?«

33

Es war an der Zeit, ihren Plan auszuführen. Der riesige Strauß weißer Rosen für Skyler war der Tropfen gewesen, der das Fass zum Überlaufen gebracht hatte. Und nicht nur das – ihr Bruder wurde immer dreister bei dem Versuch, dieses Halbblut zu erobern. Er machte sich kaum noch die Mühe, das zu verbergen. Er lungerte im Flur vor Skylers Klassenraum herum oder in der Schulbibliothek und im Archiv, nur um einen Blick auf sie werfen zu können. Mimi hatte die beiden sogar dabei erwischt, wie sie schamlos in der Öffentlichkeit flirteten! Und gestern hatte ihr eine Freundin erzählt, dass sie Jack mit Skyler auf dem Arm aus der Schule hatte marschieren sehen! Nicht, dass sie das glaubte!

Mimi zeichnete das Pentagramm, wie in dem Buch beschrieben, mit Kreide auf den hellen Parkettfußboden. Dann gab sie die nötigen Zutaten in eine kleine Metallschüssel auf ihrer Frisierkommode: Eisenkraut, Kastanienblätter, ein paar Tigerlilien, Majoran, ein Krötenherz und eine Fledermausschwinge. Die Mischung wirkte deplatziert inmitten der Parfümflaschen und teuren französischen Lotionen.

Sie zündete eine Kerze an und hielt einen Rosmarinstängel hinein. Dann blies sie die Kerze wieder aus und warf das brennende Kraut in die Schüssel.

Eine kleine, violette Flamme stieg auf.

Mimi war überrascht, dass der Raum, den eben noch die Nachmittagssonne durchflutet hatte, plötzlich pechschwarz war, nur erhellt durch die Flamme, die aus der Schale emporzüngelte.

Ihre Hände zitterten leicht, als sie den Umschlag öffnete, der Skyler van Alens Haarsträhne enthielt. Sie schüttelte den Inhalt auf ihre Hand.

In dem Buch stand, sie solle das Haar in die Flamme werfen und dabei die Worte sprechen, die ihre Feindin vernichten würden. Mimi schloss die Augen und warf die Haare ins Feuer.

»Ich, Azrael, befehle den Geistern, vernichtet die Macht meiner Rivalin.« Sie wiederholte die Zauberformel noch zweimal.

Als sie geendet hatte, flog plötzlich die Tür auf. *»Mimi!«* Charles Force stand auf der Schwelle. Mit einer Handbewegung löschte er die violette Flamme.

Mimi öffnete die Augen und schnappte nach Luft. Vergebens versuchte sie, die Spuren des Pentagramms mit dem Fuß zu verwischen.

»Ich war nur neugierig«, erklärte sie. »Das *Komitee* erlaubt uns nie etwas ...«

Ihr Vater kam herüber und stocherte mit dem Finger in der glühenden Asche. »Das ist verständlich. Wir sind aus schwarzer Magie gemacht – wir, die wir dazu verdammt sind, für immer auf der Erde zu wandeln. Aber diese Beschwörungen sind sehr stark. Wenn du sie nicht zu beherrschen verstehst, dann werden sie dich beherrschen. Das ist der Grund, weshalb sie verboten sind, solange du noch nicht reif dafür bist.«

Charles nahm das Buch von ihrem Schreibtisch. »Woher hast du das? Ich weiß schon, aus dem Archiv. Aber normalerweise wird dergleichen unter Schloss und Riegel gehalten. Es ist ein gefährliches Buch für Minderjährige.«

Er steckte es unter den Arm. »Warum suchst du nicht etwas anderes, um dir die Zeit zu vertreiben, mein Liebling?«

Als ihr Vater fort war, griff Mimi zum Telefon und wählte die Nummer, die sie bereits auswendig wusste.

»Kingsley?«, fragte sie. »Kann ich kurz mal mit dir reden?«

»Klar, Baby, was gibt's denn?«

»Du weißt schon, diese Sache, von der du gesprochen hast, einen Silver Blood aus der Dunkelheit hervorzurufen ...«

»Ja?«

»Meinst du, das würde klappen?«

34

Irgendetwas ist heute anders an dir«, sagte Kingsley eines Nachmittags, während sie in Bliss' Zimmer vermeintlich Hausaufgaben machten. *Vermeintlich*, weil Bliss davon ausgegangen war, dass sie das tun würden. Aber Kingsley hatte andere Pläne.

Bobi Ann bestand darauf, dass Bliss die Tür offen ließ, wann immer sie einen Jungen zu Besuch hatte – das war eine Regel. Aber Bobi Ann war heute Nachmittag nicht da. Sie war wie jede Woche beim Spa und würde in den nächsten Stunden nicht wiederkommen. Jordan war auf einer Ballettprobe, die bis Mitternacht dauern sollte, und so war Bliss allein in der Wohnung, einmal abgesehen vom Personal, das sich aber weit weg im Bedienstetenflügel in der ersten Etage befand.

»Ich war beim Friseur«, sagte Bliss und sah von ihrem Deutschaufsatz auf. Sie wusste, dass es nicht das war, was Kingsley meinte. Seit der Lieferung der beiden Sträuße nervte er sie, weil er unbedingt die Identität des *Mystery-Man*, wie er ihn nannte, herausfinden wollte.

»Das ist es nicht.« Kingsley lächelte. Er lag wie ein fauler Kater auf ihrem Bett ausgestreckt. Sein langes, schwarzes Haar kräuselte sich um seinen Hemdkragen. Seine Hefte und Ordner lagen um ihn herum verstreut. Doch in der letzten Stunde hatte er keine Hausaufgaben gemacht, sondern Bliss die ganze Zeit über beobachtet.

»Ich weiß nicht, wovon du redest«, sagte sie stur.

»Ich glaube doch«, entgegnete Kingsley. »Man merkt es dir an.«

»Was?«

»Du hast es getan. Du hast dir während deiner kleinen Ferien oder deines Shootings, wie auch immer du's nennen willst, einen Menschen genommen. *Do host soin Blood getronken*«, sagte Kingsley mit übertriebenem transsylvanischem Akzent. »Wer immer die Leute auf die Idee gebracht hat, dass wir ein paar Hinterwäldler aus Osteuropa wären, hatte einen genialen Einfall!«

»Und? Was, wenn ich's getan hätte?«, fragte Bliss.

»Na, endlich rückst du raus mit der Sprache. Hat's dir gefallen?«

»Bist du eifersüchtig?«, fragte Bliss.

»Eifersüchtig? Wieso sollte ich?« Kingsley sah schockiert aus. »Ich glaube, du verstehst das nicht. Das wäre ja, als ob ich auf deinen Friseur eifersüchtig wäre. Vertraute sind Dienstleister, das ist alles. Wir haben keine emotionale Bindung an sie.«

»Wir?«

»Du weißt, was ich meine.«

Kingsley stand auf, trat neben Bliss und begann, ihr den Nacken zu massieren. »Komm schon, entspann dich ... Leidest du immer noch unter diesen Flashbacks? Den Blackouts?«

Bliss nickte.

»Hast du mal versucht, das zu tun, was ich dir vorgeschlagen habe?«, fragte er.

Sie schüttelte den Kopf. Sie hatte zu viel Angst davor.

»Solltest du aber. Es funktioniert. Bei mir jedenfalls.« Kingsleys Finger kneteten ihre verspannten Muskeln geschickt und bald schon schmolz Bliss unter seiner Berührung dahin. Es war wie eine Hypnose ...

Rote Augen mit silbernen Pupillen und eine heisere Stimme, die ihr zuflüsterte ...

Bald ...

Bald ...

Bald ...

Das Monster war zurückgekehrt und jagte sie durch

ein Labyrinth von Korridoren. Sie spürte seinen heißen, fauligen Atem auf der Wange. Sie war in einer Ecke gefangen und sie konnte nicht aufwachen. Sie sah ihm in die Augen. Tu es, tu es, dachte sie. Tu, was Kingsley gesagt hat. Rede mit ihm.

Was willst du?, fragte Bliss. *Sprich gefälligst mit mir!*

Die purpurnen Augen blinzelten.

Als Bliss aufwachte, musste sie feststellen, dass sie sich selbst vor Angst gekratzt hatte. Auf ihren Armen waren mehrere hässliche rote Schrammen.

Aber Kingsley behielt Recht. Es hatte funktioniert. Das Monster war fort.

Schizophrenie, *die; altgr. für »abgespaltene Seele«.*
Psychische Störung, gekennzeichnet durch Beeinträchtigungen der Wahrnehmung. Personen mit Schizophrenie leiden an akustischen Wahnvorstellungen, Halluzinationen, unkoordinierter Redeweise (Inkohärenz) und unberechenbarem Verhalten (Weinkrämpfe). Symptome dieser Störung müssen kontinuierlich über mindestens sechs Monate hinweg auftreten, damit die Diagnose als solche gestellt werden kann.

Aus dem **Wörterbuch der Psychischen Störungen**
Amerikanische Akademie für Psychologie

35

Das Mercer Hotel war Ollis Idee gewesen. Er hatte Skylers Zimmer und auch sein eigenes abgelehnt, weil er es komisch fand, das, was sie vorhatten, dort zu tun, wo sie so viele unbeschwerte Stunden damit zugebracht hatten, Zeitschriften zu lesen und Fernsehen zu gucken. Also hatte er eine Hotelsuite gebucht.

Er überredete Skyler dazu, ein paar Drinks an der Bar zu nehmen, bevor sie in ihr Zimmer hinaufgingen. »Du brauchst vielleicht keinen Drink, ich aber definitiv«, sagte er.

Skyler schaute geduldig zu, wie Oliver einen *Manhattan* nach dem anderen kippte. Keiner von ihnen sagte viel. Die Getränke von der Bar waren für Hotelgäste kostenlos und sie saßen in einer ruhigen Ecke.

»Na los, packen wir's«, sagte Oliver schließlich und schob sein halb geleertes Glas fort.

»Herrgott, du tust gerade so, als hätte ich dich gebeten, in den Krieg zu ziehen«, sagte Skyler, als sie zum Fahrstuhl gingen.

Von dem Doppelzimmer aus hatte man einen atemberaubenden Blick über die Stadt. Es war modern ausgestattet: dunkles Ebenholz, Lammwollkissen, schwarzer Kunststoffboden, eine beleuchtete Onyx-Bar und ein Flachbildfernseher.

»Cool«, sagte Skyler und setzte sich auf die eine Seite des übergroßen Bettes, während Oliver sich auf die andere Kante hockte.

»Bist du dir sicher, dass du das willst?«, fragte Oliver, beugte sich vor und stützte das Gesicht auf die Hände.

»Olli, wenn ich's nicht tue, falle ich ins Koma und wache nie wieder auf. Heute Früh bin ich kaum aus dem Bett gekommen.«

Er schluckte.

»Es tut mir leid, dass ich dich darum gebeten habe, es ist nur ... Keine Ahnung, ich will mein erstes Mal eben nicht mit jemandem verbringen, den ich kaum kenne, verstehst du?« Sie erzählte ihm, was Bliss in Montserrat widerfahren war. »Und du bist nun mal mein bester Freund.«

»Sky, du weißt, dass ich alles für dich tun würde. Aber das hier ist gegen den Kodex. Conduits dürfen nicht die Vertrauten ihrer Vampire sein, das gehört nicht zu unseren Aufgaben. Wir sollen objektiv bleiben. Dinge wie der *Osculum Sanctum* machen die Sache nur kompliziert«, erklärte Oliver.

Als Skyler ihn vor einer Woche zum ersten Mal gefragt hatte, ob er ihr menschlicher Vertrauter werden wollte, versprach er darüber nachzudenken. Am nächsten Tag hatten sie das Thema nicht angeschnitten und Skyler nahm an, dass er zu höflich war, um Nein zu sagen, und sich deshalb benahm, als hätte sie ihn überhaupt nicht gefragt. Einige Tage waren seitdem vergangen, in denen keiner von ihnen die Angelegenheit erwähnt hatte. Skyler hatte schon geglaubt, eine andere Lösung finden zu müssen. Aber heute Früh fand sie in ihrem Spind einen Umschlag. Er stammte vom Mercer Hotel und enthielt die Plastik-Codekarte für ein Zimmer. *Bis heute Abend*, hatte Oliver geschrieben. *Mampf! Mampf!*

Es war nicht so, dass Skyler keine gemischten Gefühle gehabt hätte – sie hasste es, Oliver in diese Lage zu bringen –, aber sie glaubte, keine andere Wahl zu haben. Sie musste sich einen Vertrauten nehmen und sie fand, das sollte wenigstens jemand sein, der ihr im wahrsten Sinne des Wortes vertraut war. Und seit Venedig fühlte sie sich zu Oliver wirklich hingezogen. Vielleicht war das ein Zeichen dafür gewesen, dass alles in Ordnung kommen würde, dass es zwischen ihnen geschehen *sollte*.

»Nur *ein* Wort von dir, Olli, und wir lassen es bleiben«, bot sie an und schlug die Decke zurück.

»Okay, dann tun wir's nicht«, sagte er prompt. Er seufzte und ließ sich rückwärts aufs Bett sinken. Er schloss die Augen und legte die Hände über das Gesicht, als müsste er sich vor etwas schützen.

»Meinst du das ernst?«, fragte Skyler ängstlich.

»Ich weiß nicht.« Oliver stöhnte in seine Hände.

»Pass auf, ich werde ganz vorsichtig sein, wirklich. Du musst mir vertrauen.«

»Das tue ich«, sagte er mit gepresster Stimme. »Ich vertraue dir schließlich mein Leben an.«

»Ich weiß, dass es unsere Beziehung verändern wird, aber wir sind doch schon die besten Freunde. Es kann sich gar nicht *so viel* ändern, oder? Ich meine, ich liebe dich doch jetzt schon«, sagte Skyler. Und das war die Wahrheit, sie mochte Oliver sehr. Sie konnte sich nicht vorstellen, ohne ihn zu leben.

Sie betrachtete Olivers Gesicht und das braune Haar, das ihm in die Stirn fiel. Wie einladend sein Hals aus dem Hemd ragte! »Liebst du mich denn nicht?« Sie wusste, dass das eine Fangfrage war. Oliver musste Ja sagen. Denn sonst ... mit wem sollte sie es tun?

Oliver versuchte, nicht zu erröten und konnte Skyler kaum in die Augen sehen. Er richtete sich wieder auf. »Na dann«, sagte er, mehr zu sich selbst als zu ihr.

Skyler rückte näher an ihn heran, lehnte sich an

seine Schulter und wenig später saß sie auf seinem Schoß. »Okay?«

»Du bist schwer«, neckte er sie verlegen.

»Gar nicht.«

»Okay, gar nicht.«

»Du bist süß, weißt du das? Ich meine, wirklich süß. Warum verbringst du deine ganze Zeit mit mir? Du solltest dir eine Freundin suchen«, sagte sie und strich ihm das Haar aus den haselnussbraunen Augen. Es waren die freundlichsten Augen, die sie je gesehen hatte. Bei Oliver fühlte sie sich immer geborgen.

»Ja, klar, ich und eine Freundin.« Oliver lachte. Er legte die Arme um ihre Taille.

»Warum nicht? So was soll vorkommen.«

»Ach ja?«, fragte Oliver.

Skyler wollte noch etwas erwidern, doch sie kam nicht mehr zu Wort, denn er zog sie an sich und begann, sie zu küssen. Sanfte, zärtliche Küsse, die heftiger wurden, als sie die Lippen öffneten.

»Mmmm ...«, seufzte sie. So fühlte es sich also an, Oliver zu küssen. Es war nicht, wie sie es sich vorgestellt hatte. Es war besser. Skyler schmiegte sich an ihn und Oliver fuhr ihr mit der Hand ins Haar. Das gab den Ausschlag. Ihre Küsse wanderten über sein Kinn zum Hals hinunter.

»Sky ...«

»Mmmm?«

Plötzlich stieß Oliver sie fort und schob sie von seinem Schoß.

»Nicht«, keuchte er. Seine Wangen glühten vor Scham.

»Was hast du denn?«, fragte Skyler verständnislos. Es schien doch alles gut zu laufen – das war's doch, was passieren sollte, oder etwa nicht?

»Nein.« Oliver sprang vom Bett und begann, im Zimmer auf und ab zu laufen. »Der Heilige Kuss bedeutet etwas. Denk an deine Eltern. Und weißt du was? Du musst dir ein anderes Versuchskaninchen suchen. Nur aus Verbindlichkeit werd ich's nicht tun!«

»Olli!«

»Nein, Skyler.«

Sie spürte, wie aufgewühlt er war, und sagte nichts mehr.

»Ich werde abhauen. Ich kann nicht mit dir zusammen sein ... Du bist nicht mehr du selbst«, sagte Oliver, warf sich den Mantel über und stürmte aus dem Hotelzimmer hinaus in die Nacht.

36

In einer entlegenen Nische, in den unterirdischen Magazinen des Archivs, saß Mimi über ein ledergebundenes Buch gebeugt. Dasselbe Buch, das ihr Vater vor einer Woche konfisziert hatte. Das Archiv mochte es noch so sicher verwahren, Mimi hatte es nur wenig Mühe gekostet, das Schloss zu öffnen. Die menschlichen Bibliothekare hatten einem wütenden Vampir nichts entgegenzusetzen.

Die letzte Seite des Buches war aufgeschlagen. Die Worte waren in leuchtend blauer Schrift auf das pechschwarze Papier geschrieben, blau wie das Blut, das durch Mimis Adern floss.

Kingsley Martin stand neben ihr und beide lasen im Licht einer einsamen Kerze. Die meterhohen Bücherregale um sie herum lagen still und in Dunkelheit gehüllt. Das Archiv war mit ungefähr zehn Millionen

Büchern die größte Bibliothek der Welt. Die Magazine erstreckten sich unterirdisch fast über die gesamte Fläche Manhattans. Niemand wusste genau, wie tief der alte, klapperige Fahrstuhl eigentlich hinabfuhr.

Mimi und Kingsley wollten die Beschwörung unter dem Archiv abhalten, weil der Zauber einen »Ort an der Quelle der Macht« verlangte. Die Zentrale der Blue Bloods war Kingsleys Idee gewesen.

»Es heißt, nur jemand, der einem Silver Blood gleichgesinnt ist, kann ihn rufen«, zitierte Mimi, was sie gelesen hatte.

»Das bedeutet, was du von ihm verlangst, muss seinem Wesen entsprechen, nur dann kann er deinem Ruf gehorchen«, erklärte Kingsley.

»Okay.«

»Als Erstes musst du dein Opfer anlocken.«

Mimi zeichnete ein Pentagramm um sich und Kingsley herum und achtete darauf, dass sie innerhalb der Kreidelinien standen.

»Dunkler Prinz der Silver Bloods, höre meinen Ruf: Ich, Azrael, befehle dir, meine Rivalin herzuführen«, befahl sie mit lauter, klarer Stimme.

Im obersten Stockwerk des Archivs traf Skyler van Alen im Lesesaal ein und sah sich nach Oliver um. Nachdem sie noch eine Stunde lang in der Hotelsuite herumgesessen hatte, beschloss sie, nicht länger tatenlos darauf zu warten, dass er sich beruhigte. Sie musste ihn finden, um sich bei ihm zu entschuldigen. Worum sie ihn gebeten hatte, war falsch gewesen. Das wusste sie jetzt. Sie verlangte zu viel. Da er weder ans Handy gegangen war noch auf ihre SMS-Nachrichten reagiert hatte, wollte sie ihn in seiner Lesekabine im Archiv suchen, wo er abends häufig war.

Bliss Lewellyn saß auf einem der schäbigen Sofas nahe der Rezeption.

»Hey«, sagte Skyler, »hast du Oliver gesehen?«

Bliss nickte. »Ja, er ist vor ein paar Minuten reingekommen.«

»Cool.«

Seit der Sache in Montserrat war Bliss in Skylers Nähe immer etwas verlegen. »Ich, äh, warte auf Kingsley«, sagte Bliss. »Er wollte sich eigentlich hier mit mir treffen.«

Skyler nickte nur und ging rasch durch den stillen Raum, um Olli zu suchen. Für einen Freitagabend war ziemlich viel los. Beinahe alle Arbeitskabinen waren besetzt. Bibliothekare katalogisierten die Bücher in den Regalen und einige Seniormitglieder des *Komitees* trafen gerade zu ihrer wöchentlichen Versammlung ein. Skyler entdeckte den elegant frisierten, weißen Haarschopf von Priscilla Dupont. Die Oberste Wächterin unterhielt sich angeregt mit anderen Mitgliedern des Ältestenrats. Gemeinsam verschwanden sie in einem der Konferenzräume. Jetzt entdeckte Skyler auch Jack Force, der an seinem angestammten Platz beim Kamin saß und in einem Buch las.

Innerhalb des Pentagramms zuckte die Kerzenflamme auf und warf das Bild des oberen Stockwerks an die Wand. Ja! Die Formel hatte funktioniert: Skyler van Alen war da.

Mimis Opfer war an den Ort des Geschehens gelockt worden.

Sie triumphierte innerlich. Endlich würde sie diese kleine Küchenschabe loswerden! Natürlich war Skyler schnurstracks zu Jack gekrochen, kaum dass sie eingetreten war – aber das war das letzte Mal!

Kingsley gab Mimi ein silbernes Messer.

Blut für Blut, nur so würde der Zauberspruch wirken. Mimi streckte die rechte Hand aus. Die Klinge fühlte sich kalt an auf ihrer Haut. Ihr Herz pochte und sie verspürte zum ersten Mal einen Anflug von Angst. Obwohl sie unsterblich war und das Blutopfer ihr nicht wehtun würde, hatte sie doch ein mulmiges Gefühl bei dem, was sie da tat.

Doch Skyler van Alens Anblick erinnerte sie daran, warum sie hier war. Es ging um ihren Bund mit Jack, mit Abbadon. Sie musste dem falschen Spiel ein Ende bereiten, bevor es zu spät war.

»Ich gebe dir mein Blut für dein Blut. Oh, Prinz der

Dunkelheit. Höre mich, höre meinen Ruf. Vernichte meine Feindin für immer«, sprach Mimi die Beschwörung aus.

»JETZT!«, rief Kingsley.

Mimi atmete tief durch und schlitzte sich die Ader auf. Sie ließ das Blut auf die Kerze tropfen, die aufflammte und schwarz emporschoss.

Das Letzte, woran Bliss sich erinnern konnte, war eine gewaltige Explosion, die den Boden der Bibliothek auseinanderriss wie einen Höllenschlund. Und plötzlich erwachte ihr Albtraum zum Leben. Direkt vor ihr erhob sich eine dunkle Masse – blutrote Augen mit silbernen Pupillen. Das Monster brüllte und füllte den Saal mit dem Tosen eines gigantischen Hornissenschwarms, mit dem Geschrei Tausender gequälter Seelen und dem grausamen Gelächter des entfesselten Wahnsinns.

Bliss schrie auf, dann wurde alles schwarz.

37

Der Qualm nahm ihnen die Luft zum Atmen. Es war ein dunkler violetter Rauch, der nach Schwefel und Säure stank. Skylers Augen tränten. Irgendetwas war passiert – eine Explosion, so gewaltig, als hätte sich ein Riss im Universum aufgetan. Sie blickte sich um. Das Archiv war zerstört, die Regale waren umgeworfen, überall lagen Bücher und herausgerissene Seiten herum. Teile der Decke waren eingestürzt, der Boden war mit Putz, Asche, Glas- und Holzsplittern bedeckt.

»Jack! Jack, wo bist du?«, schrie Skyler voller Panik. Sie hatte genau neben seinem Stuhl gestanden, aber der Stuhl war weg.

Sie spürte, dass ihr Blut in die Augen lief, und tastete vorsichtig nach ihrer Stirn. Irgendetwas hatte sie geschnitten, aber die Wunde war nicht tief. Ihre Handflächen waren zerkratzt und blutig, ihre Jeans zerrissen. Doch das war zum Glück auch alles.

Jemand hustete und Skyler kroch in die Richtung, aus der das Geräusch kam. Es war Jack, eingeklemmt unter einem Schreibtisch.

»Ich bin okay«, sagte er, kämpfte sich unter der Tischplatte hervor, setzte sich auf und rieb sich die brennenden Augen. »Was, zum Teufel, ist passiert?«

»Ich weiß es nicht.« Skyler musste husten und bedeckte Mund und Nase mit den Händen.

»Jack! Geht es dir gut? Kannst du mich hören? Jack?«, ließ sich Mimis verzweifelte Stimme aus dem versteckten Alkoven vernehmen, der in die unterirdischen Magazine führte. Sie war offenbar unverletzt.

»Ich bin hier, Mimi.«

»Oh, Gott sei Dank! Jack!«, schrie Mimi und warf sich in die Arme ihres Bruders. Sie begann, unkontrolliert zu schluchzen. »Ich dachte ... ich dachte ...«

»Es ist gut, mir fehlt nichts«, beruhigte Jack sie und streichelte sanft über ihr Haar.

Skyler trat einen Schritt zurück, um den beiden ihre Privatsphäre zu lassen. Beim Anblick ihrer Zärtlichkeiten ergriff sie eine Mischung aus Eifersucht, Mitleid und Verlegenheit.

Ein Stöhnen drang unter einem umgestürzten Regal hervor. »Hilfe!«, schrie eine erstickte Stimme. »Hilfe!«

Jack, Mimi und Skyler liefen hin und hievten das

schwere Möbelstück von dem Jungen. Es war Kingsley Martin.

»Verdammt noch mal, was war *das* denn?«, fragte er und bedankte sich bei ihnen.

Überall um sie herum kletterten Bibliothekare und *Komitee*-Mitglieder aus den Trümmern und versicherten sich, dass ihre Freunde überlebt hatten. Der Qualm verhüllte alles, sodass man kaum etwas sehen konnte.

»Hierher!«, rief eine bekannte Stimme.

Skyler ließ die Force-Zwillinge und Kingsley stehen und fand Oliver neben einem verletzten Bibliothekar kniend. Erleichtert stellte sie fest, dass Olli lediglich einen Kratzer am Kinn und eine Schramme an der Stirn hatte. Er war von einer dicken Kalkschicht bedeckt.

»Du bist okay!«, sagte Skyler erleichtert. »Gott sei Dank!«

»Skyler, was machst du denn hier?«, fragte Oliver.

»Dich suchen.«

Er nickte kurz. »Komm, hilf mir!«

Mr Renfield, einer der menschlichen Bibliothekare, hing gekrümmt über der großen Kopiermaschine und stöhnte. Die Druckwelle der Explosion hatte ihn gegen die Wand geschleudert und ihm die Rippen gebrochen.

Sie halfen ihm, sich neben einem Regal auszustrecken und versprachen, so bald wie möglich Hilfe zu schicken. Dann gingen sie weiter, um zu sehen, ob sie noch anderen helfen konnten.

Alle, die sie fanden, hatten überlebt. Es gab Blessuren und ein paar Gehirnerschütterungen, aber die meisten schienen überrascht, mehr oder weniger unverletzt zu sein.

Oliver leistete Erste Hilfe bei einem Mädchen, das sich den Arm gebrochen hatte, indem er sein Hemd in Streifen riss und eine provisorische Armschlinge daraus bastelte.

Skyler arbeitete sich durch die Trümmer und fand ein Mädchen, das mit dem Gesicht zum Boden lag. Sie war mit Staub und Schutt bedeckt.

Skyler drehte das Mädchen um und schnappte nach Luft. »Bliss, oh Gott, Bliss ...« Sie hatte zwei kleine Bissstellen am Hals, aus denen Blut hervorquoll.

»Keiner rührt sich!«, befahl eine durchdringende Stimme vom Eingang her.

Alle erstarrten.

Skyler presste eine zitternde Hand auf die Wunden an Bliss' Hals, um die Blutung zu stillen. *Oh, Bliss ...*

Der violette Rauch verzog sich allmählich. Charles Force und Forsyth Lewellyn standen plötzlich neben Skyler. Charles hielt ein goldenes Schwert in der Hand. Er kniete sich neben Bliss und legte eine Hand auf ihren Kopf. »Diese hier lebt noch.«

Diese hier?, fragte sich Skyler. Ein Schrei gellte von

der anderen Seite des Saals her, und da wusste sie, was gemeint war.

Dort, beim Eingang zur Zentrale des Ältestenrats, lag Priscilla Dupont, die Oberste Wächterin, leblos auf den Treppenstufen. Inmitten einer Blutlache.

38

Oliver brachte Skyler nach Hause. Sie waren beide erschüttert. Die Peinlichkeit dessen, was zuvor im Mercer Hotel passiert war, verblasste vor dem Hintergrund der Tragöde. Sie waren wieder die Alten und Skyler war froh, Olli als Freund an ihrer Seite zu haben.

Hattie war völlig außer sich vor Sorge. Sie verband Skylers Kopf und Olivers Kinn. Dann brachte sie ihnen heiße Schokolade und hüllte sie vor dem Kamin in mollige Kaschmirdecken.

»Wo ist Lawrence?«, fragte Skyler und nahm einen Keks von dem Tablett, das Hattie ihnen reichte.

»Er hat vor ein paar Minuten eilig das Haus verlassen. Er sagte etwas von Gefahr in Verzug«, antwortete Hattie. »Er hat mich angewiesen, gut auf euch aufzupassen, sobald ihr da seid, und den Erste-Hilfe-Kasten bereitzuhalten. Ich glaube, er hat gewusst, dass was passiert ist.«

Nachdem Hattie hinausgegangen war, fragte Oliver: »Glaubst du, dass es ein Silver Blood war?«

Skyler zuckte mit den Achseln. »Muss wohl. Das ist die einzige Erklärung. Aber es ergibt dennoch keinen Sinn. Lawrence hat mir erzählt, wie die Silver Bloods jagen. Sie greifen ihre Opfer an, wenn sie allein sind. Aber der Angriff hat in einem öffentlichen Gebäude stattgefunden, wo es viele Zeugen gab.«

»Glaubst du, sie ist tot?«, fragte Oliver.

»Wer? Bliss? Nein. Charles Force hat gesagt, sie würde überleben«, antwortete Skyler. Dennoch war es kaum zu glauben. Bliss hatte zwei Bissstellen am Hals gehabt und der Boden um sie herum war mit ihrem Blut bedeckt gewesen.

»Nein, ich meine ... Mrs Dupont«, sagte Oliver.

»Ich weiß nicht genau.« Skyler schauderte. Von der Stelle aus, an der sie sich befunden hatte, sah es in der Tat so aus, als wäre Mrs Dupont tot. Und Skyler hatte mit ihren feinen Ohren aufschnappen können, was die *Komitee*-Mitglieder murmelten, als sie um den leblosen Körper der Obersten Wächterin versammelt gewesen waren.

Vollkommen leer gesogen ... Unmöglich ... Alles Blut ist fort ... Das heißt ... Sie wurde vernichtet ... Sie wird niemals wiederkehren! ... Grauenhaft.

Das Rettungsteam von Dr. Pat war schnell da gewesen und hatte Bliss auf einer Trage mitgenommen, eine Sauerstoffmaske auf dem Gesicht. Ihr Vater hatte sie begleitet. Doch den Körper von Priscilla Dupont, der auf der zweiten Trage lag, hatte man mit einem weißen Tuch bedeckt. Was eigentlich nur eines bedeuten konnte ...

Skyler rutschte hinüber zu Oliver, sodass sie beide auf dem Teppich vor dem Kamin gegen die Couch gelehnt saßen. Sie legte den Kopf an seine Schulter und schloss die Augen. Er zog sie an sich. So trösteten sie sich gegenseitig.

Lawrence kehrte kurz vor dem Morgengrauen heim. Er fand Skyler und Oliver Seite an Seite auf dem Teppich vor der Couch und weckte sie freundlich: »Ihr solltet beide im Bett sein. Besonders du, Enkeltochter. Den Angriff eines Silver Bloods überlebt zu haben, darf man nicht auf die leichte Schulter nehmen.«

Skyler rieb sich den Schlaf aus den Augen und Oliver gähnte.

»Wir wollen wissen, was passiert ist«, sagte Skyler. »Wir waren schließlich dort.«

Lawrence ließ sich auf den Ledersessel gegenüber sinken und legte die Füße auf den Polsterhocker. »Ja, und ich bin wirklich heilfroh, dass keinem von euch beiden etwas Schlimmeres passiert ist.«

»Der Silver Blood war nicht hinter uns her«, sagte Skyler.

»Dem Himmel sei Dank dafür«, sagte Lawrence. Er holte eine Zigarre und den Cutter hervor.

Skyler wusste, dass dies ein Zeichen dafür war, dass ihr Großvater ihnen alles erklären würde oder zumindest das, was er wusste.

»Was hat Cordelia dir über die *Croatan* erzählt?«, fragte Lawrence und blies Rauchringe in die Luft.

»Dass sie eine uralte Bedrohung sind, die für die Blue Bloods zum Mythos wurden, weil der letzte aktenkundige Übergriff vor vierhundert Jahren stattgefunden hat«, sagte Skyler, »damals in Plymouth.«

»Richtig, Roanoke war ihr brutalster und schrecklichster Sieg. Sie haben eine ganze Siedlung vernichtet. Aber Cordelia hat dir nichts von Venedig, Barcelona oder Köln erzählt?«

Skyler zog fragend eine Augenbraue hoch.

»Was den meisten nicht bekannt ist, oder immer unter den Teppich gekehrt wurde, ist folgende Tatsache: Seit der sogenannten Niederwerfung in Rom kehren die Silver Bloods jeweils zu Beginn eines neuen Jahrhunderts zurück, um sich an den Jüngsten und Schwächsten der Blue Bloods zu vergreifen. Wir haben versucht, das *Komitee* auf diese immer wiederkehrende Gefahr aufmerksam zu machen. Aber die Jahre nach der Vernichtung von Roanoke waren friedlich, und es gab nur einen einzigen Fall eines weiteren Übergriffs in den folgenden Jahren.«

»Tatsächlich?«, fragte Skyler. Cordelia hatte das nie erwähnt.

»Ja.« Lawrence reichte Skyler eine dicke Mappe mit angesengten Ecken. »Das ist die Akte, an der Priscilla Dupont gearbeitet hat. Sie wollte dem *Komitee* Beweise vorlegen, die Cordelias und meine Theorie untermauern.« Skyler öffnete die Mappe. Einige Zeitungsartikel fielen heraus und landeten auf dem Fußboden. Sie und Oliver begannen zu lesen.

»Wer ist Maggie Stanford?«, fragte Skyler nach einer Weile.

»Sie war eine Blue Blood, die plötzlich verschwunden ist. Wir wussten nicht, dass sie zuvor in einer Nervenheilanstalt behandelt wurde. Die menschlichen Ärzte hielten sie für verrückt, aber in Wirklichkeit mutierte sie zu einem Silver Blood. Sie war ein Opfer.«

Lawrence deutete mit seiner Zigarre auf die Zeitungsausschnitte. »Da Maggie nie wieder auftauchte, wussten Cordelia und ich, dass die Silver Bloods dahintersteckten. Wir waren aber nicht in der Lage, das zu beweisen. Damals haben wir beschlossen, uns zu trennen, damit ich die Ermittlungen fortsetzen konnte, ohne dass das *Komitee* es merkte. Priscilla sagte mir, sie hätte etwas in den Archiven gefunden, was Licht in die Angelegenheit bringen würde. Aber ich habe mir diese

Akte angesehen. Sie enthält nichts, was ich nicht schon wüsste.«

»Was geschah nach der Sache mit Maggie?«, fragte Skyler, während sie das Bild des hübschen jungen Mädchens betrachtete.

»Nichts. Die Silver Bloods zogen sich wieder in die Finsternis zurück. Bis zum vergangenen Jahr, als Angie Carondolet umgebracht wurde. Und seit Angie sind bereits vier Blue Bloods, die am Anfang ihrer Verwandlung standen, ermordet worden. Vier. So viele waren es seit Roanoke nicht mehr. Das heißt, sie werden stärker und selbstbewusster. Aber Priscillas Tod bereitet mir die größten Sorgen. Dass sie einen so mächtigen Vampir besiegen konnten, bedeutet, ihre Kräfte sind enorm gewachsen. Sie werden immer aggressiver. Das *Komitee* muss endlich aufwachen und die Gefahr erkennen. Wir können uns nicht länger zurücklehnen, während der Prinz der Silver Bloods seine Armee aufstellt und einen nach dem anderen vernichtet.«

»Glaubst du wirklich, dass Luzifer zurückgekehrt ist?«, fragte Skyler.

Eine Weile lang schwieg Lawrence, seine Zigarre glimmte vor sich hin, die Asche auf ihrer Spitze wurde immer länger, bis sie schließlich abfiel und zischend ein kleines Loch im Teppich hinterließ. »Oh, Mist!«, fluchte Lawrence. »Das würde Cordelia mir nicht verzeihen. Sie erlaubte mir nie im Haus zu rauchen.«

»Großvater, du hast meine Frage nicht beantwortet«, sagte Skyler scharf.

»Vielleicht muss sie nicht beantwortet werden«, sagte Oliver nervös. Dieses ganze Gerede über Luzifer und die Silver Bloods verursachte ihm ein flaues Gefühl im Magen. Vielleicht hätte er nicht so viel heiße Schokolade trinken oder den letzten Keks nicht essen sollen.

»Nur die mächtigsten Silver Bloods sind in der Lage, solch eine massive Zerstörung an einem dermaßen sicheren, abgeschirmten Ort anzurichten«, sagte Lawrence schließlich.

»Abgeschirmt?«

»Das Archiv ist eine unserer sichersten Festungen. Es war mit mächtigen Zaubersprüchen gegen die Abscheulichen geschützt. Welch ein unheilvolles Zeichen, dass die Schutzschilde nicht gehalten haben!«

»Was wirst du jetzt tun?«, fragte Skyler.

»Das Einzige, was ich tun kann, ist Neuwahlen zu fordern. Es ist an der Zeit, dass Michael als Regis angefochten wird.«

39

Sie stritten sich, und es ging dabei um sie. Durch den Morphiumnebel konnte Bliss ihren Vater und Charles Force draußen vor der geschlossenen Krankenzimmertür über sie diskutieren hören.

Was war geschehen?

Sie erinnerte sich schwach an das bläulich rote Feuer in der Bibliothek und an dicken, undurchdringlichen Qualm. Sie ahnte, dass ihr etwas Schlimmes zugestoßen war. Ihr Hals war verbunden. War sie von einem Silver Blood gebissen worden? Aber das konnte nicht sein, das *Komitee* hatte ihnen doch gesagt, dass sie nicht existierten. Dennoch traten ihr bei dem Gedanken Schweißperlen auf die Stirn. Wenn sie von dem Abscheulichen angegriffen worden war, wie kam es, dass sie noch lebte?

Bliss versuchte, sich mit den Händen an den Hals zu

greifen, aber es ging nicht. Sie geriet in Panik, bis sie erkannte, dass ihre Hände an den Bettpfosten festgebunden waren. Warum?

Der Raum war großzügig ausgestattet und glich eher einer Hotelsuite als einem Krankenzimmer. Das weiße Kunststoffmobiliar kam ihr bekannt vor. Sie war in Dr. Pats Institut. Mit gespitzten Ohren konzentrierte sie sich auf das, worüber ihr Vater und Charles Force draußen auf dem Flur flüsterten.

»Sie wurde nicht verseucht, Charles, ich kenne die Symptome gut genug. Du hast ihren Hals gesehen. Er hat nicht genügend Zeit gehabt!«, sagte ihr Vater gerade mit Nachdruck.

»Ich verstehe dich ja, Forsyth, aber du weißt, dass alles darauf hindeutet. Außerdem sitzt mir Lawrence im Nacken. Bliss wird getestet werden müssen, wie alle anderen auch, die an dem Abend dort waren.«

»Aber sie ist ein Opfer. Das ist ein Unding! Ich werde es nicht zulassen, dass du ihr das antust!«

»Ich habe keine Wahl«, sagte Charles und sein Ton ließ keine Widerrede zu. »Ich weiß, dass du besorgt bist, aber wie du selbst sagst, sie scheint erst einmal in Sicherheit zu sein.«

Schweigen trat ein und kurz darauf kehrte Forsyth allein in Bliss' Zimmer zurück. Bliss tat so, als würde sie schlafen.

Sie spürte die Hand ihres Vaters auf der Stirn, während er ein kurzes Gebet in einer Sprache murmelte, die sie nicht verstand.

»Hey«, sagte sie und schlug die Augen auf.

Die Tür wurde geöffnet und ihre Stiefmutter kam zusammen mit ihrer Schwester Jordan herein. Bobi Ann baute sich am Ende des Bettes auf, wie immer in einem unmöglichen Outfit. Sie umklammerte ein seidenes Taschentuch, mit dem sie sich abwechselnd beide Augenwinkel abtupfte, obwohl keine Tränen zu sehen waren.

»Oh, Liebling, wir haben uns solche Sorgen gemacht! Gott sei Dank, bist du wohlauf!«

»Wie geht es dir?«, fragte ihr Vater, die Hände hinter dem Rücken verschränkt.

»Ich bin müde, entzetzlich müde«, sagte Bliss. »Was ist passiert?«

»Es gab eine Explosion im Archiv«, erklärte Forsyth, »aber keine Sorge, sie fand so tief im Untergrund statt, dass die Red Bloods vor dem Gebäude überhaupt nichts bemerkt haben. Sie haben es wahrscheinlich für ein kleines Erdbeben gehalten.«

Bliss hatte bislang keinen Gedanken daran verschwendet, ob die Red Bloods etwas bemerkt haben könnten oder nicht, es war ihr im Grunde genommen egal.

»Was ist mit mir geschehen?«, fragte sie.

»Nun, das müssen wir herausfinden«, sagte Forsyth. »Woran erinnerst du dich?«

Sie seufzte und sah zum Fenster hinaus in ein leeres Büro im gegenüberliegenden Gebäude. Dort war kein Mensch zu sehen, aber mehrere Computer liefen und blinkten vor sich hin. »Nicht viel. Ein Knall, violetter Rauch ... und ...«

Augen, purpurne Augen mit silbernen Pupillen. Das Monster. Auferstanden. Es hatte zu ihr gesprochen ...

Sie schüttelte den Kopf und schloss die Augen ganz fest, als könnte sie sich so gegen das Böse abschirmen. »Nichts, nichts ... ich erinnere mich an gar nichts.«

Forsyth seufzte und Bobi Ann schnäuzte sich wieder. »Du armes, armes Kind.«

Jordan blieb stumm und beobachtete Bliss misstrauisch.

»Bobi, könntet ihr uns für eine Minute allein lassen?«, fragte Forsyth.

Als sie fort waren, wandte er sich an seine Tochter. »Bliss, was ich dir jetzt sage, ist sehr wichtig. Du bist von einem Silver Blood angegriffen worden, einem *Croatan.*«

»Nein«, flüsterte Bliss. »Das *Komitee* sagt doch, dass es sie gar nicht gibt ...«

»Das *Komitee* hat sich geirrt. Das haben wir jetzt begriffen. Tatsache ist, dass Priscilla Dupont genug Beweise gesammelt hatte, um ... Aber davon will ich jetzt nicht sprechen. Die Silver Bloods haben irgendwie überlebt und wir müssen uns dieser Realität stellen.«

»Aber wie kann das sein?«

»Leider heißt das, dass der Schuldige unter uns weilt. Die Silver Bloods wären nicht fähig, so stark zu werden, wenn nicht jemand aus unserem Kreis sie verstecken und ihnen helfen würde. Es muss eine der alten Familien sein, mächtig genug, eine solche Schandtat zu vertuschen, sodass Michael keinen Verdacht schöpfte.«

»Aber was heißt das für mich?«, fragte Bliss mit bebender Stimme.

»Es gibt nur sehr wenige, die den Angriff eines Silver Bloods überlebt haben, und dabei besteht immer die Gefahr der Verseuchung.«

»Verseuchung?«

»Manchmal saugen die Silver Bloods ihr Opfer nicht völlig aus. Sie trinken genug Blut, bis es geschwächt ist. Dadurch erwecken sie einen Hunger in ihm ... Aber Red Bloods sind von nun an Gift für das Opfer, es muss Jagd auf seine eigene Art machen, um zu überleben.«

Das ist mit Dylan geschehen, dachte Bliss. Er ist in ein Monster verwandelt worden und hatte sich doch noch einen Rest Barmherzigkeit bewahrt. Deshalb hat man ihn getötet, bevor er die Geheimnisse der Silver Bloods verraten konnte.

»Die Katastrophe von Roanoke, so glauben wir, hat sich zugetragen, weil einige unseres Volkes in dieser

Siedlung schon verseucht waren, als sie die Alte Welt verließen.«

»Woher weiß man, ob man verseucht ist?«, fragte Bliss nervös.

Statt einer Antwort begann Forsyth, die Mullbinde von Bliss' Hals abzuwickeln.

Bliss hielt ängstlich still. Was wollte er ihr zeigen? War sie etwa in ein Monster verwandelt worden?

Ihr Vater nahm einen kleinen Spiegel vom Nachttisch und hielt ihn ihr vor. Sie fürchtete sich vor dem, was sie sehen würde. Aber ihr Hals war glatt, so rein und unberührt wie zuvor.

»Was bedeutet das?«

»Die Bissstellen sind verschwunden. Das heißt, das Gift war nicht stark genug, um nachzuwirken. Dein blaues Blut, das *Sanguis caeruleus*, war in der Lage, seine Chemie wiederherzustellen, sich selbst zu heilen und dich vor der Verseuchung zu bewahren. Die *Croatan* haben dich nicht zu einem der Ihren gemacht.«

Bliss nickte dankbar und erleichtert. Sie hatte überlebt ... Sie wusste nicht weshalb, aber sie lebte!

»Man wird noch einige Tests mit dir machen«, warnte Forsyth sie. »Die Ältesten werden sie durchführen. Sie werden dich auffordern, ihnen deine Erinnerungen mitzuteilen, und sich mit dir unterhalten. Sie werden wissen wollen, was du gesehen hast. Aber ich bin mir sicher, dass sie dich freisprechen werden.«

Ihr Vater wollte gerade gehen, als Bliss ihm noch eine Frage hinterherrief. »Dad, wenn man verseucht ist ... woran merkt man das?«

»Schwer zu sagen. Verseuchte fühlen sich beispielsweise zu schwarzer Magie hingezogen und haben ein großes Interesse an entsprechenden Zaubersprüchen.«

Später an diesem Abend tauchte Nan Cutler, eine der hochrangigen Wächterinnen, bei Bliss auf. Nan war eine gertenschlanke, elegante Dame aus dem engsten Kreis um Priscilla Dupont. Sie hatte den Ruf, eine unermüdliche Spendeneintreiberin zu sein, und galt als beste Kundin der auserlesensten Modeboutiquen. Doch als sie an diesem Abend in Bliss' Krankenhauszimmer trat, war sie schlicht gekleidet, ungeschminkt und sah sehr ernst aus. Bliss konnte die feinen blauen Adern auf ihrem Gesicht hervortreten sehen.

Nan stellte sich Bliss vor und nahm auf einem Stuhl neben ihrem Bett Platz.

Gegen Abend war das Gefühl in Bliss' Gliedmaßen zurückgekehrt und es ging ihr um einiges besser, auch weil ihr Vater darauf bestanden hatte, dass man sie losband.

»Gib mir deine Hände, Kind«, sagte Nan sanft.

Bliss gehorchte. Nans Haut war glatt und weich.

»Jetzt schließ die Augen und zeige mir alles, was du gestern Abend gesehen hast.«

Gedankenlesen. Bliss wusste, dass Nan diese Fähigkeit benutzen würde, um an ihren Erinnerungen teilhaben zu können. Sie musste ihren Geist öffnen und die alte Dame einlassen. Sie schloss die Augen.

Gemeinsam sahen sie, was geschehen war. Bliss saß neben der Rezeption und wartete auf Kingsley. Renfield brachte Priscilla Dupont einen Stapel Akten. Dann kam Skyler herein und fragte nach Oliver. Sie sahen einige Mädchen aus der Duchesne, die sich Bücher für das nächste *Komitee*-Meeting ausliehen.

Auf einmal gab es eine ohrenbetäubende Explosion und alles wurde schwarz. Violetter, beißender Qualm füllte den Saal.

Bliss wartete auf das Erscheinen des Monsters, aber alles, was sie sah, war dicker Rauch.

Als sie die Augen wieder öffnete, schrieb Nan in ihr Notizbuch.

»Gut«, sagte Nan. »Würdest du jetzt bitte dein Haar hochheben und mir deinen Nacken zeigen.«

Den Nacken? Bliss tat wie befohlen.

Nan nickte zufrieden. »Du darfst das Haar wieder herunterlassen.«

Nachdem die Wächterin gegangen war, kam Bliss' Vater herein und umarmte sie fest.

Was immer das für ein Test gewesen sein mochte, sie schien ihn bestanden zu haben. Der Nacken ...

Sie dachte daran, dass Kingsleys Haar so lang war,

dass es stets seinen Nacken verdeckte. War das einfach nur lässig oder verbarg er irgendetwas?

Kingsley ... der die ganze Zeit über dieses Buch mit sich herumschleppte, die *Ars Obscura*. Kingsley, der ihr beigebracht hatte, mit dem Monster aus ihren Albträumen zu sprechen.

Kingsley Martin, der Angehörige einer sehr alten Vampirfamilie, einer der mächtigsten und privilegiertesten überhaupt.

Bliss schloss die Augen. Sie sah das Monster wieder vor sich, als es zu ihr gesprochen hatte. Es hatte nur ein einziges Wort gesagt: »*Jetzt!*«

40

Skyler putzte sich gerade die Zähne, als ihr Handy klingelte. Sie spuckte aus und nahm ab. Es war früh am Morgen und sie machte sich gerade für die Schule fertig.

»Ja?«

»Meldet man sich so am Telefon?«

»Oh, Bliss. Hey. Sorry. Ich dachte, es wäre Oliver. Er ruft jeden Morgen an.«

»Tut mir leid, dich zu enttäuschen.«

»Nein, überhaupt nicht. Wie geht's dir?«, fragte Skyler. Eigentlich hatte sie Bliss im Krankenhaus besuchen wollen, aber die letzten Tage waren hektisch gewesen, ausgefüllt mit Schule und Vampirlektionen.

Außerdem belastete es sie, miterleben zu müssen, wie ihr Großvater sich auf einen der schwersten Kämpfe seines Lebens vorbereitete. Man hatte Charles

Force das Misstrauen ausgesprochen und Neuwahlen standen bevor.

»Besser«, sagte Bliss. »Du, äh, weißt, was mit mir passiert ist, oder?«

»Ja«, sagte Skyler. »Mein Großvater sagt, dass dich ein *Croatan* angegriffen hat, aber dass es dir schon wieder besser geht.«

Bliss erzählte Skyler von dem Test, den Nan Cutler mit ihr gemacht hatte, und dass die Male an ihrem Hals verschwunden waren.

»Dasselbe ist mir auch passiert«, sagte Skyler. »Weißt du noch, vor einigen Monaten, an dem Abend, als wir für dieses Shooting gemodelt haben.«

»Ja.«

»Ich bin von einem Silver Blood überfallen worden, aber die Bissstellen waren kurz darauf einfach weg. Und ich konnte mich an nichts erinnern.«

»Außerdem wollte Nan meinen Nacken sehen. Ist das nicht komisch?«, fragte Bliss.

»Das gehört dazu, hat mein Großvater gesagt. Nan war damals auch bei uns, um mich zu testen«, erwiderte Skyler.

»Echt? Ich bin nicht die Einzige?«

»Nein, natürlich nicht. Jeder, der an dem Abend dort gewesen ist, wird untersucht.«

»Cool, das beruhigt mich.«

»Also, was ist los?«

»Pass auf, ich hab von meinem Vater was erfahren. Du weißt doch, dass das *Komitee* immer behauptet hat, so etwas wie die Silver Bloods würde es nicht geben?«

»Ja.«

»Nun, ich glaube, sie haben es sich anders überlegt.«

»Das habe ich auch gehört«, sagte Skyler. Lawrence hatte ihr von dem Sinneswandel erzählt.

Jetzt, wo ein ausgewachsener Vampir leer gesogen worden war, rüstete man sich für einen Kampf. Die Existenz der Silver Bloods war nicht mehr zu leugnen. Man musste sich der bitteren Realität stellen.

»Und außerdem sagt mein Dad, dass jemand von uns etwas damit zu tun haben muss – jemand aus einer alten, mächtigen Familie«, sagte Bliss.

»Das hat auch Cordelia gesagt.«

»Du magst mich für verrückt halten«, sagte Bliss, »aber ich glaube, ich weiß, wer es getan hat.«

»Wer was getan hat?«

»Na, ich glaube, ich weiß, wer den Silver Blood gerufen hat«, sagte Bliss. »Ich glaube, Kingsley ist in die Sache verwickelt.«

Bliss erzählte Skyler von ihrem Verdacht und wie alles mit dem zusammenpasste, was ihr Vater ihr über die Verseuchung durch die Silver Bloods erzählt hatte. Sie berichtete Skyler von Kingsleys starkem Interesse an schwarzer Magie, dem seltsamen Buch, in dem er immer las, und davon, wie gut er mit der Geschichte der Silver Bloods und deren Mythologie vertraut war.

Skyler pfiff durch die Zähne. »Ich weiß nicht ... es mag verdächtig *klingen* ... aber ziehst du nicht voreilige Schlüsse?«

»Vielleicht. Hör mal, ich muss noch eine Woche lang hier drinbleiben«, sagte Bliss. »Könntet du und Oliver euch mal ein bisschen umhören?«

Ein paar Tage später saßen Skyler und Oliver in der Bibliothek und versuchten, etwas über Kingsley Martin herauszufinden.

Das Archiv war dank *Velox* ziemlich rasch wieder in einen halbwegs benutzbaren Zustand gebracht worden. Man hatte Schutt und Putz beseitigt und bis auf einen kleinen, haarfeinen Riss im Marmorfußboden erinnerte nichts mehr an die Explosion. Es war erstaunlich, was Vampire schaffen konnten, wenn sie ihre Kräfte bündelten.

An Informationen über Kingsley zu gelangen, war dank Olivers guten Verbindungen in der Duchesne Highschool und seiner geschickten Internetrecherche ziemlich einfach gewesen. Auch ein Blick in Kingsleys Schulakte brachte sie ein gutes Stück weiter.

Skyler rief Bliss im Krankenhaus an, um ihr die Neuigkeiten mitzuteilen. »Die Martins sind genau in der Nacht nach New York gezogen, in der Dylan umgebracht wurde«, sagte sie. »Und wir haben rausgekriegt, dass Kingsley im Sommer in Hotchkiss auf die Schule gegangen ist. Da ist laut eines Zeitungsartikels ebenfalls ein Mädchen ermordet worden! Außerdem war er in der Nacht von Angies Tod mit einem Freund im *Block 122* hier in New York und er war auch auf der Party, auf der Landon Schlessinger gestorben ist.«

»Ich wusste es!«, sagte Bliss.

»Mehr noch. Kingsley war der Letzte, der Summer Amory lebend gesehen hat. Eine von Summers Freundinnen hat Oliver erzählt, dass Summer und Kingsley miteinander gegangen sind. Das bedeutet, er befand sich an allen Schauplätzen der Verbrechen. Natürlich kann das auch Zufall sein. Ich bin mir sicher, dass wir jede Menge anderer Leute finden würden, auf die das alles ganz genauso zutrifft.«

»Nein. Er *muss* es gewesen sein. Ich bin mir sicher«, sagte Bliss leidenschaftlich.

»Wirst du es deinem Vater sagen?«

»Ich weiß nicht. Er ist eine Art Berater der Martin-Familie ...«

»Dann werde ich es eben Lawrence erzählen«, sagte Skyler. »Er wird wissen, was zu tun ist.«

Als Skyler Lawrence beim Abendessen von ihrem Verdacht und den Beweisen gegen Kingsley erzählte, sah ihr Großvater kaum von seinem Teller auf.

»Interessant«, murmelte er geistesabwesend.

»Interessant? Das ist alles?«, fragte Skyler. »Meinst du denn nicht, dass wir etwas unternehmen sollten?«

Lawrence nippte an seinem Weinglas. »Vielleicht.«

Das war das Einzige, was er zu der Angelegenheit zu sagen hatte, und Skyler konnte den ganzen Abend über nicht mehr aus ihm herausbekommen.

41

Die Ermittlungen zu dem Vorfall im Archiv machten eine öffentliche Anhörung erforderlich, in der alle Zeugen des Angriffs vor dem *Komitee* aussagen mussten. Die Anhörung fand in einem der Gerichtssäle unterhalb des Archivs statt. Die Mitglieder des Rats der Ältesten saßen nebeneinander auf einem Podium, der Menge zugewandt. Charles Force saß in der Mitte. Lawrence van Alens Platz war ganz rechts außen, wie üblich paffte er eine Zigarre. Der neue Oberste Wächter, Edmund Oelrich, leitete die Vernehmungen von seinem erhöhten Sitz auf der Plattform aus. Es gab ein kleines Podest, zu dem die Zeugen gerufen wurden, und der offizielle Verhandlungsführer des *Komitees* befand sich gegenüber auf einer weiteren Plattform.

Beinahe alle New Yorker Vampirfamilien waren gekommen, um der Anhörung beizuwohnen. Es herrschte eine atemlose Spannung, als Skyler, Jack, Bliss und Oliver nacheinander ihre Version der Geschehnisse erzählten. Sie waren in der ersten Reihe platziert worden und Mimi, neben Jack, wartete noch darauf, aufgerufen zu werden. Sie war nervös, hoffte aber, sich irgendwie durchmogeln zu können. Schließlich war es ja nicht ihre Absicht gewesen, Bliss zu verletzen oder gar Priscilla Dupont umzubringen – nie im Leben! Die alte Schachtel hatte sie überhaupt nicht interessiert. Es war ein tragischer Unfall gewesen. Das würden sie doch kapieren, oder? Sie griff nach der Hand ihres Bruders. Jack drückte sie.

Der Verhandlungsführer rief Kingsley Martin in den Zeugenstand.

»Geben Sie Ihren Namen zu Protokoll.«

»Kingsley Drexel Martin.«

»Und Ihre Position?«

Position? Mimi hob eine Augenbraue. Was sollte denn das bedeuten?

»Ich bin Wahrheitssucher, ein *Venator Veritatis.* Ich wurde vom *Komitee* beauftragt, die Morde an mehreren Blue Bloods zu untersuchen: und zwar an Angie Carondolet, Dylan Ward, Summer Amory und Landon Schlessinger.«

Ein Raunen ging durch die Menge. Die *Venatoren* waren als die oberste Instanz der Geheimpolizei des *Komitees* bekannt. Ihre Aufgabe war es, Schaden von den Blue Bloods abzuwenden und sie vor der Entdeckung zu bewahren.

»Und Ihre Mission?«, fuhr der Verhandlungsführer fort.

»Ich wurde auf die Duchesne Highschool geschickt, um Beweise zu sammeln, die der Überführung des Schuldigen dienen sollten«, sagte Kingsley ruhig.

Das Gemurmel wurde lauter. Ein *Venator* war in eine ihrer sichersten Einrichtungen gesandt worden – auf die Duchesne Highschool! Was hatte sich das *Komitee* dabei gedacht, Schulkinder von der Geheimpolizei ausspionieren zu lassen?

»Wer zählte zum Kreis der Verdächtigen?«

»Madeleine Force. Bliss Lewellyn. Skyler van Alen.«

Manche Zuhörer schrien empört auf.

Skyler schnappte nach Luft, Bliss konnte nicht anders als zu lachen und Mimi knirschte vor Wut mit den Zähnen. *Der kleine Scheißkerl!*

»Was haben Sie herausgefunden?«

»Skyler van Alen habe ich sofort von der Liste der Verdächtigen gestrichen. Sie war das Opfer zweier Attacken durch Silver Bloods und zeigte keinerlei Interesse an schwarzer Magie«, sagte Kingsley, zog ein kleines Notizbuch aus der Tasche und blätterte darin.

»Bliss Lewellyn hingegen machte sich verdächtig: Sie klagte über Albträume und Halluzinationen, ähnlich denen von Maggie Stanford vor ihrem Verschwinden. Doch eben aufgrund jener Halluzinationen denke ich, dass Bliss ein mögliches Opfer war, kein Täter.«

»Und Madeleine Force?«

»Ich bin daraufhin zu dem Schluss gekommen, dass der Silver Blood, der unsere Gemeinschaft angegriffen hat, von Madeleine Force gerufen worden sein muss«, sagte Kingsley sachlich.

»Ruhe! Ruhe im Gericht!«, befahl der Oberste Wächter, als die Menge immer wütender und aufgeregter wurde. Mehrere Vampire waren aufgesprungen und Kingsley erntete Buhrufe und Pfiffe für seine Aussage. Mimi Force, die Tochter des Regis, sollte die Komplizin der Silver Bloods sein? Das war doch nicht sein Ernst!

»Was haben Sie für Beweise?«, knurrte der Oberste Wächter vom Podium herab.

»Sie hat den Wunsch geäußert, mehr über die Schwarzen Künste zu lernen. Insbesondere wollte sie wissen, wie die *Cantio Diabolica* durchzuführen sei, die Anrufung der Silver Bloods.«

»Mit welcher Begründung?«

»Sie sagte, dass sie sich einer Rivalin entledigen wollte«, erklärte Kingsley und sah Mimi direkt an.

Mimi bebte vor Zorn. Lügen, nichts als Lügen!, dachte sie. Hör auf zu reden! Sei still! Sei still! Du warst mein Freund! Verräter!

»Und diese Rivalin war Bliss Lewellyn?«, hakte der Verhandlungsführer nach.

»Nein.«

»Nein? Aber wer war dann die Zielperson?«

»Skyler van Alen.«

Skyler erstarrte. Also litt sie doch nicht an Verfolgungswahn – Mimi wollte sie *tatsächlich* vernichten. Sie erinnerte sich an den Traum, in dem ihre Mutter wach gewesen war und zu ihr gesprochen hatte. Was hatte Allegra gesagt? *Hüte dich!*

»Warum haben Sie zugelassen, dass sie die Beschwörung durchführt?«, fragte der Oberste Wächter.

»Ich brauchte einen Beweis. Ich glaubte, es unter Kontrolle zu haben, sie aufhalten zu können, bevor es geschah. Aber es misslang mir. Ganz offensichtlich hatte sie es zuvor schon getan. Viele Male.«

»Danke, *Venator.*«

Kingsley verließ den Zeugenstand. Jetzt, da seine Identität bekannt war, wirkte er viel älter. Der coole Jugendliche war nur Fassade gewesen, nur Verstellung. Er schritt gemessen zu seinem Platz in der ersten Reihe neben den Duchesne-Kids, und die rückten respektvoll von ihm ab.

»Das Gericht ruft jetzt Charles Force in den Zeugenstand«, verkündete der Oberste Wächter.

Der Anführer des Rats der Ältesten verließ wankend seinen Stuhl auf dem Podium. Seine eigene Tochter war die Komplizin eines Silver Bloods! Die Scham stand ihm ins Gesicht geschrieben. Sein silbergraues Haar war mit einem Schlag schlohweiß geworden und er hatte tiefe Ringe unter den Augen. Er war ein gebrochener Mann.

»Geben Sie Ihren vollen Namen zu Protokoll«, befahl der Verhandlungsführer.

»Charles Force van Alen.«

»Waren Sie jemals Zeuge, als Ihre Tochter sich mit schwarzer Magie befasst hat?«

»Ja, aber ...«, antwortete Charles und wischte sich mit einem Seidentaschentuch den Schweiß von der Stirn.

»Beschwörungen? Verbotene Zaubersprüche?«

»Ja, aber ...«

»Das ist alles. Danke«, sagte der Verhandlungsführer und brach die Befragung ab.

Charles sah aus, als ob er noch etwas sagen wollte, doch die Worte erstarben ihm auf der Zunge. Er war kreidebleich, als er aus dem Zeugenstand trat und seinen Platz auf dem Podium wieder einnahm.

»Als endgültigen Beweis gegen Madeleine Force präsentieren wir das *Mal.* Ich bin überzeugt davon, dass wir es an ihrem Hals finden werden«, erklärte der Verhandlungsführer.

»Das ist doch absurd! Ich trage das Mal Luzifers genauso wenig wie alle anderen hier«, sagte Mimi. Sie hätte schreien mögen. Welch ein Hohn! Man führte sie vor!

»Zeigen Sie uns bitte Ihren Nacken«, wandte der Oberste Wächter sich an sie.

Mimi fasste ihr Haar zusammen und hob es an. Sie hatte das gestern schon getan, als Nan Cutler da gewesen war, um den Test durchzuführen. Doch die alte Dame hatte nichts dazu gesagt, und so nahm Mimi an, dass alles in Ordnung war.

Aufgeregtes Gemurmel ertönte vom Podium her.

»Was ist denn?«

Dein Hals, Mimi, da ist was an deinem Hals!

Jack, du machst mir Angst!

Sie tastete ihren Nacken mit den Fingerspitzen ab. Da war etwas, ein Tattoo oder ein Brandmal ...

Das Urteil wurde schnell und gnadenlos gefällt. Mimi war die Täterin. Sie wurde für schuldig befunden, mit einem Silver Blood paktiert zu haben. Sie würde in das alte Vampirgefängnis in Venedig überstellt werden, wo man ihr Blut verbrennen und so ihre Erinnerungen und ihre Identität ohne Hoffnung auf Reinkarnation zerstören würde. Die Kaution betrug eine Million Dollar und ihr Vater bezahlte sie sofort, damit Mimi in seinen Gewahrsam entlassen wurde.

Sie sah zu Jack. *Das kann nicht wahr sein ... Ich hab's nicht getan. Du weißt, dass ich es nicht getan habe.*

Ich weiß. Ich weiß. Jack legte seiner Schwester den Arm um die Schultern, aber in seinem Gesicht stand

Angst. Das war entsetzlich. Zum Verbrennen verurteilt! Mimi!

Die Force-Zwillinge warteten, bis Charles vom Podium herunterkam. Seine Miene war verschlossen.

»Vater, was können wir jetzt tun?«, fragte Mimi. »Bestimmt ...«

»Gar nichts«, sagte Charles Force matt.

»Nichts?«

»Es gibt nur einen Weg, das Mal Luzifers anzufechten. Du müsstest dich einem uralten Ritual unterziehen, dem Blutgericht. Doch allein Gabrielle – Allegra van Alen –, ist in der Lage, das abzuhalten.«

»Gabrielle?«, fragte Mimi und ihr sank der Mut.

»Ja.«

Das hieß, ihre Chancen standen gleich null. Allegra lag im Koma und würde niemals mehr aufwachen.

»Es gibt also nichts, womit ich meine Unschuld beweisen kann?«

»Nein.«

42

Das Publikum aus dem Gerichtssaal zerstreute sich. Man ging hinauf ins Archiv und Skyler wartete am Eingang auf ihren Großvater. Oliver war schon fort, er hatte noch Unterricht. Für die Anhörung hatten sie vormittags schulfrei bekommen. Skyler hätte eigentlich mit ihm zusammen zur Schule zurückgemusst, aber sie wollte unbedingt noch wissen, was ihr Großvater von der ganzen Angelegenheit hielt.

Er kam gemeinsam mit Edmund Oelrich und Nan Cutler aus dem Gerichtssaal.

»Wenn du gestattest, Lawrence«, sagte Edmund mit einer Verbeugung. »Welch eine üble Geschichte, die dieser Gemeinschaft widerfahren ist.«

»Wir versichern dir, dass wir für dich stimmen werden, wenn es so weit ist«, sagte Nan und klopfte Lawrence auf die Schulter. »Wir hätten schon vor vierhundert Jahren auf dich hören sollen. Schrecklich, dass das Abscheuliche jetzt sogar die Familie des Regis verseuchen konnte!«

»Danke.« Lawrence nickte. Er wandte sich an Skyler. »Und, wie denkst du jetzt über Kingsley Martin?«

Sie gingen eine Nebentreppe hinauf und verließen das Gebäude durch eine Seitentür, die sie direkt auf den Bürgersteig vorm Haus führte.

»Mimi ist also die Schuldige«, sagte Skyler nachdenklich, »Mimi ...« Es war kaum zu glauben, zumal wirklich alles gegen Kingsley gesprochen hatte. »Wusstest du, dass Kingsley ein *Venator* ist?«

Lawrence nickte. »Ja.«

Skyler erinnerte sich an das, was Kingsley eines Morgens zu Jack gesagt hatte. *Du wärst nichts ohne uns, ohne die Opfer, die wir gebracht haben.*

»Aber du hattest dennoch Recht, Enkeltochter. Kingsley ist ein Silver Blood«, sagte Lawrence und winkte Julius, den Wagen heranzufahren.

»Wie meinst du das?«, fragte Skyler, während Lawrence ihr die Tür aufhielt und sie einstieg.

»Er stammt aus einer sehr alten Kriegerfamilie. Sie wurden von Luzifer selbst verseucht. Aber sie waren aufrecht und kehrten in die Gemeinschaft der Blue Bloods zurück. Sie bereuten ihre Taten und lernten, das Abscheuliche zu kontrollieren, den Hunger, die Stimmen in ihrem Kopf«, erklärte Lawrence und schloss die

Wagentür. Er klopfte an die Scheibe, die den hinteren Teil des Wagens abschirmte. »Zur Duchesne Highschool, bitte, Julius. Wir setzen Skyler dort ab und fahren dann nach Hause.«

Sie fuhren durch die Straßen von Chelsea zum *West Side Highway*. Es war wieder ein grauer Tag in New York.

»Aber wie können wir ihnen trauen?«

»Wir trauen ihnen seit Tausenden von Jahren. Kingsley Martin ist nur dem Status nach ein Silver Blood. Sein Blut ist blau wie deines und meines. Sie haben Luzifer abgeschworen und waren sehr hilfreich bei unserer Suche nach dem Verräter.« Lawrence seufzte. »Und dennoch ...«

»Was?«

»Irgendetwas stört mich an dieser Sache. Glaubst du, dass Mimi Force schuldig ist?«

»Ja«, sagte Skyler entschieden, »sie ist eine schreckliche Person, Großvater.«

»Und zu wissen, dass *du* ihr Ziel warst, ist extrem schmerzlich, ja. Aber ...«

»Was?«

»Wenn du das Ziel warst, weshalb wurde dann Priscilla vernichtet? Und das Lewellyn-Mädchen angegriffen? Das passt alles nicht zusammen.«

Skyler zuckte mit den Achseln. Vielleicht sollte sie nicht voreilig urteilen, aber war es nicht genau das, was das *Komitee* auch getan hatte? Nein, sie brachte es wirklich nicht übers Herz, Mimi zu bedauern. Schließlich hatte sie einen Silver Blood auf sie angesetzt, um sie zu töten.

»Du hast gehört, was Kingsley gesagt hat. Und er ist ein *Venator*. Heißt das nicht, dass er die Wahrheit sagen muss?«

Lawrence nickte. »Ja. Charles hat den Martins vertraut. Er war derjenige, der sie wieder für unsere Sache gewonnen hat. Aber ich weiß nicht so recht. Ganz ehrlich, ich habe immer meine Zweifel an dieser Familie gehabt.«

Der Wagen hielt vor den Toren der Duchesne Highschool. Skyler sprang hinaus – aber nicht, bevor sie ihrem Großvater einen Kuss auf die Wange gedrückt hatte.

»Deine Großmutter hat immer gesagt: Traue niemals der glänzenden Oberfläche, sie verdeckt eine Vielzahl an Makeln«, sagte Lawrence zum Abschied.

Als sie die Schule betrat, lief Skyler direkt in Jack Force hinein. Er trug noch den grauen Anzug, in dem er vor Gericht erschienen war, und seine Augen waren rot umrandet, als hätte er geweint. Skyler hatte Mitleid mit ihm. Zwar empfand sie keine Zuneigung für Mimi, aber Jack war der lebende Beweis dafür, dass es nicht jedermann so erging.

»Sie hat's nicht getan, das musst du mir glauben«, sagte er sofort.

Skyler war aufgebracht. Sie wollte mich vernichten!, dachte sie. Sie hat es selbst zugegeben! Doch zu Jack sagte sie kühl: »Das *Komitee* sieht das anders.«

»Mimi ist selbstsüchtig ... aber sie ist nicht böse!«, beharrte Jack.

Die Klingel signalisierte das Ende der Mittagspause und den baldigen Unterrichtsbeginn. Die Schüler kamen aus der Cafeteria die Treppen heraufgelaufen und als sie Skyler und Jack im Foyer stehen und miteinander reden sahen, tuschelten sie aufgeregt. Ein paar Blue Bloods, die bei der Anhörung gewesen waren, schauten mitfühlend zu Jack, während andere ihn finster anstarrten. Einer ging sogar so weit, ihn zu beschimpfen.

»Sie würde niemals jemanden ernsthaft verletzen wollen«, verteidigte Jack seine Schwester weiter. »Sie hasst dich nicht. Nicht wirklich.« Er wünschte, er könnte es erklären. *Du bist es nicht, die sie hasst, Skyler. Ich bin es. Sie hat nur ihren Ärger auf dich übertragen, weil sie es nicht fertigbringt, denjenigen zu hassen, den sie liebt. Und sie hasst mich für das, was ich getan habe – dafür, dass ich dich liebe.*

Skyler betrachtete ihn skeptisch, blieb aber stumm. Mimi Force war Azrael, der Engel des Todes. Gehörte es etwa zu ihrer Bestimmung, auch Blue Bloods das Leben zu nehmen? Zu ihrer Überraschung schien Jack ihre Gedanken lesen zu können.

»Du verstehst es nicht, Mimi ist ein Teil des großen Plans«, sagte Jack.

»Da bin ich mir nicht so sicher«, sagte Skyler. »Auf Wiedersehen, Jack.«

43

Lawrence brütete über den Akten aus dem Archiv und musste feststellen, dass ein Zeitungsausschnitt komplett verkohlt war – bis auf das Datum oben auf der Seite: 23. November 1872. Er grübelte noch immer darüber nach, als Skyler aus der Schule kam. Sie erzählte ihm, dass Jack heute Nachmittag in der Lage gewesen war, ihre Gedanken zu lesen.

»Ich dachte, ich wäre vor Telepathie sicher, und trotzdem wusste er, was in meinem Kopf vorging. Weshalb?«, fragte sie.

»Abbadon war schon immer einer unserer begabtesten Seher«, sagte Lawrence. »Es bedarf mehr als einer simplen *Claustra*-Technik, um den Geist vor ihm zu verschließen. Doch manchmal kommt es auch vor, dass zwei, die sich zueinander hingezogen fühlen, eine Art Seelenverwandtschaft empfinden.«

»Zueinander hingezogen?«, fragte Skyler.

»Du musst doch gemerkt haben, dass er dich mag«, sagte Lawrence.

Skyler wurde rot. Sie hatte es gehofft, aber niemals geglaubt, dass es wirklich so wäre. Er hatte sie einmal geküsst, vor langer Zeit. Und der Junge hinter der Maske ... War es vielleicht doch Jack gewesen?

»Aber er ist gebunden«, sagte Skyler. »Das kann nicht sein.«

»Nein, nicht bei unserem Volk. Aber Abbadon war schon immer wankelmütig. Du bist nicht die Erste, die ihn in Versuchung führt«, sagte Lawrence. »Es wird vorübergehen. Gott sei Dank empfindest du nicht ebenso für ihn, denn dann könnte es für euch beide in einer Katastrophe enden.«

Skyler blickte zu Boden und überlegte, ob ihr Großvater sie testete oder ob er einfach nur annahm, sie würde auf dem rechten Weg bleiben, weil sie eben seine Enkeltochter war.

»Ja«, sagte sie. »Gott sei Dank.«

Plötzlich fühlte sie sich benommen, ihre Wahrnehmung verschwamm, ihre Knie knickten ein, doch bevor sie hinfallen konnte, war Lawrence aufgesprungen und hatte sie aufgefangen. »Du hast nicht getan, was ich dir gesagt habe«, sagte er und sah sie finster an. »Du hast dir keinen menschlichen Vertrauten genommen. Du wirst schon wieder ohnmächtig.«

Sie schüttelte den Kopf.

»Nimm das nicht auf die leichte Schulter, Skyler. Wenn du dir keinen Vertrauten nimmst, besteht ernsthaft die Gefahr, dass du ins Koma fällst, so wie deine Mutter.«

»Aber ich ...«

Doch Lawrence schnitt ihr mit einer schroffen Handbewegung das Wort ab. »Du musst jagen. Setze das Mittel der *Verführung* ein. Den *Ruf.* Das ist die einzige Möglichkeit.«

Der *Osculum Sanctum* als Ritual zwischen Vampir und Mensch entwickelte sich für gewöhnlich innerhalb einer bestehenden Beziehung. Daher waren die Vertrauten traditionell Geliebte oder Freunde der Blue Bloods.

Doch der Kodex erlaubte den Einsatz der *Verführung*, wenn ein Vampir verzweifelt war. Dann durfte er den *Ruf* benutzen, um einen Menschen anzulocken, ihn zu hypnotisieren und sein Blut zu trinken.

»Ich habe dich die Worte der Heiligen Sprache gelehrt«, sagte Lawrence. »Ich werde heute Nacht in den Club gehen. Und wenn ich zurückkehre, will ich sicher sein, dass du vollzogen hast, was notwendig ist.«

Bald darauf ging ihr Großvater fort und ließ Skyler in ihrem Zimmer zurück. Ich will aber nicht, dachte sie trotzig. Ich will es nicht mit einem Fremden tun. Ich will es nicht mit jemandem tun, den ich nicht kenne. Ich bin nicht verzweifelt! Oder doch?

Dann klopfte es an der Tür.

»Was ist denn, Hattie?«, fragte Skyler.

»Ich bin nicht Hattie«, sagte Oliver und trat ein.

»Ich hab nicht gehört, dass jemand geklingelt hat. Was tust du hier?«, fragte Skyler.

»Dein Großvater rief mich an und bat mich rüberzukommen«, antwortete Oliver.

Aha. Lawrence hatte ihn also herzitiert. Sehr clever, Großvater, dachte Skyler.

Oliver setzte sich auf die Kommode gegenüber von Skylers Bett. Er sah sie lange an. »Ich hab darüber nachgedacht ... wenn du immer noch willst, können wir ...«

»Meinst du?«

»Ja.«

»Hier?« Skyler sah sich in ihrem Zimmer um, betrachtete die Pferdebilder, das rosa Barbie-Traumhaus, die Poster ihrer Lieblingsbands an den Wänden. Es war immer noch ein Kinderzimmer und Mädchenparadies.

»Ein Platz wie jeder andere.« Oliver grinste. »Spart mir die Kosten für ein Hotelzimmer.«

»Bist du dir sicher?«, fragte Skyler und streckte die Hand nach seiner aus.

»Ja.« Oliver atmete tief durch. »Ich weiß, was mit dir geschieht, wenn du's nicht tust. Und, unter uns gesagt, mir würd's auch nicht gefallen, wenn du Vegetarierin wärst. Ich hasse Gemüse«, spottete er nervös, »besonders Broccoli. Also wie ... Soll ich mich vor dich hinstellen oder ...?« Er sprang von der Kommode und blickte um sich. Er war so viel größer als sie.

»Nein, setz dich«, sagte Skyler, packte ihn an den Schultern und schob ihn zum Bett. »Sonst komme ich nicht heran.«

Er sah zu ihr auf und sie meinte, ihn noch nie so schön, noch nie so verletzlich gesehen zu haben.

Skyler beugte sich hinab, küsste die Kuhle an seinem Halsansatz und dann, so vorsichtig wie sie konnte, fuhr sie ihre Fangzähne aus und bohrte sie in seine Haut.

Oliver zog scharf die Luft ein.

»Soll ich aufhören?«

»Nein ... mach weiter ...« Er wedelte mit der Hand.

»Ich tue dir doch nicht weh, oder?«

»Nein, es fühlt sich ... eigentlich gut an«, flüsterte er.

Skyler schloss die Augen und versenkte ihre Fangzähne wieder in seinem Hals. Während sie saugte, weitete sich ihr Geist und seine Sinne öffneten sich ihr. Es war genau, wie Bliss gesagt hatte: Sie verschlang seine Seele, sein ganzes Dasein. Auch seine Gedanken waren für sie jetzt ein offenes Buch, sein Blut vermischte sich mit ihrem, belebte das ihre. Sie hatte Zugang zu all seinen Erinnerungen.

Oliver liebte sie.

Er hatte sie immer geliebt. Von dem Moment an, als sie einander zum ersten Mal begegnet waren. Sie hatte das schon seit Langem vermutet, aber nicht wahrhaben wollen. Doch nun konnte sie es nicht mehr leugnen.

Oh, Olli, ich hätte das nicht tun sollen. Skyler war verzweifelt. Der Heilige Kuss würde seine Liebe noch verstärken, nicht verringern. Sie waren nun auf neue und noch kompliziertere Weise aneinandergebunden.

Das hatte sie nicht gewollt. Ihre Freundschaft stand auf dem Spiel, das wusste sie jetzt. Es gab kein Zurück mehr. Von diesem Tag an waren sie Vampir und Vertrauter. Miteinander verbunden durch ein uraltes Blutritual.

Sie hörte auf. Sie war gesättigt. Sie zog ihre Fangzähne ein und spürte die Leben spendende Energie durch ihren Körper strömen. Es war, als hätte sie literweise Power-Drinks getrunken. Ihre Wangen glühten und ihre Augen funkelten.

Oliver schlief bereits. Skyler deckte ihn zu.

Was habe ich getan?, dachte sie, als ihr Kopf allmählich wieder klar wurde. Würden sie in der Lage sein, dieses Geheimnis vor dem *Komitee* zu bewahren? Was, wenn Oliver verbannt wurde, weil sie herausfanden, dass ein Conduit zum menschlichen Vertrauten geworden war? Und was war mit Jack?

Als Oliver aufwachte, saß Skyler an ihrem Schreibtisch und beobachtete ihn.

»Gut«, sagte er und kratzte sich den Hals dort, wo die Bissmale juckten, »das nennt man dann wohl Gefälligkeiten unter Freunden.«

Sie lachten beide los und Skyler warf ein Kissen nach ihm.

Als sie ihn später zur Tür brachte, bedankte sie sich noch einmal bei ihm. Er küsste sie zum Abschied auf den Mund. Ein rascher Kuss, aber immerhin, ein Kuss auf die Lippen.

Noch während sie die Tür hinter ihm schloss, begann ihr Herz zu rasen.

Das Ganze war ein Fehler.

44

Allegra van Alen war einst die meistgefeierte Schönheit der Stadt. Doch nun war sie eine Frau mit einer glorreichen und tragischen Vergangenheit, aber ohne Zukunft.

Der Herzmonitor neben dem Bett zeigte einen konstanten Puls und lange Zeit konnte man in dem Zimmer kein anderes Geräusch als den regelmäßigen Piepton der Maschine hören.

Lawrence saß in einem Sessel neben dem Bett. Er besuchte seine Tochter seit seiner Rückkehr zum ersten Mal. Er hatte es immer wieder vor sich hergeschoben, weil er sich davor fürchtete, sie so zu sehen.

»Oh, Gabrielle«, sagte er schließlich, »wie konnte es nur so weit kommen?«

»Sie hört dich nicht«, sagte Charles Force, als er mit einem Blumenstrauß den Raum betrat. Er stellte ihn auf das Regal neben dem Bett. Er schien nicht sonderlich überrascht zu sein, Lawrence hier zu finden.

»Sie hat *beschlossen*, nichts mehr zu hören«, sagte Lawrence. »*Du* hast ihr das angetan.«

»Ich habe überhaupt nichts getan. Es war ihre eigene Entscheidung.«

»Wie dem auch sei«, knurrte Lawrence, »es ist dennoch deine Schuld. Wenn du sie nicht ...«

»Wenn ich sie nicht gerettet hätte, willst du das damit sagen? Wenn ich sie damals in Florenz dem Monster überlassen hätte? Dann läge sie nicht im Koma? Welche Alternative hatte ich denn, hätte ich sie sterben lassen sollen? Was konnte ich tun? Sag du es mir, Vater!«

»Was du tatest, war gegen die Gesetze des Universums. Ihre Zeit war gekommen, Michael. Sie musste gehen.«

»Erzähl du mir nichts von Zeit. Du hast ja keine Ahnung, was geschehen ist. Du warst nicht dabei«, sagte Charles bitter. Er legte Allegra eine Hand auf die Wange und streichelte sie sanft. »Eines Tages wird sie erwachen. Sie wird aus Liebe zu mir aufwachen.«

»Es ist traurig, dass du die Tatsachen noch immer nicht akzeptieren kannst, Michael. Sie wird dich niemals wieder so lieben wie zuvor. Du hättest sie sterben lassen sollen, das war ihr Wunsch. Sie wird dir niemals vergeben.«

Charles' Schultern bebten. »Warum redest du mit mir, als wäre ich ein kleiner Junge? Sie hat den Himmel nur aus Liebe zu dir und Cordelia verlassen, als ihr verstoßen wurdet.«

»Ja. Wir wurden verbannt und deine Schwester hat uns Hoffnung gegeben. Es war ihre Entscheidung, eine der Untoten zu werden.«

»Und meine war es, ihr zu folgen.«

Lawrence grübelte über ihre uralte Geschichte nach. Wie lange schien das alles her zu sein: Luzifers Thronbesteigung, die Verstoßung aus dem Paradies ...

»Du hast gewonnen, Lawrence. Nach all den Jahren bekommst du nun endlich, was du immer wolltest. Die Führerschaft über die Blue Bloods.«

Lawrence war am Vormittag beinahe einstimmig zum neuen Regis gewählt und Charles seiner Ämter und Titel enthoben worden. Sein Ruf hatte durch Mimis Verurteilung bösen Schaden genommen. Er hatte freiwillig seinen Rücktritt aus dem Rat der Ältesten angeboten, sobald das Urteil verkündet worden war.

»Ich wollte dich niemals stürzen, Charles. Ich wollte nur, dass wir alle sicher sind.«

»Sicher? Niemand ist sicher. Alles, was du tust, ist Furcht und Wankelmut zu säen. Du wirst uns zurückwerfen, zurück in die Schatten, zurück in die Dunkelheit, wo wir uns wieder verstecken müssen wie die Tiere.«

»Es ist kein Rückzug, sondern eine Taktik, die uns dabei helfen wird, uns auf den Krieg vorzubereiten. Und diesmal wirst du nichts tun können, um ihn aufzuhalten. Die Silver Bloods sind zurückgekehrt und die Zukunft dieser Welt wird ein für allemal entschieden werden.«

Charles Force blieb stumm. Er ging hinüber zum Fenster und sah hinab auf den Hudson River. Ein langsamer Frachtkahn bewegte sich auf der Wasseroberfläche und eine Möwe ließ ihren gellenden Schrei ertönen.

»Aber ich habe die Hoffnung, dass wir die Silver Bloods besiegen können. Es heißt, dass Allegras Tochter sie niederwerfen wird. Ich glaube daran, dass Skyler uns die Erlösung bringen wird, nach der wir uns sehnen«, sagte Lawrence. »Sie ist beinahe so mächtig wie ihre Mutter.« Er erzählte Charles von Skylers erstaunlichen Fähigkeiten. »Und eines Tages wird sie sogar noch mächtiger sein.«

»Skyler van Alen ... das Halbblut?«, sinnierte Charles. »Bist du dir sicher, dass *sie* es ist, von der die Prophezeiung spricht?«

Lawrence nickte.

»Allegra hatte also zwei Töchter«, sagte Charles. »Sicher wirst nicht einmal du das vergessen haben.«

45

Mimis Hinrichtung fiel zeitlich in die Märzferien an der Duchesne Highschool, sodass sie sich einreden konnte, sie würde mit ihren Eltern einfach nur in den Urlaub nach Venedig fahren. Die Aussicht auf das, was ihr bevorstand – die Verbrennung ihres Blutes, ihre Vernichtung –, kam ihr absolut unwirklich vor.

Noch immer war sie der festen Überzeugung, dass ihr Vater einen Weg finden würde, sie vor ihrem Schicksal zu bewahren. Sie verbrachte den Flug von New York nach Europa damit, Modezeitschriften zu studieren und die Kleider anzukreuzen, die sie sich nach ihrer Rückkehr kaufen würde. Doch sobald sie in Venedig angekommen waren, bröckelte Mimis selbstsichere Fassade ein wenig, vor allem, als Mitglieder des Ältestenrats sie zu ihrem Hotel eskortierten. Sie waren zuvor bereits beim alten Gefängnis gewesen, um die letzten rituellen Vorbereitungen zu treffen.

Es fiel Mimi schwer, in dem komfortablen Hotelzimmer an ihre Vernichtung zu denken, während sie im Fernsehen ihre Lieblingsserien sah. Aber sobald Mimi einen Fuß in die feuchten Gassen Venedigs setzte, erwachte in ihr die Vergangenheit zum Leben. In ihren Erinnerungen tauchten die grässlichen Bilder früherer Verfolgungen auf, die den Feinden der Blue Bloods den Tod brachten. Sie sah die schwarzen Kapuzen der überführten Verräter, hörte die Schreie der Schuldigen.

Mimi schauderte.

Die Tradition erforderte, dass die Angeklagten freiwillig das Gefängnis betraten. Und so verließ Mimi am Abend ihrer Ankunft das Hotel und begab sich auf ihren letzten Gang über die Seufzerbrücke, den Tausende Schuldiger vor ihr gegangen waren. Die Brücke trug ihren Namen, weil die Verurteilten von hier aus zum letzten Mal die Stadt sahen. Mimi ging leichtfüßig. Jack war an ihrer Seite, schweigend und grimmig. Ein paar Meter hinter ihnen folgten die Ältesten und Wächter in einer Prozession. Mimi konnte die schweren Schritte der Männer und das Klacken der Absatzschuhe der Damen hören.

»Lass das«, sagte sie zu ihrem Bruder.

»Was?«

»Benimm dich nicht, als ob ich schon tot wäre. Ich

habe noch nicht aufgegeben.« Sie reckte trotzig das Kinn vor. »Ich versinke nicht im Selbstmitleid, sie sollen sehen, dass ich gerüstet bin.«

»Dich zieht auch gar nichts runter, was?«, fragte Jack mit einem schwachen Lächeln. Es amüsierte ihn irgendwie, dass seine Schwester so frech und zuversichtlich wie immer war. Ihre Tapferkeit war bewundernswert.

»Ich lache im Angesicht des Todes. Denn immerhin bin ich der Engel des Todes.«

Sie standen mitten auf der Brücke und erinnerten sich an eine andere Prozession durch Venedig, zu einem früheren Zeitpunkt in ihrer gemeinsamen Geschichte. Es war eine glücklichere Erinnerung.

Plötzlich hatte Mimi eine Idee.

Sie wandte sich ihrem Bruder zu. Sie standen einander gegenüber, Stirn an Stirn.

»Ich schenke mich dir«, flüsterte sie und umklammerte Jacks Hände. Das waren die heiligen Worte, mit denen die Zeremonie eingeleitet wurde. Jack musste diese Worte nur wiederholen und der Bund zwischen ihnen würde für diesen Zyklus geschlossen sein.

Jack hielt ihre schmalen Hände in den seinen. Er hob sie an die Lippen, um sie zu küssen, lang und leidenschaftlich. Er schloss die Augen und spürte mit all seinen Sinnen ihre Liebe, ihr Verlangen, ihre Seele, die am Rande des Abgrunds auf seine Antwort wartete.

»Nein. Noch nicht«, seufzte er, hielt ihre Hände weiter fest umschlossen und blickte ihr tief in die Augen.

»Wenn nicht jetzt, wann dann?«, fragte Mimi mit tränenerstickter Stimme. Sie liebte ihn so sehr. Er gehörte ihr. Das war ihr Schicksal. Es war ihre unendliche Geschichte. »Die Zeit läuft uns davon.«

»Nein«, versprach Jack. »Das werde ich niemals zulassen.« Er blickte auf und ließ ihre Hände los.

Mimi verschränkte wütend die Arme und hielt Ausschau nach dem, was ihn abgelenkt hatte.

Skyler van Alen stand mit ihrem Großvater ein paar Schritte hinter ihnen. Das konnte doch nicht wahr sein! Warum ließ diese miese kleine Ratte sie nicht in Frieden? Sie hatte gewonnen oder nicht?

»Nein, Mimi«, sagte Jack, der ihre Gedanken gelesen hatte. »Es ist nicht so, wie du glaubst. Ich muss mit Skyler sprechen.«

Skyler erschrak, als Jack an ihrer Seite auftauchte. Sie war auf Bitten ihres Großvaters mit nach Venedig gereist. Der Gedanke, Zeugin von Mimis Hinrichtung zu werden, war nichts, worauf sie sich freute, doch ebenso wie Mimi konnte sie nicht wirklich glauben, dass sie tatsächlich stattfinden würde.

»Du weißt über das Blutgericht Bescheid?«, fragte Jack.

Sie nickte. »Ja. Mein Großvater hat gesagt, es wäre

der einzige Weg, um herauszufinden, was in jener Nacht wirklich geschehen ist, der einzige Weg, ein Gerichtsurteil, das vom Rat der Ältesten gefällt wurde, zu kippen.«

Skyler verschwieg Jack jedoch, dass Lawrence ihr noch etwas anderes über das Blutgericht gesagt hatte. Während ihrer gemeinsamen Vampirlektionen vertraute er ihr an, dass Gabrielle der einzige Vampir war, der die Fähigkeit besaß, das Ritual durchzuführen. Als eine der obersten *Venatoren* konnte sie so erfahren, ob ein Vampir die Wahrheit sagte oder nicht.

»Aber du bist Allegras Tochter und könntest die Gabe geerbt haben«, hatte Lawrence gesagt. »Du könntest in der Lage sein zu beweisen, dass Mimi Force unschuldig ist.«

»Bitte nicht, Großvater«, hatte Skyler gefleht, »nicht ich ... ich kann das nicht tun.«

»Hör mir gut zu, das Blutgericht abzuhalten bedeutet, dass du Mimis Blut trinken musst. So kannst du herausfinden, was in jener Nacht wirklich geschehen ist. Nur die Reinen haben die Macht, in der Erinnerung des Blutes Wahrheit von Lüge zu unterscheiden. Aber es birgt ein großes Risiko: Indem du das Blut eines anderen Vampirs trinkst, könntest du derselben Versuchung erliegen wie die Silver Bloods – nämlich Mimi zu töten und dich auf diese Weise selbst in das Abscheuliche zu verwandeln. Es ist ein Risiko, das auf dich zu nehmen nur du selbst entscheiden kannst.«

»Und wenn ich mich dagegen entscheide?«, hatte Skyler gefragt.

»Dann wird das Urteil vollstreckt.«

Der Gedanke, Mimis Leben in Händen zu haben, war beklemmend für Skyler. Sie sollte ihr eigenes Leben aufs Spiel setzen, um das der Feindin zu retten! Wie könnte sie sich freiwillig für solch eine Aufgabe melden? Sie hatte ihre Mutter im Krankenhaus um Rat gefragt.

»Ich weiß nicht, was ich machen soll. Wenn ich es nicht tue, wird Mimi sterben. Aber wenn ich das Blutgericht abhalte, könnte ich zum Monster werden ... Sag mir, wie ich mich entscheiden soll, Mutter. Hilf mir!«

Doch wie üblich hatte Allegra friedlich in ihrem Bett gelegen und kein Lebenszeichen von sich gegeben.

Skyler musterte Jack argwöhnisch. Was wollte er von ihr? Sollte er jetzt nicht an der Seite seiner Schwester bleiben und ihr helfen, das Unvermeidliche zu akzeptieren?

Jack blickte zu Lawrence hinüber, der sie beide neugierig beobachtete. Dann wanderte sein Blick zurück zu Skyler. »Du bist Gabrielles Tochter. Einzig und allein du kannst das Blutgericht vollziehen.«

Skyler wich einen Schritt zurück.

Lawrence räusperte sich, sagte aber nichts.

»Lawrence, du selbst hast mir erzählt, dass Skyler über Kräfte verfügt, die keiner von uns hat. Skyler, bitte. Ich flehe dich an«, sagte Jack mit Tränen in den Augen. »Du bist ihre einzige Chance. Sie *werden* sie vernichten.«

Plötzlich wurde Skyler der Ernst der Lage bewusst. Das *Komitee* spielte nicht. Ein Verhör war geführt und ein Urteil gefällt worden. Das Strafmaß war bereits im *Buch der Justiz* dokumentiert worden. Sie waren quer über den Ozean nach Venedig gereist, zu einem uralten Gefängnis, um das Urteil zu vollstrecken.

Mimi würde brennen.

Skyler sah Jack mit schief gelegtem Kopf an. *Deine Schwester wollte mich umbringen! Sie wollte mich sterben sehen – leer gesogen von einem Silver Blood! Wie kann ich ...*

Aber sie wusste, was sie tun musste. Dies war das Zeichen, auf das sie die ganze Zeit gewartet hatte. Sie blickte tief in Jacks angstgeweitete Augen.

»Okay«, sagte sie und atmete tief durch. »Ich tu's.«

46

Die Hinrichtung sollte in einem der alten Säle tief unter dem Dogenpalast stattfinden und begann mit der förmlichen Verlesung des Urteils. Mimi wurde in Ketten hereingeführt. Sie trug einen schweren, schwarzen Umhang um die Schultern und ihr blondes Haar wurde von einer Kapuze bedeckt.

Der Rat der Ältesten stand in einem Halbkreis um sie herum. Der Oberste Wächter war gerade fertig mit der Urteilsverkündung, als Lawrence dem Ganzen Einhalt gebot.

»Als Regis habe ich das Recht, ein Blutgericht zu fordern, um das Urteil des Gerichts zu bestätigen oder aufzuheben.«

»Ein Blutgericht?«, fragte der Oberste Wächter. »Aber das ist nicht möglich. Allegra schläft doch noch immer, oder etwa nicht?«

Charles Force, der unruhig neben seinem Sohn saß, sprang auf. »Ich unterstütze den Antrag auf ein Blutgericht.«

»Lawrence, wovon redest du?«, schaltete sich nun auch Nan Cutler ein.

»Allegras Tochter, Skyler van Alen, hat sich freiwillig erboten, das Ritual durchzuführen«, erklärte Lawrence und rief Skyler nach vorn.

»Das Halbblut?«, rief Forsyth Lewellyn aus. »Ich protestiere! Wie können wir wissen, ob sie würdig ist?«

»Sie ist mit außergewöhnlichen Gaben gesegnet und ich bin zuversichtlich, dass sie in der Lage sein wird, das Ritual zu vollziehen.«

Nach einer Weile beschlossen die Ältesten, die Exekution vorläufig auszusetzen, und zogen sich zurück, um über Lawrence' Vorschlag abzustimmen.

Ein paar Stunden später verkündete schließlich der Oberste Wächter: »Das Blutgericht möge stattfinden.«

Mimi und Skyler wurden in eine enge Zelle neben dem Gerichtssaal geführt. Lawrence klopfte Skyler auf den Rücken. »Viel Glück und denk an das, was ich dir gesagt habe.«

Als sie allein waren, zog Mimi sich die Kapuze vom Kopf und starrte Skyler missbilligend an. »Du.«

»Ich.«

»Ich brauch deine Hilfe nicht, lieber sterbe ich.«

»Tatsächlich? Nun, das ist auch die einzige Alternative«, fauchte Skyler.

Mimi wurde rot. »Mein Bruder hat dich dazu gebracht, nicht wahr?«

»Ja, ihm verdankst du dein Leben, falls du wirklich unschuldig sein solltest«, antwortete Skyler.

Mimi studierte ihre Fingernägel. »Na schön, bringen wir's hinter uns.« Sie hob das Kinn und schloss die Augen.

Skyler trat dichter an Mimi heran und bohrte die Fangzähne in ihren Hals ... Wie bei Oliver wurde sie in die Vergangenheit versetzt, sah Mimis Erinnerungen ... flog zurück zur Nacht des Angriffs.

Skyler sah durch Mimis Augen, wie sie mit Kingsley in einem finsteren Gewölbe über ein schwarzes ledergebundenes Buch gebeugt stand. Um sie herum auf dem Boden war ein Pentagramm gezeichnet und eine Kerze flackerte unruhig und warf zuckende Schatten an die Wände.

Mimi sprach die Formel, schlitzte sich die Adern auf und ließ ihr Blut in die Flamme tropfen.

Aber dann geschah ... rein gar nichts.

Und Mimi sank geschwächt zu Boden.

Sie war nicht in der Lage gewesen, so viel Hass in sich aufzustauen, wie nötig gewesen wäre, um einen Silver Blood heraufzubeschwören.

Allerdings war Mimi nicht bewusstlos. Die Erinnerung an die folgenden Ereignisse war daher in ihrem Unterbewusstsein gespeichert. Durch das Blutgericht konnte Skyler sehen, was wirklich geschehen war:

Kingsley fluchte und hob das Messer auf. Er ritzte seine Pulsadern auf und sprach mit fester, tiefer Stimme die Beschwörung.

Die Erde begann zu beben, die Decke riss auf und eine Stichflamme schoss empor. Qualm erfüllte die Luft und plötzlich war da eine dunkle Masse, die durch die Decke stieß und direkt auf Bliss Lewellyn zuraste, bevor sie dann Priscilla Dupont tötete.

In dem darauffolgenden Chaos half Kingsley Mimi auf die Füße und legte ihr eine Hand auf die Schulter.

Skyler spürte einen kalten Druck im Genick, wie ihn auch Mimi gespürt haben musste.

Dann stieß Kingsley Mimi zum Alkoven hinaus. Sie taumelte gegen eine Wand und sah gerade noch aus dem Augenwinkel, wie Kingsley sich unter ein Regal schob, als wäre er dort eingeklemmt.

Kingsley war es gewesen.

Skyler saugte weiter Mimis Blut. Sie wusste, dass sie aufhören sollte, aber sie konnte nicht. Sie wollte es *wissen*, wollte alle Erinnerungen von Mimi verschlingen. Sie sah etwas anderes: die Nacht des Jubiläumsballs. Die Afterparty im *Angel Orensanz Center.* Jack Force, der sich eine schwarze Maske überstreifte.

Es war also doch Jack gewesen, der sie an jenem Abend geküsst hatte.

Diese Erkenntnis brachte sie dazu, von Mimi abzulassen. Sie wich zurück und zog ihre Fangzähne ein. Der Ruf des Blutes war stark – sie war versucht gewesen, Mimi völlig auszusaugen, all ihre Erinnerungen und ihr Dasein in sich aufzunehmen, zu Mimi zu werden. Aber der Schock, Jack mit der Maske zu sehen, hatte sie davor bewahrt, zum Abscheulichen zu mutieren.

Skyler fühlte sich benommen. Mimi sank zu Boden.

Als sie sich wieder gefasst hatte, kehrte Skyler in den Gerichtssaal zurück, um ihre Aussage zu machen.

»Mimi ist unschuldig«, verkündete Skyler. »Kingsley Martin hat den Silver Blood heraufbeschworen. Er war es, der Mimi mit dem Mal des Abscheulichen gekennzeichnet hat.«

47

Mimi wurde zu ihrer Familie entlassen.
Skyler stand mit Lawrence am Ausgang des Dogenpalastes.

»Werden sie die Martins jetzt verhaften?«, fragte sie ungeduldig.

Ihr Großvater blickte zum Himmel. »Ja, eine Gruppe *Venatoren* wurde bereits zu ihrem Haus geschickt, aber sie haben niemanden vorgefunden.«

»Warum nicht?«

»Weil sie bereits untergetaucht sind«, sagte Lawrence. »Es wird nicht leicht sein, sie zu kriegen.«

»Hast du es gewusst?«

»Ich hatte einen Verdacht. Aber Verdacht und Gewissheit sind nicht dasselbe.«

»Warum hast du nichts unternommen?«

»Wie bitte?«, fragte Lawrence mit einem Lächeln.

»Ich habe das Leben eines unschuldigen Mädchens gerettet. Das würde ich nicht *nichts* nennen.«

»Du hättest schon längst jemanden auf die Martins ansetzen können.«

»Nicht ohne Beweise.«

»Aber du hast zu lange gewartet – und nun sind sie fort.«

Lawrence nickte. »Ja, sie sind fort. Aber wenigstens wissen wir jetzt, dass wir die richtige Spur verfolgt haben. Die Silver Bloods haben Priscilla Dupont nicht einfach nur umgebracht, um ihre Macht zu demonstrieren, sondern weil sie herausgefunden hatte, dass die Martins diejenigen waren, die die Silver Bloods unterstützten. In der Tat wollte Priscilla sie gerade in dem Moment überführen, als die Explosion stattfand.«

»Sie wollte die Martins anzeigen?«

»Ich glaube schon.«

»Und was beweist das?«

»Es beweist, dass Cordelia und ich die ganze Zeit über Recht hatten.«

»Aber wenn die Martins geflohen sind ...«

»Die Martins waren nicht die einzigen Verdächtigen«, sagte Lawrence. »Sie waren nur Fußvolk, an die Befehle ihrer Herren gebunden. Wenn das, was Priscilla mir sagte, wahr ist, gibt es eine weitere Familie, noch immer im Dunkel verborgen, die den Silver Blood schützt, der Luzifers Rückkehr vorbereiten soll.«

»Wer?«

»Genau das müssen wir herausfinden.«

Skyler dachte nach. Die Martins hatten sich verraten, aber wenn es im Hintergrund ganz andere waren, die die Fäden zogen ... Was hatte Priscilla Dupont vor ihrem Tod wohl sonst noch herausgefunden, wovon sie niemandem mehr erzählen konnte?

»Großvater, weiß man eigentlich, was dieser Maggie Stanford zugestoßen ist?«

Lawrence schüttelte den Kopf. »Nein.«

Die Forces, Charles, Jack und Mimi, verließen gemeinsam den Gerichtssaal. Erleichterung stand auf ihren Gesichtern.

Draußen vorm Dogenpalast trat Jack zu Skyler. »Danke«, sagte er schlicht.

Du hast mich geküsst, dachte Skyler. Sie erinnerte sich an das, was er in jener Nacht gesagt hatte: *Woher weißt du, dass er nicht interessiert ist? Vielleicht würdest du eine Überraschung erleben.*

War ihm klar, dass sie jetzt Bescheid wusste? Sie wollte seinen Hals berühren, noch einmal seine weiche Haut liebkosen, aber sie sah Mimis finstere Miene. Dass sie ihr das Leben zu verdanken hatte, hieß nicht, dass sie plötzlich Freundinnen waren.

»Gern geschehen«, sagte sie zu Jack.

Charles gesellte sich zu ihnen. »Wenn wir zurück in

New York sind, schicke ich meinen Fahrer vorbei, damit er deine Sachen holt. Wir haben schon das Gästezimmer für dich hergerichtet. Ich denke, es wird dir gefallen.«

»Wovon reden Sie?«

»Ja, Dad, was soll das?«, mischte sich Mimi ein.

»Wie ich sehe, hat dein Großvater es dir noch gar nicht erzählt.« Charles lächelte grimmig. »Lawrence, du magst die Wahl zum Regis gewonnen haben, aber die Sorgerechtsklage hast du verloren. Skyler, das Gericht der Red Bloods hat in seiner unendlichen Weisheit entschieden, dich in meine Obhut zu geben.«

»Großvater ...«

»Es ist wahr. Mein Einspruch ist abgelehnt worden«, sagte Lawrence und ließ den Kopf hängen. »Charles, mir war nicht bewusst, dass du darauf bestehen würdest. Es tut mir leid, Skyler, ich werde in Berufung gehen, doch erst einmal wirst du bei den Forces wohnen müssen. Ich werde dich selbst hinbringen.«

Mimi starrte Skyler an, während Jack einfach nur schockiert aussah.

Sie sollte bei ihnen wohnen?

Waren die verrückt?

Skyler sah von einem Zwilling zum anderen und ihr wurde bewusst, dass sie das Blutgericht nur überstanden hatte, um sich einer neuen, weitaus schwierigeren Herausforderung stellen zu müssen.

48

Ins *Penthouse des Rêves* zurückzukehren, war ernüchternd nach all der Fürsorge, die Bliss in Dr. Pats Klinik zuteil geworden war.

Bliss war endlich entlassen worden, nachdem sie noch unter Beobachtung gestanden hatte, um sicherzugehen, dass sie keine Symptome einer Verseuchung zeigte. Was hatten die Ärzte denn erwartet? Dass sie den Schwestern an die Kehle sprang oder sich selbst die Pulsadern aufschnitt? Das Klinikpersonal benahm sich, als müsste man ständig Angst haben, ihr zu nahe zu kommen.

Es war der erste Tag der Märzferien und normalerweise hätte die Familie jetzt im Flugzeug nach Gstaad gesessen, aber Mimis Verurteilung hatte ihren Vater nach Venedig gerufen. Bobi Ann war mit ihm nach Italien geflogen, jedoch nur, um auf der *Via Condotti* in

Rom shoppen zu gehen. Jordan begleitete ihre Eltern, weil sie noch zu jung war, um allein zu Hause zu bleiben. Während Mimi der Prozess gemacht worden war, befand sich Bliss noch im Krankenhaus.

Als Mimi an diesem Tag zur Vollstreckung des Urteils nach Venedig abreiste, war Bliss davon überzeugt, dass Mimi sowieso nichts zustoßen würde. Es war einfach zu verlockend, sich ein Leben ohne Mimis Diktatur vorzustellen, und es bestand nicht die Chance, dass das Universum sich ihrer erbarmte und sie von Mimis Tyrannei befreite.

Bliss langweilte sich allein in der Wohnung und weil sie nichts Besseres zu tun hatte, beschloss sie, endlich einmal ihren Schrank aufzuräumen.

Als sie einen alten wollenen Strickpullover hervorzog, fiel die lange Samtschachtel zu Boden, die ihr Vater normalerweise im Tresor aufbewahrte. Warum hatte er sie in Bliss' Schrank getan? Der Deckel der Schachtel war aufgegangen und eine Halskette herausgefallen.

Daran hing der Smaragd, den sie auf dem Jubiläumsball getragen hatte. Bliss hob die Kette auf. Ihr war noch immer mulmig zumute wegen der Geschichte, die sich hinter dem Stein verbarg. *Luzifers Fluch.* Als sie die Kette in die Schachtel zurücklegen wollte, fiel ihr ein Foto in die Hände.

Bliss betrachtete es. Ihr Vater war darauf zu sehen, jung und schlank in einem Jagdjackett und Reitstiefeln, und an seiner Seite war die Frau, die Bliss immer für ihre Mutter gehalten hatte. Ihr Vater trug einen vergilbten Abzug dieses Fotos in seiner Brieftasche mit sich herum.

Bliss musterte das lange blonde Haar ihrer Mutter und ihr schönes Gesicht. Ihr Vater pflegte zu sagen: Du hast die Augen deiner Mutter. Die Augen ihrer Mutter waren grün, ebenso wie die ihren und wie der Smaragd, den sie in der Hand hielt.

Bliss drehte das Bild um.

Forsyth Lewellyn und Allegra van Alen, 1982.

Allegra van Alen? War das nicht *Skylers* Mutter? Das musste ein Irrtum sein. Der Name ihrer Mutter war Charlotte Potter. Was hatte das alles zu bedeuten?

Bliss wunderte sich immer noch über die seltsame Beschriftung, als es einen lauten Knall gab. Eine Fensterscheibe barst und Scherben klirrten. Bliss rannte nach nebenan, um zu sehen, was passiert war.

Ein Junge kauerte zitternd am Boden. Seine Füße hatte er sich an den Scherben blutig geschnitten. Er trug dasselbe T-Shirt und die Jeans, worin sie ihn zuletzt gesehen hatte. Sein dunkles Haar war feucht und verfilzt, aber er hatte noch immer diesen wissenden traurigen Blick, der ihr so vertraut war.

Dylan! Er war es wirklich! Er lebte!

Sein Atem ging schwer und gehetzt.

Sie rannte zu ihm, den Smaragd noch immer in der Hand.

Er sah den Stein und wich vor ihm zurück, als hätte er sich verbrannt.

»Du lebst!«, sagte Bliss überglücklich. »Aber du bist verletzt, lass mich dir helfen!«

Dylan schüttelte den Kopf. »Dafür ist jetzt keine Zeit. Ich weiß, wer die Silver Bloods unterstützt.«

Nr. 326 — 23. November — 1872

Vermisste Erbin tot im Fluss gefunden

Polizei birgt Leiche der Maggie Stanford

Die Leiche einer gut gekleideten, ehemals attraktiven Frau ist gestern Früh im Hudson River gefunden worden. Polizei-Sergeant Charles Langford entdeckte sie um sechs Uhr morgens und erstattete Meldung beim Zehnten Polizeirevier. Die Tote wurde ins Leichenschauhaus gebracht.
Es wurden Verletzungen an Kopf und Torso gefunden, die auf ein Verbrechen schließen lassen.
Die Frau hatte rote Haare, grüne Augen und trug ein weißes Ballkleid. Die Polizei fand ein Taschentuch mit den Initialen M.S. bei der Toten.
Sie wurde als Maggie Stanford identifiziert, Tochter des verstorbenen Öl-Millionärs Tiberius Stanford und seiner Frau Dorothea Stanford, welche sich vor fast zwei Monaten das Leben nahm. Das Kleid, in dem Maggie Stanford gefunden wurde, ist dasselbe wie jenes, in dem sie zuletzt vor zwei Jahren beim Patrizierball gesehen worden war. Der Leichnam der jungen Frau war außergewöhnlich gut erhalten, ohne jede Spur von Verwesung. Näheres sollte eine Autopsie ergeben, die jedoch nicht vorgenommen werden konnte, da der Körper der Verstorbenen aus dem Leichenschauhaus verschwunden ist. Die Polizei steht vor einem Rätsel.

Aus dem Archiv des **New York Herald**, 23. November 1872

Dank

Dieses Buch wäre nicht möglich gewesen ohne die stete Ermutigung und Unterstützung meiner Leser. Ich danke ihnen allen für ihre E-Mails, Blog-Einträge, Kritik und Nachrichten auf den *Blue Blood Message Boards.* (http://z13.invisionfree.com/Blue_Bloods).

Ihr seid klasse!

Mein innigster Dank geht an die wunderbaren Mitarbeiter von Hyperion für ihre Geduld, Unterstützung und ihren Enthusiasmus: an Jennifer Besser, Helen Perelman, Brenda Bowen, Nellie Kurtzman, Jennifer Zatorski, Colin Hosten, Elizabeth Clark, Angus Killick und Deborah Bass.

Auch Richard Abate und Josie Freedman von ICM bin ich zutiefst dankbar.

Alles Liebe und Dank an meine Familie und Freunde, von denen ich viele so lange nicht gesehen habe, weil ich dieses Buch (und viele andere) geschrieben habe. Ich hoffe, irgendwann auch wieder ein gesellschaftliches Leben zu haben. Besonders danke ich auch meinen Lieblingsneffen und -nichten, die mir so viel Freude machen und meine Inspiration sind: Nicholas und Joseph Green, Alexander Johnston, Valerie Ungaro und Lily Johnston.

Und wie immer wäre ich nichts ohne meinen Ehemann Mike Johnston, der die Entstehung dieser Bücher mit mir durchlebt und meinen Traum geteilt hat. Allerdings hasst er sentimentale Sprüche, deswegen will ich ihm einen solchen ersparen. Und schließlich alles Liebe für unser kleines Vampirbaby, das bald kommen wird und jeden Schritt des Weges mit mir gegangen ist.

Leseprobe aus dem Ravensburger Taschenbuch 58285
»The Immortals – Tochter der Finsternis« *(Bd. 1)*
von Melissa de la Cruz

Die *Bank* war ein baufälliges Gebäude aus Stein am äußersten Ende der Houston Street. Es war die ehemalige Hauptniederlassung des vermögenden Van-Alen-Bank-und-Makler-Hauses. Dieser imposante Kasten galt mit seiner klassischen Sechssäulenfassade als Musterbeispiel der Beaux-Arts-Architektur des neunzehnten Jahrhunderts und hatte eine einschüchternde Reihe von rasiermesserscharfen Zacken auf dem Gesims, die wie Reißzähne aussahen. Jahrelang hatte das Gebäude leer gestanden, bis eines Abends der einäugige Betreiber eines Nachtclubs darauf gestoßen war, der gerade in der Gegend einen Hotdog verdrückt hatte. Er war zu der Zeit auf der Suche nach einer passenden Location für einen DJ gewesen, der düstere Trancemusik spielte. Der alte Bau hatte sich schnell als gute Wahl erwiesen und zog seit Jahren viele Gäste an.

Die elektronischen Beats drangen bis auf den Bürgersteig, wo die fünfzehnjährige Skyler van Alen mit ihrem besten Freund Oliver Hazard-Perry auf den Einlass wartete. Ihre strahlend blauen Augen hatte sie mit dunklem Eyeliner umrandet. Nervös kratzte sie an ihrem schwarzen Nagellack, während sie anstanden.

»Meinst du wirklich, dass sie uns reinlassen?«, fragte sie Oliver.

»Keine Angst«, erwiderte er. »Dylan meint, das wäre ein Kinderspiel. Außerdem können wir immer noch auf die Gedenktafel dort drüben hinweisen. Schließlich hat deine Familie das Haus hier gebaut, oder?« Er grinste.

»Na toll!« Skyler lächelte abfällig und verdrehte die Augen.

Die Geschichte Manhattans war mit der ihrer Familie verknüpft, und soweit Skyler wusste, hatten die van Alens auch beim Frick-Museum, dem Van-Wyck Expressway, dem Hayden-Planetarium und noch ein bis zwei weiteren bedeutenden Institutionen oder Durchgangsstraßen ihre Hände mit im Spiel gehabt. Nicht, dass ihr dies irgendwas bringen würde. Sie konnte kaum die fünfundzwanzig Dollar Eintritt bezahlen.

Oliver legte ihr liebevoll den Arm um die Schulter. »Keine Sorge. Du machst dir immer viel zu viele Gedanken. Heute haben wir einfach nur Spaß, ich versprech's dir!«

»Wenn Dylan doch nur auf uns gewartet hätte«, sagte Skyler verärgert.

Sie fröstelte in ihrem langen schwarzen Pullover mit den abgewetzten Ellbogen. Sie hatte dieses muffige und nach Rosenwasser riechende Oberteil vor einer Woche in einem Secondhandladen in Manhattan gefunden. Skyler lief immer in viel zu großen Klamotten herum. Der Pullover hing ihr bis in die Kniekehlen, darunter trug sie ein einfaches schwarzes T-Shirt. Ihr langer Rock schleifte bei jedem Schritt über den Boden und der Saum war schon völlig verdreckt. Dazu hatte sie ihre schwarz-weißen Lieblingsturnschuhe angezogen, die mit dem zugeklebten Loch am rechten großen Zeh. Ihr dunkles, lockiges Haar hatte sie mit einem dünnen Schal, den sie im Schrank ihrer Großmutter gefunden hatte, zurückgebunden.

Skyler war auffallend attraktiv. Viele Mädchen beneideten sie um ihr hübsches, leicht herzförmiges Gesicht mit der perfekten Nase und hellen Haut – aber ihre Schönheit hatte auch etwas Unwirkliches. Sie sah aus wie eine Schaufensterpuppe in Hexentracht. Die Schüler auf der Duchesne Highschool meinten, sie kleide sich wie eine Obdachlose. Die meisten hielten sie für eingebildet, dabei war sie nur furchtbar schüchtern und ein stiller Typ.

Oliver war groß und schlank. Sein Gesicht erinnerte an Elfendarstellungen und war umrahmt von strubbeligem kastanienbraunem Haar. Er hatte markante Wangenknochen und freundliche braune Augen. An diesem Abend trug er einen Militärmantel, ein Hemd und enge Jeans. Natürlich alles Markenware. Oliver kehrte gern den coolen Kerl heraus, dem die Meinung seiner Mitschüler gleichgültig war, doch er liebte es auch, in SoHo shoppen zu gehen.

Skyler und Oliver waren seit der zweiten Klasse eng befreundet. Damals hatte das Kindermädchen einmal vergessen, Skylers Frühstück einzupacken, und Oliver hatte sein Sandwich mit ihr geteilt. Sie waren auf der gleichen Wellenlänge und sahen sich so oft wie möglich. Beide gingen auf die elitäre Duchesne Highschool und stammten von den Passagieren der *Mayflower* ab. In Skylers Stammbaum fanden sich allein sechs US-Präsidenten. Doch trotz ihrer prominenten Vorfahren passten beide nicht auf die Duchesne. Oliver ging lieber in Museen als Fußball zu spielen und Skyler suchte nicht wöchentlich einen teuren Friseursalon auf, um sich mal wieder die Spitzen schneiden zu lassen. Zudem trug sie fast immer gebrauchte Kleidung.

Dylan Ward war erst seit Kurzem mit den beiden befreundet – er war ein traurig aussehender Junge mit langen Wimpern, strahlenden Augen und zweifelhaftem Ruf. Angeblich war er vorbestraft und von der Militärakademie geflogen. Es hieß, sein Großvater hätte die Schulleitung mit Geldern für eine neue Sporthalle bestochen, damit die Duchesne ihn überhaupt aufnahm. Er hatte sich sofort zu Skyler und Oliver hingezogen gefühlt, die wie er ganz offensichtlich Außenseiter waren.

Skyler biss sich auf die Unterlippe. Ihr Magen zog sich zusammen. Warum waren sie nicht wie sonst auch immer in Olivers Zimmer geblieben? Dort hätten sie gefaulenzt, Musik gehört oder sich DVDs angeschaut. Oliver hätte eine neue Episode von *Vice City* am Computer spielen können, während sie in Zeitschriften geblättert und sich vorgestellt hätte, auf einem Floß im Mittelmeer zu treiben, in Madrid Flamenco zu tanzen oder durch die Straßen von Bombay zu schlendern.

»Ich weiß nicht, ob es so gut war hierherzukommen«, sagte sie und wünschte sich zurück in das gemütliche Zimmer, statt nun draußen in der Kälte zu bibbern und darauf zu hoffen, dass die Türsteher sie hereinließen.

»Sei nicht so pessimistisch!«, schalt Oliver sie. Es war seine Idee gewesen, dem New Yorker Nachtleben die Stirn zu bieten. Und er hatte nicht vor, das zu bereuen. »Wenn du fest daran glaubst, dass wir reinkommen, wird's auch klappen. Es liegt nur am Selbstbewusstsein, vertrau mir.« Da klingelte sein BlackBerry. Er zog es aus der Hosentasche und schaute aufs Display. »Es ist Dylan. Er ist drin. Wir treffen uns am Fenster im zweiten Stock.«

»Sehe ich wirklich okay aus?«, fragte sie und blickte zweifelnd an sich hinab.

»Du siehst gut aus«, antwortete Oliver automatisch, während er Dylan flink eine SMS schrieb. »Wirklich großartig.«

»Du schaust mich ja nicht mal an!«

»Doch, jeden Tag!« Oliver lachte, blickte Skyler in die Augen und wurde zu ihrem Erstaunen sogar rot. Sein BlackBerry piepte erneut. Dieses Mal entschuldigte er sich und ging ein paar Meter weiter, um in Ruhe zu antworten.

Skyler schaute zur anderen Straßenseite. Ein Taxi hielt dort an der Bordsteinkante und ein großer blonder Junge stieg aus. Als er die Straße betrat, kam ein anderes Taxi aus der Gegenrichtung herangerast. Es geriet plötzlich ins Schleudern. Im ersten Moment schien es, als würde es den Jungen verfehlen, doch dann warf dieser sich dem Wagen regelrecht entgegen und verschwand unter den Rädern. Das Taxi fuhr weiter, als wäre nichts geschehen.